Mannheim auf die kriminelle Tour

Wellhöfer Verlag
Ulrich Wellhöfer
Weinbergstraße 26
68259 Mannheim
Tel. 0621/7188167
www.wellhoefer-verlag.de

Titelgestaltung: Uwe Schnieders, Fa. Pixelhall, Mühlhausen
Satz: Creative Design, Lukas Fieber, Mannheim

Die Erzählung ist frei erfunden. Ähnlichkeiten mit wirklichen Personen oder tatsächlichen Ereignissen sind nicht beabsichtigt und somit rein zufällig.

ISBN 978-3-95428-106-0

*Hubert Bär, Lilo Beil, Andrea Bergen-Rösch, Bettina v. Cossel,
Thomas Erle, Anne Grießer, Markus Guthmann, Anne Hassel,
Volker Hesse, Marcus Imbsweiler, Simone Jöst, Walter Landin,
Jochen Mast, Nora Noé, Claus Probst, Claudia Schmid,
Anna Schneider, Harald Schneider, Gudrun Wilhelms*

Mannheim auf die kriminelle Tour

wellhöfer VERLAG

Inhalt

Nussecken

Claus Probst

Das ist das Gefährlichste überhaupt.
Sich mit jemandem anzulegen, der nichts mehr zu verlieren hat.

In einer halben Stunde würde Edwin eine der Geiseln erschießen, und sie verspürte keinerlei Angst. Selbst Edwin wirkte inzwischen besorgter als sie. In das Fleisch seiner Unterlippe hatten sich deutlich erkennbar Abdrücke der oberen Schneidezähne eingegraben, und auch die Schweißflecken auf seinem T-Shirt waren nicht länger zu übersehen. Frau Stein, die gewöhnlich die Kasse betreute, saß neben ihr auf dem anthrazitfarbenen Teppichboden, so dicht, dass sie ihre Wärme spüren konnte, mit angezogenen Beinen, zitternd und blass. Ihr gegenüber, an das gelochte Metallblech eines Schreibtischs gelehnt, kämpfte Rolf Bühler, der Filialleiter, verzweifelt dagegen an, das Bewusstsein zu verlieren. Er hatte keinerlei Widerstand geleistet, doch Edwin hatte ihn dennoch ins Gesicht geschlagen, insgesamt drei Mal. Seine Nase war dunkelblau verfärbt und monströs angeschwollen und sein weißes Hemd blutgetränkt, auf eine Weise, die sie an abstrakte Kunst erinnerte. Nahe des Ausgangs lag Frau Wiesbach dunkelrot umrandet bäuchlings auf dem Teppichboden und belegte eindrucksvoll, dass Edwin nicht bluffte. Sie hatte den Fehler begangen, weglaufen zu wollen, eine fatale Fehleinschätzung, denn er war prompt in Panik geraten und hatte sofort geschossen. Als die Kugel in sie einschlug, war sie nach vorn auf ihr Gesicht gefallen und bewegungslos liegen geblieben. Alle, auch Edwin, waren schockiert gewesen. Das habe er nicht gewollt, hatte er beteuert, so als stünde er schon vor Gericht, und dann hatte er sich die Strumpfmaske vom Gesicht gezogen und ihnen seinen Vornamen genannt, ein unbeholfener Versuch der Wiedergutmachung, und einen Moment lang sah es fast so aus, als wollte er aufgeben, aber dann schlug er plötzlich auf Bühler ein, hielt ihm eine Plastiktüte von *Engelhorn Sports* entgegen und befahl ihm, diese mit Geld zu füllen. Als dann Minuten später die ersten Streifenwagen vor der Bank vorfuhren und einen grün-weißen Schutzwall bildeten, verwunderte das niemanden, außer Edwin, der Bühler gereizt unterstellte, den Alarmknopf gedrückt zu haben. Erst als dieser ihn mit zitternder Stimme zu beschwichtigen versuchte und erklärte, dass der Schuss sehr laut und dadurch zweifellos auch auf der Straße zu hören gewesen sei, fiel es Edwin – für alle erkennbar – wie Schuppen von den Augen. Irgendwann hatte sie in einer Zeitschrift gelesen, dass die Intelligenz der meisten Bankräuber erschreckend schwach ausfiele und dass daher nur wenige ungestraft davonkämen, und Edwin schien für diese These der lebende Beweis zu sein, denn er war unübersehbar ein Idiot. Wahrscheinlich hatte er seine rot-weißen Turnschuhe tatsächlich bei Engelhorn gekauft und vermutlich besaß er sogar eine Kundenkarte.

Anfangs hätte sie trotz des vielen Blutes nicht beschwören können, dass die Wiesbach tatsächlich tot war, jetzt aber, nach mehreren Stunden, bestand daran längst kein Zweifel mehr. Sie hatte die Wiesbach nie leiden können. Sie war vorrangig für die Vergabe von Krediten zuständig gewesen, eine arrogante Schnepfe, die ihre Stellung auszunutzen pflegte und keine Gelegenheit ausließ, einen die eigene Armut spüren zu lassen. Als sie auf die große Glastür zurannte, hatte sie erschrocken den Atem angehalten und war fast schon erleichtert gewesen, als ihre Flucht misslang.

Nun waren sie nur noch zu dritt.

Ihr Blick fiel auf Bühler und sie sah die Angst in seinen Augen. Er hatte jeden Grund dazu. Wenn Edwin sich für einen von ihnen entscheiden musste, war es nicht unwahrscheinlich, dass seine Wahl auf Bühler fallen würde, auf den einzigen Mann, oder aber auf sie, die ältere Frau, deren Kinder längst erwachsen waren und von der er annehmen konnte, dass sie entbehrlich war. Andererseits war sie die einzige Kundin und somit nur zufällig in der Bank. Frau Stein war Single und jung und hübsch. Edwin hatte sie wiederholt zu beeindrucken versucht. Insofern schien sie vorerst vor ihm sicher zu sein. Dass die gestellten Forderungen tatsächlich erfüllt werden würden, war mehr als unwahrscheinlich. Der Unterhändler, mit dem Edwin seit Stunden Gespräche führte, spielte auf Zeit und versuchte offenbar, ihn in langwierigen Diskussionen zu zermürben. Was jedoch selbst Edwin nicht entging, so dass er wiederholt die Beherrschung verlor und lautstark in den Hörer brüllte. Soweit sie das als Laie beurteilen konnte, geriet die Situation zunehmend außer Kontrolle.

Draußen vor der Bank warteten in der Deckung der Streifenwagen Dutzende von Polizisten auf weitere Kommandos, während von den Dächern und höher gelegenen Fenstern aus Scharfschützen durch exakt justierte Zielfernrohre hindurch die zugezogenen Jalousien beobachteten. Zumindest ging sie davon aus, dass es sich so verhielt, denn so war es schließlich immer. Sie fragte sich, ob es ihnen auch möglich war, Edwins exakte Position mittels spezieller Infrarotkameras auszumachen. Um ihn dann durch die geschlossene Jalousie hindurch mit einem gezielten Kopfschuss auszuschalten.

Sie dachte an die Nussecken.

Wie immer so hatte sie auch dieses Mal dreihundert Gramm Mehl mit hundertdreißig Gramm Margarine, hundert Gramm Zucker, zwei Eiern, einem Teelöffel Backpulver und einer Packung Vanillezucker vermischt, das Ganze zu einem Teig geknetet und diesen auf einem mit Backpapier belegten Blech ausgerollt. Danach gab sie zweihundert Gramm Butter und die gleiche Menge Zucker in einen kleinen Topf und brachte sie vorsichtig zum Schmelzen. Erst dann fügte sie zwei Päckchen Vanillezucker und vier Esslöffel Wasser hinzu. Dies alles in einem Gefühl freudiger Erwartung. Sie konnte ihren Puls weit oben in ihrem Hals spüren, ein schneller und harter Rhythmus, wie eine Warnung, die sie trotzig ignorierte. Nachdem sie die Masse kurz hatte aufkochen lassen, mischte sie noch geriebene Mandeln und Haselnüsse unter, jeweils zweihundert Gramm. Den Belag sowie sieben Esslöffel Aprikosenkonfitüre verteilte sie gleichmäßig auf dem Teig und schob das Backblech in den auf einhundertfünfundsiebzig Grad vorgeheizten Ofen. Nach dem Abkühlen zerteilte sie die honigfarbene, köstlich duftende Platte mit dem Pizzaroller in etwa ein Dutzend gleich großer Dreiecke und zwei kleine Quadrate und packte diese in eine große rote Tupperbox. Anschließend fuhr sie nach Neckarau, in ihren kleinen Schrebergarten unweit des Stollenwörthweihers. Erst dort, in der Abgeschiedenheit des Gartenhäuschens, fügte sie die letzte Zutat hinzu. Unglücklicherweise fasste sie auf dem Nachhauseweg den Entschluss, noch kurz bei der Bank anzuhalten, um eine längst fällige Überweisung abzugeben. Anfangs war sie die einzige Kundin, bis zu dem Moment, als Edwin auftauchte und alles durcheinander wirbelte.

„Wenn ihr glaubt, ich bluffe, habt ihr euch gründlich getäuscht! In exakt achtundzwanzig Minuten stirbt die erste Geisel und falls du Pfeife es wagen solltest, mich nochmals um Aufschub zu bitten, dann stirbt sie gleich jetzt."

Worauf immer der Unterhändler auch aus sein mochte, Deeskalation war es nicht.

Edwin war Mitte dreißig, ein kleiner und dicklicher Mann mit lichtem Haar und unreiner Haut, der auf den ersten Blick eher harmlos wirkte und dem man durchaus zutrauen konnte, dass er noch immer bei seinen Eltern wohnte, aber er war nervös, sehr nervös, besonders seine Augen, sie huschten ruhelos durch den Raum, wie zwei Tiere in einer Falle, die nichts mehr zu verlieren hatten, völlig unberechenbar. Dennoch war sie frei von Angst. Was sie trotz allem irritierte. Hatte sie sich mit den Jahren so sehr daran gewöhnt, bedroht zu werden? Hatten Franks Wutausbrüche sie so sehr abstumpfen lassen, dass selbst eine Schusswaffe sie nicht mehr wirklich beeindrucken konnte? Oder war es wegen der Lymphknotenpakete in ihren Leisten und ihren Achselhöhlen und wegen dem, was Doktor Schroth gesagt hatte, in einem fast schon rührenden Tonfall, den sie bisher nicht gekannt hatte an ihm? Wie lange noch, hatte sie gefragt, und er hatte geantwortet: Monate, vielleicht viele, vielleicht wenige, aber nicht mehr als ein Jahr.

„He, Alte, was gibt es da zu glotzen? Willst du dich etwa freiwillig melden?"

Nur zögerlich fand sie in die Wirklichkeit zurück. Edwin stand vor ihr und richtete die Waffe auf sie. Erst jetzt wurde ihr klar, dass sie ihn die ganze Zeit angeschaut haben musste.

„Würden Sie mich denn nehmen?", fragte sie benommen zurück.

Er wirkte überrascht. „Warum nicht? Oder meinst du, dein Alter schließt dich als Kandidatin aus?"

Sie hob müde die Schultern. „Keine Ahnung. Ich habe mit dem Töten von Geiseln nur wenig Erfahrung. Auf diesem Gebiet sind Sie der Experte."

Während er auch weiterhin auf ihren Kopf zielte, kam er bedrohlich nahe an sie heran. „Gut erkannt", fuhr er sie an. „Also hör auf, mich zu provozieren, es sei denn, du willst sterben." Er baute sich breitbeinig vor ihr auf, aber ihr Blick hielt stand. Nachdem sie sich fast eine Minute lang angestarrt hatten, drehte er sich kopfschüttelnd um.

Als Schroth ihr die Diagnose mitgeteilt hatte, hatte sie sofort an Frank denken müssen, an das, was er so oft gesagt hatte: Du wirst niemals von mir loskommen, denn ohne mich bist du nichts, unzählige Male hatte er es gesagt, meist, wenn sie sich von ihm lossagen oder wieder einmal weglaufen wollte, und mit Sicherheit würde er es sich nicht nehmen lassen, es ihr noch einmal zu sagen, kurz vor ihrem Tod, noch ein letztes Mal, und dann würde sie nicht mehr widersprechen können, weil ihr dann keine Zukunft mehr bliebe, und wenn er irgendwann an ihrem Grab stünde, würde er flüstern: Siehst du. Ich hatte recht, und dann würde er seine Geliebte in ihr Haus holen und er würde triumphieren über sie. Oft genug hatte ihr Schroth geraten, die Scheidung einzureichen oder zumindest Anzeige zu erstatten, aber sie hatte ihn angehalten, Stillschweigen zu bewahren, und so musste er sich widerwillig darauf beschränken, ihre Blessuren zu verarzten und sie danach wieder zurückkehren lassen: zu ihm.

Die Uhr zeigte fünfzehn Minuten vor vier. Es war eine relativ große Uhr, mit einem roten Sekundenzeiger, der eine Besonderheit aufwies, die sie sich nicht zu erklären vermochte. Nachdem er das gesamte Ziffernblatt umrundet hatte, im Sekundentakt, wie man es von einem Sekundenzeiger erwarten konnte, verharrte er, wenn er die Zwölf erreichte, stets doppelt so lange, sprang aber anschließend, um sein Zögern auszugleichen, in einem einzigen Satz gleich zwei Sekunden weiter, ein erstaunliches Phänomen, das ihr noch bei keiner Uhr aufgefallen war.

„Also gut, hör zu! Falls ich in vierzehn Minuten noch Bullen auf der Straße sehe und falls ihr bis dahin nicht einen Wagen und das Geld geliefert habt, wird der Bank-Fuzzi sterben. Ist das angekommen?"

Einen Meter von ihr entfernt fiel Bühler in sich zusammen, man konnte es förmlich sehen, so als ginge mit dem Verlust von Hoffnung auch ein Verlust von Materie einher, und sie sah Tränen in seinen Augen.

„Was soll das heißen, ihr braucht noch Zeit?"

Nun war es also heraus. Er hatte sich für Bühler entschieden. Nach dessen Erschießung würden sie mit Sicherheit stürmen. Mit Blendgranaten und Tränengas und mit Spezialbrillen, und sie würden Edwin überrumpeln und er würde nichts dagegen ausrichten können. Einen weiteren Toten würden sie auf keinen Fall hinnehmen. Sie müsste nur noch abwarten und würde lebend davonkommen, würde das Erlebnis am Ende als dramatisches Intermezzo verbuchen und ihren Plan fortführen, so als sei nichts geschehen.

„Vergiss es! Ich glaub dir kein Wort. Zehn Minuten, und keine Sekunde mehr!"

Soweit sie wusste, hatte Bühler zwei Kinder, einen vierjährigen Jungen und eine mehrere Monate alte Tochter und eine hübsche und sympathische Frau, um die ihn viele beneideten. War es deswegen wert? Dass sie ihre Pläne opferte, nur um ihn zu retten.

Das Ganze war wirklich völlig verrückt. Über Jahre hatte sie sich devot in ihr Schicksal gefügt, war keinerlei Risiken eingegangen, und ausgerechnet jetzt, da sie beschlossen hatte, sich Frank entgegenzustellen, geriet sie in eine Situation, in die man eigentlich nie gerät oder zumindest derart selten, dass das gleichzeitige Auftreten beider Ereignisse, nämlich des Überfalls und ihres Entschlusses, anmutete wie ein schlechter Witz.

Sie schielte nach oben zum Entlüftungsgitter und versuchte irgendeine Bewegung auszumachen. Natürlich hatte Edwin auch nicht daran gedacht, die Kameras auszuschalten, sodass die anderen sich vermutlich längst in das System eingeklinkt hatten und jede seiner Bewegungen beobachten konnten. Und natürlich auch sie.

Warum griffen sie nicht endlich an? Das würde ihr die Entscheidung aus der Hand nehmen und sie müsste keine Prioritäten setzen und sich nicht entscheiden zwischen Bühlers und ihrem eigenen Leben. Aber es blieb auch weiterhin ruhig.

Noch acht Minuten bis vier.

Sie blickte hinüber zu Bühler, und Bühler blickte zurück. In seinen Augen war das Leben erloschen. Sie sah nur noch Resignation. Er hatte sich ohnmächtig aufgegeben, sich selbst, seine Zukunft und seine Familie. So wie sie sich selbst. Schon vor Jahren.

Die Entscheidung fiel innerhalb einer einzigen Sekunde. Wie eine artige Schülerin reckte sie den Finger nach oben.

Edwin warf ihr einen fragenden Blick zu. „Was gibt´s?", fragte er gereizt. „Toilette?"

Natürlich würde sie eine Menge erklären müssen. Denn natürlich würde man dahinterkommen. Auch Frank würde dahinterkommen. Man würde ihr viele Fragen stellen. Aber ihr dennoch nichts anhaben können. Niemand. Außer Frank.

Sie schüttelte den Kopf „Ich muss dringend etwas essen. Ich bin Diabetikerin, verstehen Sie?"

Edwin legte erschrocken den Hörer beiseite und kam langsam näher. „Kann das nicht warten?"

Sie atmete schwer. „Nein, leider nicht. Mir wird es bereits schwarz vor den Augen. Wenn ich nicht sofort etwas

Süßes esse, werde ich in Kürze kollabieren. Ich glaube nicht, dass ich mich täusche. Dieses Gefühl kenne ich leider nur zu gut."

„Und warum muss mich das interessieren? Warum soll ich dich nicht einfach krepieren lassen?"

Sie lächelte müde. „Eine gute Frage. Vielleicht, weil Sie dann eine Geisel verlieren, die Sie nicht mehr zur Tür schleppen und pressewirksam erschießen können?"

„Eins muss man dir lassen", knurrte er. „Du hast wirklich Mumm. Hast du was dabei? Traubenzucker?"

„Nussecken." Vorsichtig ergriff sie die vor ihr stehende Plastiktüte, brachte die Tupperbox zum Vorschein und öffnete mit fahrigen Bewegungen den Deckel. Während der ganzen Zeit hielt Edwin die Waffe auf sie gerichtet und ließ sie nicht aus den Augen. Als die Box sich öffnete, stieg ein köstlicher Duft in ihre Nasen, nach Nüssen und Mandeln, ein verführerisches Aroma, das sogar die Ausdünstungen der toten Wiesbach überdeckte.

Sie hielt Ausschau nach den beiden quadratischen Stücken, griff sich eines und biss ein großes Stück ab. Wie nicht anders zu erwarten, schmeckte es vorzüglich.

„Hmmm. Das tut gut", flüsterte sie leise.

Edwins Augen wurden groß. „Die sehen wirklich lecker aus. Hast du die selbst gebacken?"

„Ja. Für meinen Mann."

„Dein Alter scheint ein richtiger Glückspilz zu sein. Du hast doch sicherlich nichts dagegen, wenn ich mich auch bediene." Ohne ihre Antwort abzuwarten, griff er in die Box. In diesem Moment klingelte das Telefon. Mit großen Schritten eilte Edwin davon.

„Und? Wie habt ihr euch entschieden?", fragte er mit vollem Mund.

Er hat recht, dachte sie. Ich habe wirklich Mumm.

Es war zwei Minuten vor vier. Sie würde Frank verlassen. Verlassen müssen. Es war nicht mehr zu umgehen.

Inmitten der Kaubewegung hielt Edwins Mimik ruckartig inne. Verwundert ließ er das Telefon fallen und fasste sich an die Brust, erstaunt über das Stolpern und den vernichtenden Schmerz. Er versuchte noch, sich an der Tischplatte abzustützen, aber ihm fehlte die Kraft dazu. Als seine Beine nachgaben, fiel er stöhnend auf die Knie. Einen Moment lang gelang es ihm, das Gleichgewicht zu halten, dann kippte er mit verzerrtem Gesicht auf den Rücken.

Behutsam griff sie nach der Tupperbox und steckte sie zurück in die Plastiktüte. Mühsam, mit schmerzendem Rücken, erhob sie sich in den Stand. Bühler, der Edwin von da, wo er saß, nicht sehen konnte, schüttelte warnend den Kopf.

„Alles wird gut", sagte sie leise, und machte sich auf den Weg.

Neben Edwin blieb sie stehen. Er lag auf dem Rücken und starrte sie an. Eine Handbreit von seinen Fingerspitzen entfernt lag die Pistole auf dem Teppichboden. Sie schenkte ihr keine Beachtung. Er würde sie nicht mehr erreichen können. Auf der Vorderseite seiner Cordhose hatte sich ein großer dunkler Fleck gebildet, und sein Gesicht war blau, besonders seine Lippen. Er hob kraftlos die Hand und sein Zeigefinger deutete auf die Plastiktüte, in seinem entsetzten Blick eine einzige Frage.

Sie nickte matt. „Sie sind ein böser Mensch", sagte sie noch, dann ging sie hinüber zur Tür.

Nach all den Jahren

Jochen Mast

Er steht auf Bahnsteig 2, gerade ist er mit dem ICE angekommen.

Es ist nicht richtig kalt, eher kühl und feucht. Wie damals im Herbst, denkt er.

Unverwandt schaut er sich um, den Kragen hochgeschlagen; er will nicht erkannt werden.

Sehr unwahrscheinlich.

Es ist lange her, seit er das letzte Mal in Mannheim war.

Nennen wir ihn ... Ralf.

Er ist ungefähr Mitte 40 und größer als der Durchschnitt. Nicht ganz schlank, macht aber einen sportlichen Eindruck. Schwarze Haare, hier und da schon ein wenig dünn. Ralf ist gut gekleidet, hat aber Wert darauf gelegt, nichts Auffälliges zu tragen.

Er hat keine Tasche, keinen Koffer und keine Tüte bei sich. Nichts.

Was er braucht, hat er in den tiefen Taschen seines grauen Mantels.

Ralf dreht sich um und fährt mit der Rolltreppe hinunter, zu einer typischen Bahnhofsunterführung: Neonlicht, die Wände sind gekachelt. Weiß mit grünen Rechtecken. Was man sich dabei wohl gedacht hat? Der Gang führt links zur Innenstadt, doch Ralf zieht es nach rechts, Richtung Lindenhof. Die Menschen hasten vorbei.

Ralf braucht unbedingt Gewissheit. Seine Gefühle sind zwiespältig: Auf der einen Seite ist der sympathische Mann sehr stolz auf sich, dass er endlich nach Mannheim zurückgekehrt ist, nach all den Jahren.

Andererseits fürchtet er sich.

Am Ende des Ganges gabelt sich der Weg, Ralf geht nach rechts, die Treppe hinauf. Das Hochhaus war damals noch nicht da. Viktoriahaus, liest er. Eine Versicherung? Egal.

Er eilt an der Feuerwache vorbei, hinüber zum Gontardplatz. Straßenbahngleise teilen ihn in der Mitte, früher fuhren hier Busse. Linie 71. Er lächelt gequält. Die unwichtigen Dinge kann man sich merken, aber die entscheidenden vergisst man. Oder verdrängt sie bis sie nicht mehr real sind.

Ralf überquert den Platz in Richtung Johanniskirche, hier wurde er getauft.

Eine Zeitlang hatte er in einem anderen Stadtteil gewohnt, ist dann aber mit seiner Familie zurückgekehrt, seine Kinder wuchsen auch hier auf.

Aber nach einigen Jahren sind sie weggezogen. Wie das halt so ist, aus beruflichen Gründen. Aber insgeheim war er froh gewesen aus Mannheim wegzukommen.

Ralf genießt die Kühle des Herbstes, es ist windig. Er hebt die Nase und meint den Rhein zu riechen. In dem Land wo er jetzt wohnt, ist es nie richtig kalt. Er hätte nicht gedacht, dass ihm schlechtes Wetter einmal fehlen würde.

Ein paar Kinder spielen mit einem roten Ball auf dem Platz vor der Kirche, zwei saußen mit ihren kleinen Fahrrädern hin und her, Ralf hat etwas Mühe vorbeizukommen.

Es ist noch gar nicht dunkel, denkt er und schaut zum Himmel. So sehe ich wenigstens noch etwas von meinem Lindenhof. Er überquert die Straße und schlendert die Waldparkstraße hinunter. Als ginge er spazieren und würde kein Ziel verfolgen.

In diesem Haus hatte Peter gewohnt, erinnert sich Ralf und schaut neugierig in die dunkle Einfahrt hinein. Er soll jetzt Politiker in Mannheim sein. Wenn der wüsste ... Peter und er gingen damals in eine Klasse.

Horst nicht.

Er war wie ein Gespenst, erinnert sich Ralf. Keiner seiner Freunde kannte ihn, aber er tauchte immer auf, wenn man nicht mit ihm rechnete. Beim Gedanken an ihn schüttelte es Ralf ein wenig.

Einmal hatte Horst Ralf geschnappt. Er wollte noch mit seinem kleinen, blauen Fahrrad abhauen, aber Horst war schneller und hatte ihn an der Jacke erwischt. So richtig passiert ist nichts, aber es blieb ein Gefühl von Ohnmacht und Angst. Großer Angst.

Ralf biegt bewusst langsam nach links in die Emil-Heckel Straße ab. Es ist immer noch nicht so dunkel wie es sein muss.

Da vorne war früher ein Bäcker, erinnert er sich. Bohlender. Bei dem gab es die besten Laugenbrötchen. Er hatte sich dort morgens vor der Schule immer eins geholt, für die Hofpause.

Dort hatte Ralf auch die vielen Brausestäbchen gekauft, um Horst zu bestechen, damit er ihn in Ruhe lässt. Hatte aber nicht geklappt. Die Bäckerei gibt es jetzt nicht mehr.

Die Grundschule ist gleich um die Ecke, seine Grundschule.

Sie hat einen großen Schulhof mit einem Eisentor am Eingang, durch das musste Ralf gehen, um nach Hause zu kommen nach Schulende. Er rechnete jeden Tag damit, dass Horst ihn dort abpasste. Es hätte keine Fluchtmöglichkeit gegeben, aber Horst war nie gekommen.

Die Fülle der Erinnerungen überwältigt Ralf, es ist ein grausamer, fast körperlicher Schmerz. Erstaunlich, denkt er und horcht in sich hinein, genießt die Pein. Schmerz ist gut, denkt er. Dann weiß man, dass man noch lebt. Er holt tief Luft, dann ist es vorbei.

Doch es zieht Ralf nicht zum Schulhof. Er biegt ab in die Haardtstraße, ein enges Sträßchen mit 5-stöckigen Häuserreihen, die meisten davon grau verputzt.

Dort hatte er als Kind gewohnt. Sein Hof war der kleinste gewesen, da hatte man nicht spielen können. Er hatte sich damals etwas minderwertig gefühlt. Sie waren meist in anderen Höfen gewesen, zum Radfahren und Ballspielen.

Manchmal kam Horst mit seiner Bande. „Gang" sagte man damals noch nicht. Wahrscheinlich waren es nur drei oder vier Jungs. Gefühlt waren es hundert. Mit acht Jahren empfindet man die Dinge anders.

An der nächsten Kreuzung biegt Ralf rechts ab, bald ist er am Ziel. Sein Schritt wird noch langsamer, er hat es nicht eilig. Die Angst ist verflogen, die Konfrontation mit der Vergangenheit hat mehr geholfen als er erwartet hatte.

Inzwischen ist es ganz dunkel. Gut geplant, er nickt zufrieden.

Dies ist der Waldparkdamm. Die Straße am Damm vor dem Waldpark. Mal ein sprechender Straßenname!, denkt Ralf und lächelt. Durch die kahlen Bäume sieht man den Rhein.

Ralf denkt zurück an die Wohnung in der Haardtstraße. Er hatte ein Zimmer zusammen mit seiner Schwester. Sie hatten sich nicht immer vertragen, aber eigentlich war er immer froh gewesen, nicht alleine schlafen zu müssen. Insbesondere in jenem Herbst. Er konnte damals nicht mehr unterscheiden, was Traum, Wunsch und Realität war.

Ralf überquert die Straße. Neben den Glascontainern führt eine steile Treppe hinunter in den Waldpark. Das Geländer wackelt, es fühlt sich rostig an. Ralf steigt fast beschwingt hinunter, kleine Steine knirschen unter seinen Schuhen. Gleich links ist der Spielplatz, es ist niemand dort. Kein Wunder, es ist Herbst und es ist dunkel.

Hohe Bäume umranden den Spielplatz. Das ist sehr angenehm im Sommer, es ist immer schattig.

Jetzt machen sie die Dunkelheit noch finsterer.

Ralf hebt die Bank zur Seite. Die, auf der im Sommer die Eltern sitzen und ihren Kindern beim Spielen zusehen.
Er greift in seine linke Manteltasche. Es ist die falsche, hier ist nur das Fahrtenmesser in der Lederhülle. Das hatte ihm sein Opa zum siebten Geburtstag geschenkt. Heimlich, seine Eltern durften das nicht wissen.

Aus der anderen Tasche holt Ralf den kleinen, praktischen Klappspaten und gräbt.

Nur ein kleines Loch, aber tief. Die Erde ist locker und riecht wie Erde im Herbst riechen muss. Feucht und ein bisschen modrig.

Er stößt auf Widerstand. Vorsichtig schiebt er die Erde zur Seite, kratzt ein bisschen. Der Spaten trifft auf Widerstand. Es klingt, wie wenn man auf einen Tonkrug klopft.

Ralf lächelt erleichtert. Horst ist noch da.

Nach all den Jahren.

Ganz einfach

Thomas Erle

Hinweis:
Die Innenstadt Mannheims ist seit ihrer Gründung im frühen 17. Jahrhundert in Quadrate eingeteilt. Diese Anordnung war Ausdruck der absolutistischen Herrschaft und folgte der Ästhetik der damaligen Städtebaukunst. Nicht zuletzt diente die Bezeichnung mit Buchstaben und Zahlen zur Vereinfachung der Orientierung. Die letztgültige Festlegung fand im Jahre 1811 statt.

„Nach Mannheim? War ich noch nie!"

„Mannheim ist gut. Der Traum eines jeden Speditionsfahrers. Zeig mal her."

Ich griff in meine Brusttasche und holte ein zusammengefaltetes Stück Papier hervor. Mein Kumpel Charlie, ein braungebrannter Endvierziger mit Pferdeschwanz und einem verwaschenen AC/DC-T-Shirt über einem mächtigen Brustkorb, sah auf die Lieferadresse.

„Das ist mittendrin. Die Quadrate. Ganz einfach." Mit einem routinierten Schwung enterte er die Führerkabine seines 30-Tonners und zog die Tür zu. „Sei froh, dass du nur den Kleinen hast. Kannst du überall halten." Er zog zum Abschied die Fanfare. „Wir sehen uns morgen. Muss mal eben nach Amsterdam." Der mächtige Sattelschlepper kroch aus dem Speditionshof wie ein Brontosaurier auf der Suche nach Futter. Nach ein paar Augenblicken waren Charlie und sein Gefährt verschwunden.

Ich seufzte und schlurfte zurück zu meinem Wagen. Mal eben nach Amsterdam im Dreißigtonner! Das sagte der so einfach. Ich spürte, wie der Zorn in mir aufstieg. Wie lange dauerte es denn noch, bis der Chef mich endlich auf den großen Europastrecken einsetzte? Dabei war genau das der Grund gewesen, warum ich mich in der Spedition „SuperTrek“ beworben hatte. „King of the Road“! Mal eben nach Malaga, nach Athen, nach Stockholm! Die Welt kennenlernen, fremde Städte, scharfe Bräute. Welche wollte mir widerstehen, wenn ich mit einem solchen Riesengerät vorfuhr, auf Hochglanz poliert, chromblitzend und mit einem Motorensound, gegen den ein Grönemeyer-Konzert Kindergarten war.

Als ich vor meinem Wagen stand, mischte sich Bitterkeit in meinen Ärger. Kleinlaster. 7,5-Tonner. Den dürfte sogar mein Nachbar fahren, der Frührentner mit dem Führerschein von 1975. Und dann noch die Ladung. Spielwaren und Kinderartikel für irgendeinen fremdländisch klingenden Kleinsupermarkt in Mannheim. Das konnte ich nicht einmal am Stammtisch erzählen. Charlie fuhr Schweinehälften, Bananenkisten und Bier. Manchmal Computer, Fahrräder, Flachbildfernseher. Das war doch etwas! Vielleicht lief da sogar noch was nebenher für ein paar Extraeuro.

Ich stieg ein, drehte den Zündschlüssel und kurvte langsam aus der Lagerhalle. Was war wohl diesmal hinten drin? Pampers und Barbiepuppen wahrscheinlich. Oder Sandkastenförmchen. Ich wollte es gar nicht wissen. Es war nur peinlich. Am Ende der Gewerbestraße setzte ich den Blinker und bog ab Richtung Autobahn.

Nach einer halben Stunde schaltete ich das Radio mit den Staumeldungen ein. Es sah gut aus im Raum Mannheim. Ich sah auf die Uhr. Wenn es so weiterging, konnte ich es bis zur Übertragung des Champions-League-Spiels heute Abend zurück nach Hause schaffen. Ich legte eine Deep-Purple-CD ein und lehnte mich zurück. Ein 2:2 müsste doch normalerweise reichen.

Bei der ersten Pinkelpause fiel mir auf, dass ich bei all dem Ärger heute Morgen vergessen hatte, das Bordnavi zu programmieren. Aber noch war Zeit, etwa in einer halben Stunde würde ich nach Mannheim kommen. Ich suchte die Adresse auf dem Lieferschein, aber zu meinem Erstaunen gab es keine. Dort, wo normalerweise Straße und Hausnummer standen, gab es lediglich ein paar Zahlen. Ohne erkennbaren Sinn, vielleicht eine spezielle Handy- oder Faxnummer. Bei diesen türkischen Läden konnte man ja nie ganz sicher sein. Ich trank einen Schluck Kaffee und rief zu Hause bei meiner Firma an.

„Das ist die Adresse", hörte ich die etwas genervte Stimme von Vanessa Steckwein, einer unserer Sekretärinnen.

„Aber die Straße ..."

„Das ist mittendrin in Mannheim, ganz einfach."

Ich versuchte, ruhig zu bleiben. Mit dem Chef und der Sekretärin durfte ich es mir nicht verscherzen. Sie machte die Einsatzpläne und er zahlte manchmal eine Extraprämie. Guter Chef.

„Also okay, weil du es bist." Ich sah förmlich durch das Telefon, wie sie die Augen rollte. „Am besten, du fährst zum Wasserturm. Nicht zu verfehlen. In der Mannheimer Innenstadt gibt es keine Straßennamen. Das ist alles mit Buchstaben bezeichnet und mit Zahlen durchnummeriert. Ganz einfach."

„Aber ..."

„Du fährst einfach rein und schaust auf die Schilder. A, B, C und so weiter und 1, 2, 3 und so weiter. Schön der Reihe nach. Kann nichts schiefgehen." Ich hörte, wie in ihrem Büro ein zweites Telefon klingelte. „Übrigens, das Navi nimmt die Kombi nicht an. War's das? Na denn!"

Sie legte abrupt auf und ließ mich mit einem halb angefangenen Dankessatz allein auf dem Autobahnparkplatz zurück.

Ja prima. Am Rande der Großstadt und keine Ahnung wohin. Ich beneidete Charlie, der natürlich jetzt schon wusste, in welchem Bett in Amsterdam er heute Nacht schlief. Und mit wem. Ich sah mir die Adresse noch einmal an. Irgendein türkischer Kinderladen, dann die Postleitzahl, darunter ein paar Zahlen. Und eine Telefonnummer. Ich knirschte mit den Zähnen. Das fehlte grade noch! Bei dem Typen anrufen und nach dem Weg fragen. Auslachen würde der mich. Ein Berufsfernfahrer, der eine Adresse nicht fand. Nicht mit mir.

In Mannheim sah es so aus, als hätte ich Glück gehabt. Die Autobahn ging irgendwann nahtlos in eine breite Alleenstraße über, die nach wenigen hundert Metern auf einen Park zulief. Zum Glück gab es an dieser Stelle eine Ampel, die gerade rot war, sodass ich mich umsehen konnte. Natürlich, das war der Wasserturm, das musste der Wasserturm sein! Wasser gab es jedenfalls genug in den Teichen und aus den Springbrunnen. Und dazu der einzige Turm weit und breit. Hier sollte ich anfangen zu suchen, hatte Vanessa gemeint. Ich kurbelte das Seitenfenster herunter und rief einer jungen Frau zu, die auf jemanden zu warten schien.

„Zur Innenstadt?"

„Alls do weida", rief sie sichtlich amüsiert zurück und wedelte mit ihrer Hand in Richtung Wasserturm. Ich warf ihr eine Kusshand zu und legte den Gang ein. Das fing doch schon mal gut an. Freundliche Menschen, freundliche Stadt.

Tatsächlich sah ich kurz darauf an der nächsten roten Ampel hinter einer stark befahrenen Querstraße mein gewünschtes Ziel vor mir. Kaufhäuser, Imbissstuben,

Handygeschäfte, Cafés – der vertraute Anblick in allen deutschen Städten. Dumm war nur, dass ich immer noch nicht die genaue Adresse wusste, außer den komischen Zahlen. Außerdem durfte ich an dieser Stelle nicht geradeaus weiter. Hinter mir hupte es bereits, also bog ich kurz entschlossen nach rechts ab. Ich würde einfach bei der nächsten Gelegenheit in die Innenstadt reinfahren und dann weitersehen.

Es war nicht so einfach, wie ich es mir vorgestellt hatte. Nach rechts – jederzeit. Geradeaus – flüssig auf zwei Spuren. Nach links war anscheinend nicht vorgesehen. An einer der nächsten Ampeln endlich eine Abbiegespur. Die schmale, schnurgerade Einbahnstraße, auf die ich geleitet wurde, wurde auf beiden Seiten von Wohnblocks und einigen Geschäften gesäumt. Zum Glück gab es nicht nur wenig Verkehr, sondern auch eine Hofeinfahrt, an der ich anhalten konnte. Ich stieg aus und lief ein paar Schritte in beide Richtungen. Nirgendwo ein Straßenschild. Ich versuchte mich zu erinnern, was Vanessa gesagt hatte. Irgendwas mit Buchstaben und Zahlen. Sollte das ein Witz sein? Jedenfalls konnte ich hier nicht länger stehenbleiben. Zurück am Laster erwartete mich ein grimmig dreinblickender Mercedesfahrer, der mir aus seinem Wagen einen unverständlichen Fluch entgegenwarf, begleitet von einer unmissverständlichen Handbewegung. Unfreundliche Menschen, unfreundliche Stadt.

Ich musste mir etwas einfallen lassen. Schließlich konnte ich nicht den ganzen Tag suchen, und am Abend wartete die Champions League und ein Sixpack Bier im Kühlschrank. An der nächsten Kreuzung zwang mich ein Schild zum Linksabbiegen, kurz darauf noch einmal, wieder nach links. Plötzlich sah ich es. Kein Zweifel. Blauer Lack, weiße Schrift, ein gutes deutsches Straßenschild aus alten Zeiten. Ich fuhr etwas langsamer als schon das nächste auftauchte. Ein großes T mit ein paar Zahlen dahinter. Natürlich, das war es! Jetzt musste ich nur noch ... Ich konnte den Gedanken kaum zu Ende denken, denn nach der nächsten Kreuzung fand ich mich wieder auf der großen Straße wieder, von der ich zuerst abgebogen war. Schon tauchte der Wasserturm wieder auf, dieses Mal auf der anderen Seite. Alles zurück auf Anfang! Aber ich war nicht sauer, im Gegenteil. Jetzt musste ich nur noch den richtigen Buchstaben finden und das wars.

Ich folgte der Straße und kramte nebenher den Lieferschein wieder heraus. Wenn man es nur wusste, war es ganz einfach. Das, was ich für eine Eins gehalten hatte, war ein I, und die Zahlen dahinter bestimmt die Hausnummer. Ich überlegte. Sollte ich noch einmal zurückfahren, dorthin, wo ich das T-Schild gesehen hatte? Logischerweise müsste dann irgendwann im Alphabet das I auftauchen. Was hatte Vanessa gesagt? A, B, C – schön der Reihe nach.

Leider fand ich keinerlei Gelegenheit zum Wenden, doch zum Glück schien ich auf einer Art Ringstraße gelandet zu sein. Während ich der Reihe nach am Bahnhof und an einer Art Schloss vorbeifuhr, tauchten in unregelmäßigen Abständen Hinweisschilder auf die Innenstadt auf, die allesamt nach rechts zeigten. Ein weiterer Versuch konnte nicht schaden. Wieder geriet ich in eine schmale Einbahnstraße mit ähnlichen Häusern wie zuvor. Und da waren die Schilder wieder! Dieses Mal stand ein F darauf. Dann musste doch mein Ziel irgendwo dazwischenliegen! Bestimmt kam als Nächstes das G, dann das H, dann ... Weit gefehlt. Die nächsten Häuser trugen alle das F, der nächste Häuserblock ebenfalls. Und da kam auch schon wieder die Fußgängerzone, das Abbiegeschild, und noch eines und – ich war wieder auf der Ringstraße. In die Gegenrichtung.

Ich wusste nicht, ob ich lachen oder heulen sollte. Diese verflixte Stadt wollte anscheinend nicht beliefert werden. Sie sträubte sich gegen Barbiepuppen und Sandkastenförmchen! Na warte, dachte ich, dich werde ich kriegen. Bisher habe ich noch jede Adresse gefunden, na ja, fast jede außer der letztes Jahr im Odenwald, als ich zu spät dran war und mich im Dunkeln verfahren hatte.

Ich beschloss, noch einmal zu fragen. Das war vernünftig. Das war auch einem Mann erlaubt, der keinen Beifahrer hatte, dessen Navi nicht funktionierte und der keinen Stadtplan hatte. Außerdem würde es keiner der Kollegen mitkriegen. Sei's drum. Besser den Stolz aufgeben als die Champions League versäumen.

Schloss, Bahnhof und Wasserturm zogen in umgekehrter Reihenfolge wieder an mir vorüber. Allmählich kannte ich mich aus. Und – welch Wunder, ich fand erneut eine Haltebucht, wo ich kurz parken konnte. Der alte Herr, der von seinem Dackel zielstrebig in Richtung der Grünanlagen gezogen wurde, schien mir seriös genug.

„Des sin die I-Quadrate!", erklärte er fachmännisch, nachdem ich ihm den Zettel mit der Lieferadresse gereicht hatte. „Was willsch dann dort?"

Ich verschwieg die Spielwaren mit Migrationshintergrund auf meiner Ladefläche und murmelte stattdessen etwas von „eiliger Ladung" und „zerbrechlich". Der Alte musterte mich kritisch, während der Dackel für einen Moment seine Bedürfnisse gegen die exotischen Düfte meines linken Hosenbeins eintauschte.

„Also gut", brummte er. „Jetz wart emol. Isch fahr jo nie Auto. Seit moim Ufall domols nimmi."

Ich verstand nur die Hälfte und wurde etwas ungeduldig. Der Dackel wandte sich meinem anderen Hosenbein zu.

„Am beschte is, du fährsch zurick zum Schloss, vun dort die Breit Schtroß nuff, also praktisch nunna, vum Schloss weg. Dann alls weida. Un linker Hand sinn dann die I-Quadrate. Ganz äfach.“ Aha. Merkwürdige Menschen. Merkwürdige Stadt. Nach etlichen Ampeln fand ich endlich die Gelegenheit zum Wenden und fuhr zurück Richtung Schloss. Tatsächlich gab es direkt vor dem großen Bau eine weit ausladende Straße, die mitten hinein in die Innenstadt führte. Ich musste mir den Weg mit der Straßenbahn teilen, die mich an jeder Haltestelle zum Abbremsen zwang. Trotzdem kehrte meine gute Laune zurück. Ich war auf dem richtigen Weg! Man musste nur Bescheid wissen.

Schon nach zwei Minuten baute sich die Realität in Form eines erneuten Fußgängerzone-Schildes vor mir auf, das die Straßenbahn großzügig ignorierte und mich zu einer Entscheidung zwang. Rechts oder links? Dieses Mal durfte nichts schiefgehen. Ich hielt in der zweiten Reihe an, hart an den Straßenbahnschienen, setzte den Warnblinker und stieg aus. Direkt vor mir lockte ein weiträumiger Platz mit viel Grün, einem Brunnen und Bänken. Am liebsten hätte ich mich dort dazugesetzt und einen gemütlichen Kaffee getrunken. Doch so weit war es noch nicht. Erst die Pflicht, dann das Vergnügen. Ein seriöser Speditionsfahrer weiß, was er der Firma und seinem Ruf schuldig ist.

An dem Gebäude am Straßenrand prangte unübersehbar ein blaues Schild mit einem großen N. Schon mal nicht schlecht. Das T und das F hatte ich bei meinen ersten Versuchen entdeckt, ich musste also ganz nah an dem gesuchten I sein. Ich ließ die Straßenbahn vorbei, stieg aus und ging auf die andere Seite hinüber. Ein Stück musste ich die Häuserfront entlanglaufen. Ein Buchladen, ein Möbelgeschäft, ein Café, eine weitere Querstraße. Dann hatte ich es. Direkt über mir, etwas verschämt unter dem riesigen Logo des Bekleidungshauses unübersehbar ein Schild mit einem D darauf.

„Hea, bass doch uff du Simbl!"

In meiner Verblüffung merkte ich nicht, dass ich wie Hans-Guck-in-die-Luft im geschäftigen Treiben der Mannheimer ein unerwünschtes Hindernis darstellte. Rasch trat ich einen Schritt zurück und fiel dabei fast in eine Gruppe übercooler Halbstarker, die mich sofort mit einem Schwall Schimpfworte übergoss.

„Hey, was willssu?" „Kein Respekt!" „Mach disch vom Agger, Alder!", war noch der harmlosere Teil. Normalerweise hätte ich in guter Fernfahrertradition dem Junggemüse die Haare gebürstet. Stattdessen taumelte ich ein paar Schritte weiter und lehnte mich atemlos an ein riesiges Schaufenster.

Das durfte doch nicht wahr sein! Ein D neben dem N! Wo blieb da die Logik? Hatten die Mannheimer ein anderes Alphabet als der Rest der westlichen Zivilisation? Oder war das alles noch aus alten Zeiten, als der König oder wer auch immer in dem Schloss saß und machen konnte, was er wollte? Ich hatte davon gelesen, dass die alle die absoluten Herrscher waren. Jeder musste machen, was die sagten, und wenn nicht, war gleich der Kopf unten oder so.

„Hasse mal ne kleine Spende für dass der Hund was zu fressen hat?"

Erst jetzt sah ich, dass neben mir auf dem Boden zwei Gestalten saßen, beide in einer wilden Kluft aus Armeehose, zerrissenem T-Shirt und Strickjacke. Dort, wo bei anderen Menschen normalerweise die Haare waren, schrie mir ein in allen Farben schillerndes Etwas entgegen. Die eine der beiden Gestalten, die wahrscheinlich weiblich war, hielt mir ein putziges hellbraunes Bündel entgegen, das wohlig vor sich hinfiepte.

Meine Verwirrung wurde durch diesen Anblick nicht geringer. Aber ich mochte Hunde. Ich zog meinen Geldbeutel heraus und warf ein paar Münzen in einen Plastikbecher, der vor der anderen Gestalt auf dem Boden stand.

„Alles klar, Chef, die Firma dankt!", kam es zurück. „Und ein schönes Leben noch!", rief es mir hinterher.

Jetzt packte mich endgültig der Ehrgeiz. Rasch lief ich die Front des Bekleidungshauses entlang bis zum nächsten Block. Und siehe da: schon wieder ein D! Im übernächsten noch einmal. Durch das schnelle Laufen kam ich gehörig ins Schnaufen. Aber auch die Aufregung packte mich. Lauter D-Buchstaben! Sogar durchnummeriert! Doch jetzt kam die Nagelprobe: die andere Straßenseite. Schon tauchte das nächste Schild auf. Es trug ein E, ebenso wie das folgende. Mein Herz klopfte vor Aufregung. Ha! Ich hatte den Mannheim-Code geknackt! Ich wusste, wo ich war! Und viel besser noch: Wo es ein D gab und ein E musste es auch ein F geben, ein G und immer weiter. Vanessa, du bist ein Schatz, hast recht gehabt, ich könnte dich glatt und noch mehr.

Allerdings blieb noch das Rätsel des N auf der anderen Seite der Straße, in der mein Auto stand. Am besten wäre es, wenn ich dort ebenso die Blocks untersuchte, bis ich ...

Von Weitem sah ich die Bescherung und meine Stimmung trübte sich schlagartig. Vor meinem 7,5-Tonner stand eine uniformierte Dame mit gezücktem Kleinstcomputer und betrachtete aufmerksam das Wageninnere. Sie schüttelte den Kopf und begann, sorgfältig etwas einzutippen, das mit ziemlicher Sicherheit für mich nichts Erfreuliches bedeutete.

Das hatte mir gerade noch gefehlt. Hoffentlich hatte sie noch nicht den Abschleppdienst informiert. Dann wäre der Tag gelaufen, und mein Chef würde einen Wutanfall bekommen. Von der verpassten Champions League ganz zu schweigen.

Aber noch war nicht alles verloren. Ich fuhr mir durch die Haare und hängte mein unverschämtestes Brad-Pitt-Lächeln ins Gesicht.

„Wunderschönen guten Tag! Stimmt etwas nicht mit meinem Wagen?“, flötete ich zur Begrüßung.

Unter einem kurz geschnittenen Pony traf mich der strafende Blick einer Dame im dauerhaft besten Alter. „Do brauche se garnet so gugge wie e Eischhernl, des nitzt bei mir nix!“ Brad Pitt löste sich so schnell auf wie Instantkaffee. Das war eindeutig, auch wenn ich wieder nicht alles verstand. Ich versuchte es mit einem Appell an ihr Verständnis. „Das hat wohl ein Minütchen zu lange gedauert.“

„Bei uns gibt es keine Minütchen“, gab sie barsch und in glasklarem Hochdeutsch zurück, „Ihr Laster ist ein Verkehrshindernis! Sind Sie mit einer gebührenpflichtigen Verwarnung einverstanden?“

Ich stand nahe davor, auf sie loszugehen. Was war das nur für eine Stadt! Was waren das nur für Menschen?

„Alles nur wegen dieser blöden Quadrate! Ich will doch nur meine Ladung abliefern und sonst nichts!“

Sie richtete sich zu ihren ganzen Einssechzig auf. Zu ihrem strafenden Blick gesellte sich eine Zornesfalte. „Dass Sie sich verfahren, das ist schon anderen passiert. Aber beleidigen brauchen Sie uns nicht! Unsere Quadrate sind etwas Besonderes. Historisch.“

Aus den Augenwinkeln sah ich, wie einige Passanten zu uns deuteten und grinsten. Auf einmal fühlte ich mich unendlich müde. Ich wünschte, ich wäre weit weg. Halb in Trance unterschrieb ich den Verwarnungsbescheid. Der Chef würde es mir vom Gehalt abziehen.

„So, junger Mann, das hätten wir. Und jetzt fahren Sie weiter.“ Ihre Stimme wurde plötzlich deutlich milder.

„Wo wollen Sie denn eigentlich hin?“ Ich war so überrascht, dass ich nur noch einen Buchstaben hervorbrachte.

„I-Quadrate? Jetzt passen Sie mal gut auf. Jetzt erst einmal umdrehen. Dort vorne rechts rein, die zweite wieder rechts und dann immer geradeaus. Einfach dem Alphabet nach.“

„Und die Einbahnstraßen?“

„Nicht abbiegen. Immer geradeaus. Ist ganz einfach.“

Ich steckte den Strafzettel in meine Hosentasche und schwang mich auf den Fahrersitz. „Aber ich kann doch hier nicht einfach wenden!“

Die Politesse streckte sich weitere zwei Zentimeter in die Höhe. „Wenn ich Ihnen das sage, dann dürfen Sie das!“ Mit einer eleganten Handbewegung winkte sie mich heraus auf die Fahrbahn. Vorsichtig fuhr ich los, immer noch etwas ungläubig über den plötzlichen Stimmungswandel.

„Wer freundlich fragt, bekommt freundlich Antwort. So ist das bei uns in Mannheim!“, rief sie mir hinterher. „Viel Erfolg!“

Es sah so aus, als habe die Politesse recht gehabt. Nach zweimaligem Abbiegen fuhr ich eine Straße entlang, die sich schnurgerade durch die Häuserblocks zog. Inzwischen wusste ich, worauf ich zu achten hatte. Und tatsächlich wechselte nach jedem Block der zugehörige Buchstabe. Über das überhaupt nicht passende N wollte ich mir keine Gedanken mehr machen.

C – D – E – F. Natürlich. Einfach der Reihe nach. Vanessa, du bist ein Schatz! Es leben die freundlichen Mannheimer Politessen!

G – H – J – K. Moment. Da hatte ich etwas übersehen. Ausgerechnet mein Quadrat. Und da war auch die Innenstadt bereits wieder zu Ende und ich musste in die große

Ringstraße einbiegen. Doch ich hatte erneut Glück, schon bei der nächsten Kreuzung ging es wieder rechts ab.

K – J – H – G. Wo war das I? Schon wieder vorbeigefahren?

Wieder gelang es mir, nach zweimaligem Abbiegen auf die Straße zurückzukommen, auf die mich die Politesse geschickt hatte. Konzentration jetzt! Ich bin ganz nah dran!

Kein I. Kein I-Quadrat. Verzweiflung machte sich breit. Zorn. Ungläubiges Kopfschütteln. Hatte sie mich gelinkt? Ihre nachträgliche kleine Bosheit für mein dämliches Grinsen?

Ich hielt in einer Parkbucht neben einem Stückchen Grün inmitten der Häuserblocks und stieg aus. Auf einer der Bänke versuchte ich, klare Gedanken zu fassen. Charlie würde sich totlachen, wenn er mich jetzt so sähe. Vanessa würde die Augen rollen. Und mein Chef? Es war klar, dass ich mir die Fernstrecken abschminken konnte. Wenn er mich überhaupt behielt.

Ein paar ältere Herren standen um ein Bodenschach und betrachteten nachdenklich die Figuren, ab und zu kommentiert von einem unverständlichen Mannheimer Ausdruck. Warum eigentlich nicht? Ein allerletzter Versuch. Wenn sich jemand hier auskannte, dann diese Männer.

Ich stand auf und gesellte mich zu dem mir am nächsten Stehenden. Er war offenbar gewillt, mir zuzuhören. Als ich ihm den Lieferschein zeigte, zog ein breites Grinsen über sein Gesicht. Er winkte die anderen her, die mich nach seiner kurzen Erklärung zuerst mitleidig betrachteten und dann gemeinsam in ein meckerndes Gelächter ausbrachen.

„Das, was du gesehen hast, waren nicht die J-Quadrate. Es gibt keine J-Quadrate. Die J-Quadrate sind die

I-Quadrate, und nach den I-Quadraten kommen gleich die K-Quadrate. Das, was da auf den Schildern steht, sieht zwar aus wie ein J, ist aber ein I. Das haben sie gemacht, damit man es nicht verwechselt. Dabei ist das ganz einfach ..."

Mehr weiß ich nicht mehr. Mehr fällt mir auch nicht mehr ein. Ich finde, das ist schon viel genug. Es ginge mir besser, wenn ich das alles aufschriebe, haben sie mir gesagt. Dabei geht es mir nicht schlecht. Ich bekomme Essen und Trinken, gehe viel im Park spazieren. Sogar Champions League durfte ich sehen, neulich. Ab und zu kommt einer der Männer mit dem weißen Kittel auf mein Zimmer und fragt mich nach meinem Wohlbefinden. Alles gut soweit, sage ich dann immer. Nette Stadt. Nette Menschen.

Nur ein paar Dinge verstehe ich noch nicht. Zum Beispiel dass mein Zimmer abgeschlossen wird. Das sei nur für mein Bestes, sagen sie dann, die Weißkittel. Und da ist noch einer, so ein komischer. Das war der, der gemeint hat, ich solle alles aufschreiben. Er sagt aber auch merkwürdige Sachen, die mir gar nicht gefallen. Ich müsse mich ausruhen, weil ich eine große Wut gehabt hätte. Dann sagt er noch, ich sei mit einem Laster über ein Schachbrett gefahren. Hin und her, immer wieder. Über ein Schachbrett! Das muss man sich mal vorstellen! Und noch schlimmer, ich hätte zwei Männer totgefahren und einen Hund. Und zwei andere seien schwer verletzt und lägen im Krankenhaus.

Ich weiß nicht. Das mit dem Hund täte mir leid. Ich mag Hunde.

Ich mach sie platt

Gudrun Wilhelms

Üb immer Treu und Redlichkeit bis an dein kühles Grab
Und weiche keinen Finger breit von Gottes Wegen ab, tönte das Glockenspiel vom Marktplatzturm.

„Schon drei viertel zwölf. Mit dem Frühstück wird's auch immer später, seit wir in Rente sind." Heiner Müller nahm eine dritte Scheibe Brot, strich Kochkäse darauf und belegte das Ganze mit rohem Schinken. Sein Blick erreichte seine Frau nicht. Sie hatte sich hinter dem „Mannheimer Morgen" verschanzt und las die Todesanzeigen.

„Du weißt ja eh nicht, was du mit deiner Zeit anfangen sollst", sagte sie, ohne die Zeitung zu senken. „Sei froh, dass der Tag halb rum ist und gib Ruh." Vernehmlich schlürfte sie ihren Kaffee.

Bzz, bzz, bzz. Bereits beim Frühstück ging es los. Unfreundlichkeiten, sobald sie den Mund aufmachte. Nun, wenigstens ihr Anblick blieb ihm erspart, schon deshalb lohnte sich das Abo des „MM". Ungewaschen, die Augen voller Schlaf, wirres Haar. Er sah sie vor seinem geistigen Auge, ein reales Bild brauchte er nicht. Zerknittertes Nachthemd, ausgelatschte Hausschuhe. So hatte sie sich Tag für Tag am Frühstückstisch präsentiert, seit sie nicht mehr zur Arbeit musste. Drei Jahre lang.

Ich kann dich einfach nicht mehr seh'n – Du lässt dich geh'n, – Mit deinen unbedeckten Knien, wenn deine Strümpfe Wasser zieh'n ... Ein Sänger hatte es vor Jahren auf den Punkt gebracht. Franzose. Der Name war ihm entfallen. Einmalig, dieses Lied. Strümpfe hatte sie heute nicht an bei der Hitze. Dafür standen ihm die Schweißperlen auf Stirn und Glatze. Kein Wunder, die Sonne knallte voll aufs Küchenfenster. Eine Küche mit dieser intensiven Sonneneinstrahlung, dümmer ging's nicht. Aber Renate hatte beim Einzug darauf bestanden, seine Einwände einfach weggewischt. Sie wollte beim Essen auf den Marktplatz schauen können, wer hatte schon so eine phantastische Aussicht: Das alte Rathaus, St. Sebastian, der Barockbrunnen und drei Mal in der Woche das Gewusel vom Markt. Mit einem Mal lief ihm der Schweiß übers Gesicht. Auch sie schien zu schwitzen. Sie hatte sich ein Handtuch geangelt und fuhr sich damit über Stirn und Hals.

Früher, ach, früher ..., er durfte gar nicht daran denken: Früher war sie am Morgen wie aus dem Ei gepellt, wie ein Modell aus dem Otto-Katalog: Perfekte Frisur, perfektes Make-up, enger Rock, Bluse, Blazer, Pumps. Elegant. Sie arbeitete bei *Engelhorn* in der Abteilung Damen-Oberbekleidung. Dort erwartete man vom Personal ein perfektes Erscheinungsbild. Früher, ach, früher ..., Wehmut stieg in ihm auf. Ihre Kommentare hatten es schon damals in sich, aber ihr Anblick entschädigte ihn für manches böse Wort.

„Du hast ja einen gesegneten Appetit", sagte sie spitz in seine nostalgischen Gedanken hinein, „die dritte Scheibe. Aber iss nur weiter, Mittagessen fällt aus. Ich bin um drei mit Rosi verabredet." Bzzz, bzzz, bzzz. Jetzt zählte sie ihm schon die Brotscheiben vor! Eine Unverschämtheit war das. Konnte sie nicht ein Mal ihren Mund halten und ihn mit ihrem Müll verschonen?

Die Verabredung mit Rosi – jedes Mal machte sie einen Staatsakt daraus. Um Punkt zwei würde sie in eine unnötige Hektik verfallen. Duschen, Haare waschen, Make-up. Dann würde sie vor dem Kleiderschrank stehen. Minutenlang. Die engen Röcke kamen nicht in Frage, sie passte schon lange nicht mehr hinein. Also würde sie zu einer Flatterhose mit elastischem Bund greifen und einer hüftlangen Bluse, die von der Brust herabfiel wie ein Wasserfall. Das Bild einer wandelnden Tonne. *Mit deiner schlampigen Figur gehst du mir gegen die Natur.* Das einzig Schlanke an ihr waren ihre Spinnenbeine geblieben. Dünn, schwarz behaart. Da sie nur noch Hosen trug, hatte sie seit geraumer Zeit das Enthaaren der Beine eingestellt. Reine Bequemlichkeit, nach ihrem Bekunden. Niemand sah ja ihre Beine. Außer ihm. Aber das störte sie nicht im geringsten. Diese Spinnenbeine! Sie trippelten hierhin, dorthin. Nervös und unberechenbar. Verweilten hier, schienen sich an einem Ort festzusaugen, hatten eine unnatürliche Bodenhaftung, um dann plötzlich und unmotiviert und ohne Vorwarnung abzuheben zu einem anderen Ort. Diese Unstetigkeit, diese Unberechenbarkeit. Sie raubten ihm noch den letzten Nerv.

Um fünf vor drei würde Renate ins *Café Herdegen* gehen, wie jeden Donnerstag seit drei Jahren. Von H nach E – für sie eine sportliche Meisterleistung. Weiter würde sie es auch nicht schaffen in ihren Sommersandalen mit den plumpen schwarzen Plateausohlen. Spinnenbeine auf Plateausohlen, grinste er in sich hinein, ungelenke Stecken mit Saugnäpfen dran. Unappetitlich.

Im *Herdegen* würde Renate sich an einem Kännchen Kaffee festhalten, sich den Bauch mit Sahnetorte vollschlagen und mit Rosi quatschen. Weiß Gott, worüber. Eigentlich hatte sie ihr nichts mitzuteilen, aber das hielt sie nicht davon ab zu sabbeln, bis beiden der Kopf schwirrte. Bzzzz, bzzzz, bzzzz. Stundenlang würden sie bei diesem Sommerwetter im Café sitzen. Im geschlossenen Raum! Warum sie nicht nach Feudenheim in Rosis Schrebergarten fuhren und dort Kaffee tranken? Seine Frage hatte Renate vor geraumer Zeit mit einem vernichtenden Blick abgeschmettert. Dabei war in diesem Garten alles vorhanden, was man sich nur wünschen konnte: Ein

Gartenhäuschen mit gefliester Terrasse, eine pflegeleichte Sitzgruppe unterm Nussbaum, ein gemauerter Grill … Sogar einen kleinen Kühlschrank und ein Klo gab es.

Auch er würde heute die Wohnung verlassen. Nach einem Gang über den Markt würde er sich draußen vor dem *Café Journal* ein Bierchen genehmigen und die schönen jungen Menschen betrachten, die an den Nebentischen lachten. Einmal etwas Erfreuliches in seinem Gesichtsfeld, einmal etwas Positives in seinen Ohren! Sonst würde er ja noch verrückt.

Am Montag würde er wie immer zu seinem Kumpel Franz nach B4 gehen. Franz kannte er seit ewigen Zeiten. Weit über vierzig Jahre hatten die beiden beim Benz in Schichtarbeit geschafft. Franz war ein fröhlicher, entspannter Typ. Er war verwitwet und lebte in einer kleinen Jugendstil-Wohnung. Die hatte er selbst renoviert: neues Bad, Türen abgeschliffen und lackiert, Laminatböden. Sogar die Stuckverzierungen an den Decken hatte er ohne fremde Hilfe restauriert. Ja, alle Benz-Arbeiter waren geschickte Handwerker.

Sie würden auf Franzens kleinem Balkon sitzen, „Mau Mau", „Mensch, ärgere dich nicht" oder „Mühle" spielen. Je nachdem. Vielleicht würden sie auch nur reden oder die handzahme Taube füttern, die Franz regelmäßig auf seinem Balkon besuchte. Dabei konnte Heiner durchatmen und entspannen. Die Aussicht auf den Innenhof war zwar nicht berauschend, aber Franz hatte sich seine persönliche Idylle geschaffen: Zwei Töpfe mit Cocktailtomaten, einen mit Petersilie, zwei Klappstühle und ein rundes Tischchen. Dazu eine Sturmlaterne und ein Aschenbecher. Er war gerne bei Franz. Friedlich war es dort. Das war es, was er so schätzte.

Jedes Mal, wenn die Turmuhr der Jesuitenkirche ihn am frühen Abend zum Aufbruch mahnte, stand er nur widerwillig auf, beschleunigte aber spätestens auf den Planken seine Schritte, um keinen Ärger zu bekommen. Hörte er am Marktplatz das Glockenspiel, dann wusste er: drei viertel sechs, alles im grünen Bereich. Vergangenen Montag war *Freiheit, die ich meine* erklungen, als er bei St. Sebastian um die Ecke bog. Mit seiner Freiheit war es nicht weit her. Aber das konnte das Glockenspiel nicht wissen. Neulich hatte es *Freut euch des Lebens* gespielt, als Renate nach ihrem Kaffeeklatsch die Wohnung betrat. Das war Ironie pur. Sie kam nach Hause – weiß Gott kein Grund zur Freude! Das Lämpchen glühte nur noch schwach, die Rose war längst verblüht.

„Du kaufst heute ein, dass du's ja nicht vergisst. Zettel und Geld liegen auf dem Brotkasten. Du nimmst besser die Ikea-Tasche." Sie fixierte ihn über den Zeitungsrand.

Wie kalt ihre Augen waren. Starr, schwarz, riesengroß. Augen ohne jede Gefühlsregung. Sie fokussierten alles, kontrollierten alles. Nichts entging ihnen, sie hatten alles im Blick. Sahen sie ihn, selbst wenn er hinter ihr stand? Manchmal hatte er genau diesen Eindruck.

„Warum guckst du so blöd? Glaub bloß nicht, ich geh heute noch einkaufen nach dem Treffen mit Rosi." Sie legte die Zeitung beiseite und steckte ihren Zeigefinger ins Marmeladenglas. „Das ist die Erdbeermarmelade von Biggi. Könnte ruhig süßer sein. Aber sie zählt ja jede Kalorie, die alte Spinatwachtel."

Einfach eklig. Spinnenbeine und Spinnenfinger, fuhr es ihm durch den Kopf. Sie hatte auch lange dünne Spinnenfinger! Sie hatten alles im Griff, betatschten alles, kundschafteten alles aus. Ob bitter, sauer, salzig, süß, ob rau oder glatt – kein Quadratzentimeter in der Wohnung blieb unentdeckt. Seine Nachttischschublade fingerten sie ab, seine Brieftasche, die Innentaschen seiner Jacketts sogar. Nichts blieb vor ihnen verborgen. Es gab kein Entrinnen.

Nun steckte sie den abgeleckten Zeigefinger auch noch in den Kochkäse und fischte eine Kostprobe heraus. „Du hast ihn fast alleine aufgegessen. Es ist mein Lieblingskäse. Das weißt du doch“, sagte sie vorwurfsvoll. Bzzzzz. Bzzzzz. Bzzzzz. Erst in die Marmelade, dann in den Kochkäse. Mit ihren Spinnenfingern. Das Maß war voll. Sein Geduldsfaden war gerissen, seine Leidensfähigkeit überstrapaziert.

Durch Heiner Müllers Körper wogte plötzlich eine heiße Welle. Es war nicht die Hitze. Da saß sie vor ihm, breit und fett. Worauf wartete er noch? Ich – mach – sie – platt! Mechanisch griff er hinter sich aufs Fensterbrett. Und dann schlug er zu. Einmal, zweimal, dreimal. Dabei schrie er so infernalisch, dass man es bis ins *Café Journal* hinunter hören konnte.

Da lag sie mitten auf dem Tisch – zwischen Kochkäse, Schinken, Marmeladenglas und der umgekippten Kaffeetasse: Zu Brei reduziert. Nur ein schwarzes Beinchen und ein Facettenauge waren noch zu erkennen.

„Du bist ja völlig durchgeknallt, so eine Sauerei zu veranstalten!“, schrie sie. „Das bringst du in Ordnung. Und zwar sofort. Wie krank muss man sein, dass einen die Fliege auf dem Tisch stört!“

Der Wohl-Täter

Lilo Beil

„Die schlimmsten Übel kommen von denen, die uns Gutes tun wollen" oder „Mit guten Absichten wird mehr Unheil angerichtet als mit bösen" oder „Halte dich von Leuten fern, die ständig dein Bestes wollen".

Sentas energische und erdverbundene Tante Margarete hatte des Öfteren diese Aphorismen von sich gegeben, freilich ohne zu wissen, dass es Aphorismen waren.

Da sie wenig gelesen hatte außer der Bibel und den Pflichtgedichten „Die Glocke", „Der Erlkönig" und „Die Bürgschaft" (letzteres Gedicht konnte sie auch noch mit 90 Jahren ohne Stocken aufsagen), danach Kochrezepte, „Das Hausbuch der deutschen Familie" und Frauenzeitschriften, konnte man ihr kaum vorwerfen, den großen englischen Gelehrten Dr. Samuel Johnson geistig beraubt zu haben, der sich ähnlich, vielleicht nur etwas pointierter als Tante Margarete ausgedrückt hatte zum Thema „Gute Absichten haben".

Gutmeinende Menschen zogen sich wie ein Leitmotiv durch Sentas Leben.

Die Lebensweisheit, dass uns die besten Absichten der Mitmenschen mehr schaden als nützen, bestimmte letztendlich Sentas Schicksalsweg und wurde ihr zum Verhängnis.

Doch nun zu Leo, eigentlich Leonidas. Kein belgischer Schokoladenhändler, dafür ein Buchhalter, der es sich zum Ziel gemacht hatte, Gutes zu tun und nichts als Gutes. Er war in seiner Jugend beim Pfadfinderbund Mannheim gewesen und blieb seither dem schönen alten Pfadfindermotto treu, jeden Tag ein gutes Werk zu tun.

Er begegnete Senta in einem Laden der Quadratestadt, in welche Senta zwei Jahre zuvor nach ihrer Scheidung von Paul gezogen war.

Leonidas schlenderte durch die Fußgängerzone der Breiten Straße und führte Gutes im Schilde. Vor einem Schuhgeschäft spielte ein trauriger Musikant aus der Ukraine russische Weisen auf der Balalaika, eine verschleierte Mutter mit Kind kauerte nicht weit davon in einer Nische und streckte dürre Hände nach peinlich berührten eiligen Fußgängern aus, und vor einem Café am Marktplatz fiedelte eine junge Frau, vielleicht eine Studentin, Mozarts „Kleine Nachtmusik", vor sich den geöffneten Geigenkasten, in dem sich neben Centstücken auch Euros befanden und auch der eine oder andere Schein, denn die junge Frau war bildhübsch und spielte fast schon virtuos.

Leonidas warf einen Fünfeuroschein in den Geigenkasten, die hübsche Musikantin nickte kurz und lächelte Leonidas aus rehbraunen melancholischen Augen an.

Endlich einmal ein wenig Dank, dachte Leonidas.

Undank hatte er in letzter Zeit wahrlich genug erfahren.

Seine 95-jährige Nachbarin, die sich energisch gegen alle Versuche ihrer Verwandtschaft wehrte, sie in einem Altersheim zu entsorgen und die daher sein vollstes Mitgefühl erregte (die arme alte Dame, wie kann man nur so herzlos sein), war eines seiner Objekte im Programm christlicher Nächstenliebe gewesen. Wochenlang schleppte Leonidas eklige Mülleimer Etagen rauf und runter, machte Besorgungen in Geschäften und erledigte Amtliches, und schließlich lauschte er nimmermüde endlosen Berichten, die sich im Kreise drehten und stets darauf hinausliefen, dass irgendwelche Neffen, Nichten, Enkel und Urenkel, die Leonidas seltsamerweise nie zu

Gesicht bekam, sich bei Nacht und Nebel in die Wohnung von Frau Tilla Braun (so hieß die Nachbarin) einschlichen und auf heimtückische Weise klitzekleine Löcher in die Zimmerlinde, Frau Brauns ganzen Stolz, stachen.

104 Stiche hatte die Arme bisher gezählt, und das abgefeimte Treiben nahm kein Ende. Entschlossen, Frau Brauns verbrecherischer Verwandtschaft das Handwerk zu legen, bot sich Leonidas an, Nachtwache zu halten und die Übeltäter auf frischer Tat zu ertappen.

Fünf Stunden schon hatte er tapfer ausgehalten und sich mit Kaffee und Cola wach halten können, als er plötzlich Schritte hörte, die sich leise tappend näherten. Eine gespenstische Erscheinung erschien im Türrahmen und schrie sehr irdisch und sehr laut: „ Nun weiß ich endlich, wer die 104 Stiche in meine Zimmerlinde gemacht hat. Sie Wolf im Schafspelz. Und mein Himbeerjoghurt von gestern ist auch nicht mehr im Kühlschrank. Heben Sie sich von dannen, Sie Satanas. Für immer."

Tilla Braun war im Begriff, sich auf den wohltätigen Wächter der Zimmerlinde zu stürzen, doch dieser zog es vor, freiwillig die Wohnung zu verlassen.

Die plötzliche Erkenntnis, nämlich dass die arme alte Dame ihm monatelang vorgaukeln konnte, ihrer fünf Sinne mächtig zu sein, und dies bei völliger geistiger Umnachtung, traf ihn wie ein Blitzschlag.

Doch die Kette der Undankbaren riss nicht ab.

Ein Gartenzwerg-fixierter Rentner im übernächsten Haus, dem Leonidas, der Mildtätige, einen hübschen beleuchtbaren Miniatur-Ziehbrunnen geschenkt hatte, beschuldigte ihn bald darauf, Großzügigkeit und Hilfsbereitschaft nur vorzutäuschen und ein abgefeimter Erbschleicher zu sein.

Ein weiterer Rentner, dessen Frau unter mysteriösen Umständen verschwunden war, wie Leonidas wenig später erfuhr, schrie Zeter und Mordio, als Leonidas seine freiwillige Hilfe beim Umgraben des Kartoffelbeets im Schrebergarten anbot und nannte ihn einen Schnüffler vom Geheimdienst, der wohl hoffte, etliche Leichenfunde zu machen.

Mit etwas bitterer Miene, er dachte gerade an Kartoffelbeete, beleuchtbare Ziehbrunnen und Zimmerlinden, stand Leonidas vor einem Nordseeladen und schaute angeekelt auf Aale in Aspik und glotzende Forellen, als sein Blick sich mit dem der Verkäuferin hinter der Ladentheke, die gefüllt war mit allerlei Fluss- und Meeresgetier, traf.

Nun, wenn es Liebe auf den ersten Blick tatsächlich gibt, so war es bei diesem Blick der Fall. Es war ein Blick der Nächstenliebe von Leonidas' Seite aus, dies stand fest. Denn es waren die Augen der Verkäuferin, welche seine Aufmerksamkeit erregten und sein Mitleid auslösten.

Wie man gelegentlich Herr und Hund Ähnlichkeiten nachsagt, so verblüfften ihn die Augen der Verkäuferin durch ihre Ähnlichkeit mit den Augen der Fluss- und Meerestiere, die dekorativ hinter der Ladentheke auf Eis lagen.

Diesen Augen galt vom ersten Moment an Leonidas' ganze Liebe, seine ganze Nächstenliebe.

Er kaufte eine große Portion Scampi und bezahlte. Auf dem Kassenzettel notierte er seine Telefonnummer. Er war sehr schüchtern und wagte nicht, die Angebetete – oder besser gesagt die Bemitleidete – direkt anzusprechen.

Der erstaunten Senta, denn um sie handelte es sich, der Leser wird es schon vermutet haben, gab er den Kassenzettel mit der Telefonnummer zurück und verließ eilig den Laden.

Dass die Angebetete Senta hieß, hatte er auf dem Schildchen an ihrer Verkäuferinnen-Kittelschürze gelesen.

Senta Mußgnug, ein nicht alltäglicher Name, aber von angenehmem Wohlklang.

Ob Senta antworten würde? Vielleicht war sie soeben, während er seine Scampi auf einer Bank inmitten der Fußgängerzone verspeiste, im Begriff, verärgert seinen Kassenzettel mit der Telefonnummer zu zerknüllen und in den Korb mit den Fischabfällen zu werfen.

Leonidas dachte sich ein Orakel aus: Wenn er seine Scampi verzehrt hätte, ohne dass ein Straßenmusikant auftauchte, würde sie anrufen. Leonidas aß sehr schnell, er verschlang gerade seine Scampiportion, er war bei seinem allerletzten Scampistück angelangt, als sich die junge hübsche Frau von vorhin neben seiner Bank postierte, ihren Geigenkasten vor sich hinstellte und zu fiedeln begann.

Leonidas hätte sich fast verschluckt vor Enttäuschung, doch da fiel ihm ein, dass er in seinem kleinen Privatorakel von einem Straßenmusikanten, nicht aber von einer Straßenmusikantin gesprochen hatte.

Eine Musikantin galt nicht, und ein Musikant war weit und breit nicht in Sicht. Sie würde also anrufen. Senta, seine glotzäugige Angebetete.

Leonidas ging noch nicht in seine Wohnung zurück, denn es war erst halb fünf, und auf der Ladentür hatte er gelesen, dass das Geschäft um halb sieben schloss.

Vor acht Uhr wäre Sentas Anruf wohl nicht zu erwarten.

Vielleicht gab es bis dahin auf dem Nachhauseweg dies und das an Mildtätigem zu erledigen.

Es war ein Abenteuer.

Leonidas bedauerte schon, dass er nicht in einer Millionenstadt wohnte. In Berlin zum Beispiel hätte er in der U- oder S-Bahn doch so viel mehr Gelegenheit gehabt, sein gutes Herz zu erproben, seinen Mut sogar, vielleicht beim Eingreifen bei irgendeiner Pöbelei, einer Attacke von verwahrlosten Jugendlichen auf Rentner oder Migranten.

Doch vor Leonidas' geistigem Auge standen Frau Tilla Braun mit Zimmerlinde und die beiden Besitzer von Kartoffelbeet und beleuchtbarem Ziehbrunnen, und er war seinem Schicksal dankbar, in einer überschaubaren Stadt zu leben, wo es glupschäugige Nordseeverkäuferinnen zu erretten gab. Frauen jüngeren Datums und voraussichtlich nicht so undankbar wie die Alten.

Er half unterwegs einer jungen Mutter, den Kinderwagen mit mopsgesichtigem Sprössling in die Straßenbahn zu heben, und er erntete ein dankbares Lächeln. Einem Teenager auf Inlineskates, der seinen Geldbeutel verloren hatte, rannte er hinterher und bekam sogar einen Kaugummi als Finderlohn. Einem dicken Mann, der sich kaum rühren konnte wegen seiner überbordenden Leibesfülle, machte er hilfreiche Zeichen beim Einparkmanöver und wurde mit einem lauten Dankeschön belohnt. Einer spindeldürren Diakonissenschwester trug er den schweren Gemüsekorb, worauf er sich sogar eine Gurke aussuchen durfte, welche er dankend ablehnte. Er hatte eine Gurkenallergie.

Beflügelt durch diese vier erfolgreichen Wohltaten, erreichte Leonidas zehn Minuten vor acht sein trautes Heim in der Windmühlstraße.

Er stellte den Fernseher an, der nur von wüsten Dingen berichtete. Von Untaten und Unheil, von Korruption, Kriegen, Umweltkatastrophen, von Selbstmordattentaten, Entführungen und Kindesmisshandlungen, 52 000 allein jährlich in diesem schönen Lande. Politikerskandale und Drogendelikte, Mord und Totschlag. Die Meldungen von Unheil und Untaten nahmen kein Ende, und Leonidas schaltete angewidert den Fernseher aus. Er setzte sich in seinen Lieblingssessel, aß einen Joghurt (keinen Himbeerjoghurt freilich, diese Sorte hasste er seit Tilla Brauns ungerechten Anschuldigungen), und er wartete.

Nach einer halben Stunde ungeduldigen Wartens kam endlich der ersehnte Anruf.

Senta und Leonidas verabredeten sich für den nächsten Sonntag, passenderweise vor dem großen Fischteich im Luisenpark.

Mit einem knallgelben Faltenrock und lachsfarbener Bluse angetan, die Glupschaugen kurzsichtig und hilfesuchend nach allen Seiten wendend, bot Senta einen Anblick, der nach errettet werden geradezu schrie.

Es muss gesagt werden, dass Senta, nichtsahnend, was den nächsten liebenden Grund für Leonidas Annäherung betraf, sich vom ersten Moment ihrer Begegnung an hoffnungslos in den stattlichen Mann verliebt hatte, denn in einem Neckarauer Volkshochschulkurs war sie im Lesen der Aura ihrer Mitmenschen unterrichtet worden. Von Leonidas' Aura war sie sogleich fasziniert gewesen. Ohne Zögern, ohne Vorbehalte.

Die beiden gingen ins Restaurant im Pflanzenschauhaus. Sie bestellten sich beide eine „Luisenpark-Spezialplatte", und Senta, von Leonidas positiver Aura ermutigt, erzählte.

Noch nie hatte sie einem Menschen so ihr Innerstes offenbart, aber die Vertrauen erweckende Aura ihres Gegenüber ermunterte sie, ihm ihr Herz auszuschütten.

Und Senta erzählte von ihrer Mutter, die mit ihrer erdrückenden Zuneigung verhindert hatte, dass sie sich damals mit dem jungen Mann verloben konnte, den sie doch so sehr geliebt hatte. Von der Affenliebe ihres Vaters, der alle weiteren Verehrer förmlich weggeekelt hatte, bis auf Paul, aber das später. Sie erzählte von dem gutmütigen ersten Lehrherrn, der so fürsorglich um ihr Wohl besorgt war, dass dessen Ehefrau Senta nach drei Wochen feuerte, von jener Zimmerwirtin, die ihr aus Besorgtheit und voll menschlicher Wärme jeden Abend, wenn sie von der Arbeit nach Hause kam, ihr Lieblingsessen kochte. In Senta sah sie eine Ersatztochter, aber als sie nach fünf Wochen das immer gleiche Essen servierte, kündigte Senta. Höflichkeit hatte ihre Grenzen. Aber auch die Leidenschaftlichkeit, denn dieses Zuviel an Leidenschaft hatte Senta veranlasst, sich von ihrem Mann Paul zu trennen, der sie geradezu erdrückt hatte mit Fürsorge und Liebe, gepaart mit großer Eifersucht.

„Ich will doch nur dein Bestes!", hatte er nach jeder Eifersuchtsszene gesagt.

Die Liste der wohltätigen Menschen nahm kein Ende, das Lebensmuster Sentas zeichnete sich überdeutlich ab, und nach einer halben Stunde ununterbrochenen

Redens zog Senta das Fazit ihres Lebens: „Und nun möchte ich nie, nie mehr einem Wohltäter begegnen."

Sie war leicht verwundert, dass Leonidas' Gesichtsausdruck sich veränderte, eine Enttäuschung war da zu lesen, dann eine Art Verärgerung und dann eine Eisigkeit.

Senta maß dieser Tatsache keine größere Bedeutung bei, sie hielt es für die verständliche Art des Miterlebens ihres Gesprächspartners, für ein besonders gutes Zeichen und für den Beweis, dass sie mit der positiven Deutung von Leonidas Aura richtig lag.

Sie ahnte nichts vom Ausmaß des Schocks, den Sentas Bericht und vor allem ihr Fazit in Leonidas' Innerem ausgelöst hatte.

Er zeigte ihr jedoch gleich wieder ein entspanntes Gesicht.

Nach unverfänglichem Small Talk schlug er vor, bei dem angenehmen Wetter doch einen kleinen Spaziergang durch den hübschen Luisenpark zu machen. Ach, wie liebte er den Luisenpark. Schon als Kind hatte er mit seinem Bruder und mit den Eltern viele Sonntage hier verbracht. Der Burgspielplatz. Die Wasseranlagen. Wundervoll.

Obwohl Senta die nostalgischen Gefühle ihres neuen Bekannten nicht teilen konnte, lauschte sie aufmerksam seinen Schwärmereien.

Sie wusste, wenn man einem Menschen näherkommen möchte, sollte man sich für dessen Kindheit interessieren, seine Vorlieben und Abenteuer teilen und vielleicht Gemeinsamkeiten finden. Sie lächelte.

Leonidas lächelte bedeutungsvoll zurück.

Sie hatte gut aufgepasst in ihrem Aura-Lesekurs.

So sprach Liebe.

Darauf bedacht, als nicht allzu fürsorglich angesehen zu werden, vermied Leonidas, Sentas Hand zu berühren oder sie sonst auf irgendeine Art abzuschrecken oder ihr das Gefühl zu geben, er wolle ihr Gutes tun, nichts als Gutes, worauf sie ja offensichtlich keinerlei Wert legte.

Warum nur habe ich kein Glück in der Wahl meiner „Patienten"? So nannte Leonidas still bei sich die Zielpersonen seiner Wohltätigkeitsversuche. Warum nur?

Senta war ganz entzückt von der Idee, die entlegenere Seite des Sees aufzusuchen, weg von der Menschenmasse. Auch sie hatte eine Ader fürs Romantische.

Es war schon dunkel geworden, nun nahm Leonidas doch Senta vorsichtig beim Arm. Sie würde das gestatten.

Leonidas nahm Senta fester am Arm, keine Menschenseele weit und breit, die Gelegenheit war günstig. Er gab sie, die Fischverkäuferin, ihrem eigentlichen Element wieder, dem Wasser. Sie würde es gut haben da unten.

Als er – alleine – den Luisenpark verließ, pries er insgeheim seine Schüchternheit. Wie gut, dass er Senta nicht gleich im Laden angesprochen und dadurch Aufsehen erregt hatte.

Auch hatte im Restaurant beim Essen Senta den Kassenzettel, auf dem seine Telefonnummer stand, spielerisch und ein bisschen verträumt in der rechten Hand gehalten. Der Zettel war ihr in den Kaffee gefallen, und völlig eingeweicht hatte sie ihn herausfischen müssen, in den Aschenbecher gelegt, ein matschiges Etwas.

Vielleicht, so dachte Leonidas, als er von der Haltestelle in seine kleine Wohnung in der Windmühlstraße zurückschlurfte, vielleicht sollte er es doch noch einmal mit Tilla Braun versuchen. Oder aber mit einer anderen Senta? Er würde sich eine neue Wohl-Täter-Strategie überlegen.

Die junge Geigenspielerin fiel ihm ein, ihr Blick aus rehbraunen Augen voller Melancholie und Dankbarkeit.

Gleich morgen würde er zur Breiten Straße gehen und nach ihr Ausschau halten.

Er freute sich darauf.

Mannheimer Impressionen

Walter Landin

Das Zimmer

Das Zimmer in der Berliner Straße, in dem sich die Frau mit dem Mann traf, war schlicht, billig, eine Spur verrucht. Jede Woche dienstags. Längst schon Gewohnheit. Ein Blick auf das schmiedeeiserne Bettgestell, der schäbige Überwurf, der Tisch ohne Decke, in der Ecke die Lampe aus den Fünfzigern. Es könnte auch eine ganz andere Geschichte sein.

Fahrstuhl I

Er öffnete die Fahrstuhltür, drehte sich noch einmal um und betrat den Fahrstuhl. Er drückte auf den obersten Knopf. Er war allein. Der Fahrstuhl bremste sachte ab. Er öffnete die Fahrstuhltür, ging den langen Gang entlang, öffnete das Fenster und sprang.

Lärmbelästigung

Er war als ein ruhiger Zeitgenosse bekannt. Zugegeben, in der letzten Zeit machte er öfters einen leicht gestressten Eindruck. In den Wochen vorher hatte er sich mehrere Male über seine lautstarken Nachbarn beschwert. Die Anzeigen waren alle im Sand verlaufen.

„Ich kann den Lärm nicht mehr ertragen."

Das waren seine letzten Worte. Er stand mitten auf der Straße. Seine Frau lehnte an der Haustür und presste ihre beiden kleinen Kinder an sich. Ihre Augen waren aufgerissen.

„I c h k a n n d e n L ä r m n i c h t m e h r e r t r a g e n."

Er war als ein ruhiger Zeitgenosse bekannt. Er stand mitten auf der Straße. Er setzte die Pistole an. Genau unterhalb der Kinnspitze. Er drückte ab. Es gab einen dumpfen Knall.

Vorher hatte er bei seinen Nachbarn geklingelt. Die Grillparty war in vollem Gang gewesen. Er hatte sofort das Feuer eröffnet. Vier Menschen starben im Kugelhagel, darunter eine hochschwangere Frau, deren Baby durch einen Kaiserschnitt gerettet werden konnte. Die Polizei zählte am Tatort 28 Einschusslöcher.

Im Bericht heißt es, er sei als ein äußerst ruhiger Zeitgenosse bekannt gewesen, dem niemand die Tat zugetraut habe. Weiterhin wird darauf hingewiesen, dass die Reihenhäuser in Mannheim-Sandhofen nur unzureichend gegen Schall isoliert seien.

Fahrstuhl II

Er öffnete die Fahrstuhltür, drehte sich noch einmal um und betrat den Fahrstuhl. Er drückte auf den obersten Knopf. Er war allein. Mit einem plötzlichen Ruck blieb der Fahrstuhl stehen. Das Display über der Tür zeigte eine Vier an. Er drückte hektisch auf alle Knöpfe, rüttelte an der Tür. Nichts tat sich. Er rutschte in die Hocke, dachte an das Fenster im fünften Stock, das Fenster am Ende des langen Ganges.

Als ihn die Feuerwehrleute nach sieben Stunden fanden, kauerte er in der Ecke, das Gesicht in den Händen vergraben.

Killing-Time

Sie traf sich mit dem Mann im Café Flo am Wasserturm. Sie wurden sich schnell einig. Sie feilschte nicht um den Preis. Er versprach, seine Arbeit zuverlässig und sauber zu erledigen. Sie zahlte bar und im voraus.

Zwei Tage später verliebte sie sich. Unsterblich.

Vermittlungshilfe

Als der Typ mit der Antiklederjacke und der Pomade im Haar in die Straßenbahn am Klinikum einstieg, saß die Alte mit den spindeldürren Beinen und dem knochigen Gesicht auf ihrem Platz und war in ihr Jerry-Cotton-Heft vertieft.

Als der Typ die junge Frau neben sich anmachte, na, Süße, wie wär's mit uns beiden, trommelte die Alte mit ihren Fingerspitzen nervös ans Fenster.

Als der Typ nach mehreren erfolglosen Versuchen langsam ungeduldig wurde, Puppe, zier dich nicht so, blickte die Alte von ihrem Jerry Cotton auf und sagte leise, aber bestimmt: Ich will in Ruhe lesen, mein Herr. Ich hoffe, Sie verstehen mich.

Als der Typ nicht reagierte und es der jungen Frau langsam zu viel wurde, lassen Sie mich gefälligst in Ruhe, der Typ aber nur lachte, stand die Alte auf, betont langsam, legte ihren Jerry Cotton sorgfältig auf den Sitz, hast mich wohl nicht verstanden, Freundchen, griff den Typ am Kragen, muss wohl 'ne andere Sprache mit dir reden, hob ihn spielend leicht hoch, mindestens einen halben Meter, hier, 'ne Übersetzung für dich, verabreichte ihm eine schallende Ohrfeige, haste jetzt kapiert, setzte ihn ziemlich unsanft auf dem Fahrscheinentwerter ab.

Als die Alte schon längst wieder in ihren Jerry Cotton versunken war, saß der Typ mit der Antiklederjacke und der Pomade im Haar immer noch unbeweglich auf dem Fahrscheinentwerter.

Fahrstuhl III

Er öffnete die Fahrstuhltür, drehte sich noch einmal um und betrat den Fahrstuhl. Er drückte auf den obersten Knopf. Er war allein. Der Fahrstuhl bremste sachte ab. Der Mann öffnete die Fahrstuhltür und ging den Gang entlang. Gerade als er das Fenster öffnete, kam die Unterbrechung durch den Werbeblock.

Schlachtfest

Was die ganze Aufregung solle. Es habe sich doch nur um seinen Vater gehandelt. Er habe sich doch nur gerächt. Während eines Streites habe er ihm mehrmals mit einer Bierflasche auf den Kopf geschlagen. Die Bierflasche sei übrigens nicht zersprungen. Anschließend habe er ihm dreimal mit einem Küchenmesser, Solinger Stahl, rostfrei, extralange Klinge, in den Bauch gestochen. Dann habe er ihn gewürgt und ihm mehrere Plastiktüten über den Kopf gestülpt. Er habe die Badewanne voll Wasser laufen lassen, den regungslosen Körper ins Badezimmer geschleift und den Kopf mit der Plastiktüte mehrere Minuten unter Wasser gedrückt. Auf Luftblasen habe er nicht geachtet. Er sei von der Färbung, die das Wasser annahm, fasziniert gewesen. Danach habe er ihn mit dem Kabel der Stehlampe, die mit dem Messingfuß aus dem Wohnzimmer, an Händen und Füßen gefesselt. In der Dämmerung habe er das Bündel im Sandkasten verscharrt. Vor dem Katzendreck habe er sich geekelt.

Der Haftrichter erließ Haftbefehl gegen den 16-Jährigen aus Käfertal. Über die genaue Todesursache konnte der Sprecher der Polizei in L 6 keine Angaben machen. Das Ergebnis der Obduktion müsse abgewartet werden.

Das Urteil

Am liebsten saß sie auf seinem Schoß. Sie war immer ein liebes Kind. Sie hatten ihre Freude mit ihr.

Die Verhandlung ist auf elf Tage festgesetzt. Achtunddreißig Zeugen sind geladen, vier Gutachten wurden erstellt. Die Urteilverkündung wird für übernächsten Donnerstag erwartet.

Soll und Haben

Er habe mit dem Brett üblicherweise Nüsse geknackt. Er habe sich unmittelbar nach der Tat der Polizei gestellt. Er habe in letzter Zeit den Verdacht gehabt, seine Frau habe etwas mit einem anderen Mann. Nach dem Frühstück am Donnerstagmorgen habe er seine 17-jährige Tochter ins Lessing-Gymnasium gefahren. Er habe Angaben zur Arbeitszeit überprüft. Danach habe er in seinem Schrebergarten in Neuhermsheim nach dem Rechten gesehen. Er habe Unregelmäßigkeiten festgestellt. Mit dem Brett habe er Nüsse geknackt. Zu Hause habe er seine Frau vor dem Fernseher sitzend gefunden. Er habe noch drei weitere Kinder. Er habe mit dem Brett Nüsse geknackt. Üblicherweise.

Müll

In einem Müllcontainer in den S-Quadraten gefunden. Tot. 37 Jahre, wohnsitzlos. Die Polizei vermutet, ich habe mir diesen Platz als wärmendes Nachtquartier ausgesucht. Über die Todesursache herrsche noch Unklarheit. Ein Verbrechen an meiner Person sei jedoch auszuschließen.

Fahrstuhl IV

Er öffnete die Fahrstuhltür, drehte sich noch einmal um und betrat den Fahrstuhl. Er drückte auf den obersten Knopf. Er war allein. Der Fahrstuhl bremste sachte ab. Die Fahrstuhltür öffnete sich, eine Frau stieg ein, nickte ihm flüchtig zu und drückte auf das E. Die Fahrstuhltür schloss sich, der Fahrstuhl schnurrte lautlos nach oben. Ihre Augen suchten seine. Der Fahrstuhl bremste ab. Er blieb regungslos stehen. Seine Augen suchten ihre. Die Zeit stand still. Nach einer Ewigkeit setzte sich der Fahrstuhl wieder in Bewegung und schnurrte nach unten. Er hielt die Fahrstuhltür auf. Sie dankte mit einem Lächeln.

Bescheinigung

Der Depressionen seiner Frau war er schon lange überdrüssig. Bevor er abgeführt wurde, konnten ihn seine Eltern noch einmal herzlich drücken.

Sie sitzt mit meinem Sohn in der Badewanne. Ich stecke den Fön in die Steckdose, schalte ihn ein und werfe das Gerät ins Wasser. Als sie nach dem Badetuch verlangt, weiß ich, dass ich mich auf die Kraft meiner Hände verlassen muss. Um meinen Sohn tut es mir leid.

Nach der Tat fuhr er zum Pokalspiel auf den Betzenberg, dürftige spielerische Leistung, aber knapper Sieg, übernachtete noch zweimal in der gemeinsamen Wohnung im Jungbusch, bevor er sich der Polizei stellte. Seine tablettensüchtige Frau galt als selbstmordgefährdet. Eine Tötung auf Verlangen wurde ausgeschlossen. Das Gericht bescheinigt Mord.

Bindung

Sie kann schikanieren. Sie kann gemein sein. Wenn das Kopfkissen nicht genügend aufgeschüttelt ist, das Frühstücksei zu weich, das Brot zu hart.

Sie wohnt im sechsten Stock. Neckarstadt-Ost. Die Treppe ist eng und schmal. Einen Aufzug gibt es nicht.

Sie ist gefangen in ihrer Wohnung, gefangen in ihrem Rollstuhl.

Der Weg über die Treppe ist anstrengend. Ihre zwei Söhne tragen sie. Sie sind kräftig, trotzdem fällt es ihnen schwer. Ihre schlechte Laune, ihr ewiges Gekeife. Sie kann schikanieren. Sie kann gemein sein.

Der Weg über die Treppe ist anstrengend. Der Weg ist lang. Die Treppe ist steil. Es ist so einfach.

Fahrstuhl V

Der Mann ging zielstrebig auf den Fahrstuhl zu. Gerade als er den Knopf drücken wollte, fiel sein Blick auf das Schild. Außer Betrieb. So ein Pech murmelte er und verließ das Gebäude.

Messerstecher

Das Opfer: 49 Jahre alt, Besitzer eines Sanitärgeschäfts in Neckarau. Intensivstation. Nicht vernehmungsfähig.

Der Täter (mutmaßlich): 18 Jahre alt. Kopfverletzungen. Ambulante Behandlung im Krankenhaus. Schock. Nicht vernehmungsfähig.

Die Tatwaffe: ein zwölf Zentimeter langes Fleischmesser, von der Polizei sichergestellt.

Zufällig kamen wir vorbei. Kurz nach 21 Uhr. Der Besitzer taumelte auf die Straße, blutüberströmt, ging in die Knie, schloss, während er langsam zu Boden rutschte, den Laden von außen ab. Drinnen im Laden hörten wir Stimmen. Wir konnten aber nichts verstehen. Wir riefen sofort die Polizei, schlossen das Geschäft auf, entdeckten den Mann, den wir bis zum Eintreffen der Polizei in Schach hielten. Er hielt ein blutverschmiertes Messer in der Hand und machte einen leicht verwirrten Eindruck. Kasse und Tresor standen offen.

In dem Laden brannte bis in die späten Nachtstunden Licht. Das geht jede Nacht so. Junge Männer parken ihre Autos um die Ecke. Teure Autos. Die Tür steht nicht still. Auch lange nach Ladenschluss nicht. In dem Geschäft wurden auch Videos verkauft.

Die Ermittlungen stünden noch ganz am Anfang. Einzelheiten über Tathergang und Hintergründe könnten im Moment noch nicht mitgeteilt werden. Offenkundig habe es eine körperliche Auseinandersetzung zwischen dem Opfer und dem Tatverdächtigen gegeben. Das Opfer sei bei der Polizei kein Unbekannter, bestätigte der Polizeisprecher auf Nachfrage.

Heimkehr

Es ist dunkel. Es ist spät. Es ist kalt. Sterne glitzern auf der Theodor-Storm-Straße. Das Licht am Rad funktioniert nicht.

Scheinwerfer kommen näher, erst weit weg, langsam, dann schnell und schneller, rasen direkt auf mich zu, greifen nach mir. Wohin ausweichen? Wohin? Die Nacht ist taghell. Ich kneife die Augen zusammen, presse den Arm vor das Gesicht. Das Licht saugt mich auf. In meinem Kopf explodieren tausend Sonnen.

Es stimmt nicht, dass das ganze Leben abgespult wird im Bruchteil einer Sekunde. Alles, was war. Alles, was ist. Ein unendlicher, lebenslanger Fluss im Bruchteil einer Sekunde. Es stimmt nicht.

Es wird dunkel. Es ist spät. Es ist kalt. Sterne glitzern auf der Theodor-Storm-Straße.

Fahrstuhl VI

Er öffnete die Fahrstuhltür, drehte sich noch einmal um und betrat den Fahrstuhl. Der oberste Knopf war schon gedrückt. Er war nicht allein. Ihm gegenüber stand eine Frau. Die Frau summte vor sich hin. Nach einigen Sekunden konnte er den Text verstehen.

„Keiner wird uns hör'n."

Ihm wurde mulmig zumute.

„Keiner wird uns stör'n."

Panik kroch in ihm hoch. Er drückte sich in die Ecke. Warum braucht der Fahrstuhl nur so lange. Viel zu früh drückte er gegen die Fahrstuhltür. Die blockierte natürlich. Endlich. Er sprang ins Freie, schaute sich um und stürmte die Treppe, immer zwei Stufen auf einmal nehmend, hinunter.

Frohe Ostern

Er war gefährlich. Sie hätte nicht sagen können, wie und warum. Seit sie ihn kannte, spürte sie diesen Kitzel, diesen Gefahrenkitzel, der ihrem Wesen entgegenkam. Sie hatte das Gefühl, wirklich zu leben, zum ersten Mal in ihrem Leben. Zum allerersten Mal. Was sie beide verband, das war nicht nur irgendeine banale Affäre, das war mehr.

„Das mit uns beiden, das war mal etwas ganz Besonderes. Was ist nur daraus geworden? Pausenlos hängst du vor dem Bildschirm. Rund um die Uhr. All die Nataschas und Chantals und Lolas. Von diesen Irinas und Yvonnes ganz zu schweigen. Du bist nicht mehr ansprechbar. Was bist du nur für ein Gockel geworden!"

Erst flogen Worte. Dann flog ein Messer durch die Luft. Er hielt plötzlich eine Pistole in der Hand. Weiß der Teufel, wie sie da hingekommen war. Er ist gefährlich, dachte sie noch. Sie hatte es geahnt. Sie wollte aus der Küche flüchten. Er packte sie von hinten um die Hüfte, klammerte sich fest und zog sie zu sich heran.

„Du bist verrückt!", schrie sie.

Er presste ihr von vorne die Pistole auf den Bauch.

„Hör auf damit", schrie sie.

Er wuchtete seinen Unterkörper fest an ihr Gesäß. Sollte das schon alles gewesen sein?

„Fer disch brauch isch kän Profikiller! Disch Schlamb mach isch selwer ferdisch!", brüllte er. Sie war erstaunt, dass es so schnell zu Ende gehen sollte. Mit den Worten „Frohe Oschdern" drückte er ab.

Die Beerdigung findet am kommenden Freitag statt. Sie hätte gerne daran teilgenommen. Der Arzt erlaubt es nicht. Der hohe Blutverlust. Sie müsse sich noch schonen.

Fahrstuhl VII

Er öffnete die Fahrstuhltür, drehte sich noch einmal um und betrat den Fahrstuhl. Er drückte auf den obersten Knopf. Er war allein. Der Fahrstuhl bremste sachte ab. Er öffnete die Fahrstuhltür, ging den langen Gang entlang, öffnete das Fenster. In der letzten Zeit häufen sich die Wiederholungen.

Kopplos in Mannem

Nora Noé

Kopp – Kopphoor – hoorschaaf – Schaafrichta –
kopplos!
Koppgeld – Geldnot – Notschlachdung –
kopplos!
Kohlkopp – Kohlriewe – Rieb ab! –
kopplos!
Koppiwwer – Iwwerfall – Fallbeil –
kopplos!

Hals iwwer Kopp – Hals unnerm Kopp – Hals mit em Kopp – Hals ohne en Kopp
kopplos!
Kopp hoch – Kopp runner – Kopp uff – Kopp ab! –
kopplos!

Is kopplos des selwe wie herzlos?
Odder is es genau des Gegedeil?

Kopplos, weil's Herz zu voll?
Un herzlos, weil de Kopp zu voll?

Oder is es vielleicht wie beim Koppsalat?
Des Herz hockt mitte im Kopp!

Stadtrundgang mit Theo

Anne Grießer

1. Station: Universität

Ach, Theo. Ist das schön, mit dir spazieren zu gehen! Ich kann mich gar nicht mehr erinnern, wann wir das zum letzten Mal gemacht haben. Und jetzt schau dir dieses Wetterchen an! Frühling, so weit das Auge reicht: Sonnenschein, blauer Himmel, blühende Magnolien. Na, dort drüben, siehst du sie nicht? Diese großen, weißvioletten Bäume, das sind Magnolien. Weißt du, ich fühle mich wieder ganz jung, wenn ich so mit dir herumlaufe. Ohne Ziel, ohne Zweck, einfach nur, weil es Spaß macht. Wie wunderbar, dass wir heute Zeit dafür haben!

Lass uns rübergehen, zur Uni. Dort haben wir uns schließlich kennengelernt. Weißt du noch? Wie du mit deinen Kumpels vor dem Schloss herumhingst? Ich habe immer nach euch Ausschau gehalten, wenn ich aus der Vorlesung kam. Meine Güte, was habe ich euch bewundert, mit euren Motorrädern! Und du warst der lässigste von allen. Doch, doch, widersprich mir nicht. Deine langen Haare, die Jeansjacke mit den Aufnähern. Dein aufreizendes Lächeln. Das waren ja auch ganz andere Zeiten, damals, in den frühen Achtzigern. An der Uni gab es noch Hippies, aber letztendlich kamen wir doch aus *gutem Haus*. Du und deine Gang, ihr habt alles verkörpert, was wir braven Mädchen uns wünschten: Freiheit, Abenteuer, Protest gegen die spießige Welt unserer Eltern.

Und dann hast du mich zum ersten Mal mitgenommen, zu einer Spritztour! Ich hinter dir auf der heißen Maschine. Alle haben mich beneidet, das habe ich genau gesehen. War das ein Gefühl, als mir der Wind durch die Haare wehte! Ich hab mich ganz eng an dich gedrückt und ehrlich, Theo, diese Tour war um Längen besser und viel wilder als der Sex, den wir hinterher hatten.

Aber nein, natürlich, so schlecht war der auch nicht. Der gehörte eben dazu, sonst wäre das ganze Abenteuer ja gar nichts wert gewesen. Ich denke in letzter Zeit oft daran zurück, weißt du. An unsere Anfänge. Es hätte immer so weitergehen sollen, findest du nicht?

2. Station: Pfarrkirche St. Josef

Puh, ganz schön heiß für einen März-Tag! Ich bin viel zu dick angezogen, noch wie im Winter. Konnte ich ja auch nicht ahnen, dass es heute so warm wird. Komm, Theo, wir gehen ein paar Minuten in die Kirche rein. Da drin ist es sicher angenehm kühl. Und immerhin haben wir hier geheiratet!

Ja, klar, du hast recht. Es war nicht der glücklichste Tag unseres Lebens. Wir hätten das ganze Tamtam bleiben lassen sollen, Hochzeit in Weiß, christliche Trauung und so. Ich habe es meinen Eltern zuliebe getan, das weißt du doch, die waren sowieso schon geschockt genug, dass ich mir von einem Rocker wie dir, na, jetzt sei nicht sauer, so nannten sie damals eben Männer mit Motorrädern, von einem *Halbstarken* ein Kind habe andrehen lassen. Wir hätten es so machen sollen, wie du es vorgeschlagen hast: Klammheimlich auf dem Standesamt den ganzen offiziellen Kram hinter uns bringen und dann mit den Kumpels rausfahren, an den Rhein, ein paar Kästen Bier mitnehmen und feiern, wie es sich gehört. Das hätte besser zu uns gepasst. Aber du wolltest es dir mit meinen Eltern ja auch nicht verscherzen, schließlich haben sie die Miete für unsere Wohnung bezahlt und auch sonst ziemlich viel zugeschossen.

Die Kirche hat endlos gedauert und mir war schlecht – am Anfang der Schwangerschaft war mir immer schlecht, lach nicht, das kannst du dir gar nicht vorstellen, Theo, wie sich das anfühlt, diese Dauerübelkeit. Von der Hochzeitsfeier habe ich gar nicht mehr viel mitbekommen, nur dass du ziemlich betrunken warst und am Ende in einen Blumenkübel gekotzt hast. Meine Eltern waren bestürzt. Ich fand es eher lustig. War ja auch eine Form von Protest.

Vom heutigen Standpunkt aus, naja. Die Sichtweisen ändern sich. Wir waren noch so jung!

3. Station: Lindenhof, Waldparkstraße

Schau nur, Theo! Da ist sie ja! Unsere erste Wohnung. Sieht ein bisschen runtergekommen aus, findest du nicht? Wer da jetzt wohl wohnt? Ich denke immer, es bleibt ein bisschen was von einem selbst zurück in einer Wohnung, in der man mal gelebt hat. Ob noch ein bisschen was von uns dort drinnen herumschwebt? Ein Stückchen Seele, eine Stimmung vielleicht, oder ein Geist?

Ja, ich weiß. Du findest solche Gedanken albern. Bin ja schon ruhig.

Aber wir waren doch glücklich hier. In diesem Haus ist Simone zur Welt gekommen. Unsere Simone! Die haben wir prima hingekriegt, nicht wahr? Nein, wirklich, ich habe es keine Sekunde bereut, dass ich mein Studium aufgegeben habe und die Anstellung als Lehrerin, die ich hätte haben können. Die Kleine – die Familie – das alles war mir einfach wichtiger. Du hattest gerade den Job als Aushilfsfahrer angenommen und da habe ich dich doch gerne umsorgt, das weißt du.

Ach, aber die Wohnung hätte ich schon gern behalten! Wir hatten so nette Nachbarn. Die würden uns jetzt wahrscheinlich gar nicht mehr erkennen, was meinst du? Dich schon, Theo? Nur mich nicht? Also weißt du, du hast dich auch verändert, das kannst du mir ruhig glauben!

Es war alles viel gepflegter und freundlicher hier als später im Jungbusch. Aber klar, als mein Vater so früh starb und meine Mutter einen Schlaganfall nach dem anderen bekam, hat das Geld einfach nicht mehr gereicht. Das Ersparte meiner Eltern ging komplett für das Pflegeheim drauf und das Häuschen auch. Für uns blieb nichts übrig und wir konnten uns den Lindenhof nicht mehr leisten.

Aber ich will ja nicht klagen, Theo. In der Sozialwohnung war es auch nicht schlecht. Wir hatten alles, was wir brauchten. Wir hatten Simone.

4. Station: Rheinterrassen

Jetzt gönnen wir uns aber mal eine Pause! So viel Laufen bin ich nicht gewöhnt. Ich weiß, du willst unbedingt zurück in den Jungbusch, aber da nehmen wir die Straßenbahn, sonst bekomme ich noch Blasen an die Füße.

Die haben ganz phantastischen Kuchen hier, Theo. Ich glaube, ich werde zwei Stückchen nehmen, mit Sahne. Nein, daran wirst du mich nicht hindern, und wenn du mich hundertmal eine *fette Kuh* nennst! Es ist ein so schöner Tag, den musst du mir doch nicht verderben! Vielleicht fange ich morgen eine Diät an oder ich gehe zu den Weight Watchers, das macht Frau Knorz auch und sie hat schon elf Kilo verloren! Aber heute will ich auf jeden Fall meinen Kuchen haben, an so einem schönen Tag.

Warte hier, ich komme gleich wieder, bin nur kurz auf der Toilette.

Theo? Theo?!

Ach, du liebes Bisschen! Da bist du ja. Ich habe mich am Tisch geirrt, dachte, wir säßen dort drüben auf der anderen Seite. Ich hatte schon befürchtet, du wärst einfach auf und davon. Aber hier bist du ja, Gott sei Dank. Am besten wir zahlen und gehen weiter. Ja, schon recht. *Ich* zahle.

5. Station: Jungbusch, *Buschbar*

Vielleicht war es doch ein Stück Kuchen zu viel. Mir ist ganz flau im Magen. Und einen Durst habe ich! Wie ein Wasserbüffel. Wo ist bloß die Sprudelflasche, ist sie etwa bei dir? Nein, hier im Rucksack. Ich hab sie schon.
Die *Buschbar*? – Ach herrje. Das habe ich gar nicht bemerkt, dass du mich hierhergeführt hast. Sonst hätte ich ...

Reingehen? Nein. Ich will nicht. Schon gar nicht am helllichten Nachmittag. Wenn du unbedingt willst, musst du ohne mich gehen. Es waren ja deine Freunde, mit denen du dich hier nach Feierabend immer auf ein Bierchen oder zwei getroffen hast. Ich musste mich um Simone kümmern, sie war ziemlich schwierig, damals. Der Umzug, die neue Umgebung, naja, und das andere. Du weißt schon.

Ohne mich magst du nicht rein? Das sind ja ganz neue Töne, Theo!

Wahrscheinlich hat dir die *Buschbar* den Halt gegeben, den du brauchtest, nachdem du den Führerschein und damit deinen Job verloren hast. Deine Freunde haben dich aufgefangen, denn ich konnte es ja nicht, ein Nervenbündel wie ich war.

Eigentlich will ich an einem so schönen Tag gar nicht an diese scheußliche Zeit denken. Aber weißt du, Theo, inzwischen glaube ich, dass es so, wie es kam, am besten für uns alle war. Besonders für Simone. Sie hatte wirklich Glück: Ihre Pflegefamilie war nett und wohlhabend, sie hat alles bekommen, was sie brauchte. Wir hätten sie doch niemals auf ein privates Gymnasium schicken und ihr ein Studium finanzieren können. Wenn ich sie nur nicht so schrecklich vermisst hätte! Ach Theo, ich vermisse sie bis heute. Sie war der Sonnenschein meines Lebens.

Nein, also wirklich! Du wirst mir endlich glauben müssen, dass ich es nicht war! Ich habe das Jugendamt nicht eingeschaltet. Ich habe doch gar nicht an diese furchtbaren Vorwürfe geglaubt. Das war ihre Lehrerin, hundertpro. Die hatte uns auf dem Kieker und dich ganz besonders. Ich meine, das hätte ich doch merken müssen, wenn du mit Simone ... So einer bist du nicht. Lass uns nicht mehr darüber reden. Das war wirklich keine gute Zeit.

6. Station: Jungbuschschule

Da sind Bänke. Ich muss mich mal hinsetzen, okay? Warum hast du es so eilig?

Ja. Ich sollte wirklich abnehmen. Wenn mich ein kleiner Spaziergang schon dermaßen aus der Puste bringt!

Aber ich sitze sehr gern hier, weißt du. Ich beobachte die Kinder, wenn die Schule aus ist. Obwohl die immer frecher werden und nicht nur die älteren, auch schon die ganz jungen. Neulich hat mich einer angepöbelt, war bestimmt nicht älter als acht oder neun, der nannte mich einfach so eine fette Sau. Warum tut er das, frage ich dich? Der kennt mich doch gar nicht und ich habe nichts gemacht, bin einfach nur so da gesessen, wie jetzt mit dir.

Merkwürdig, wie sich alles immer verändert.

An meinem ersten Arbeitstag habe ich den Job gehasst. Ich fand es irgendwie entwürdigend, als Putzfrau zu arbeiten, noch dazu an einer Schule, an der ich vielleicht unterrichtet hätte, wenn ich nicht so früh schwanger geworden wäre.

Ist das nicht verrückt, Theo?

Später habe ich meine Arbeit total geliebt. Immerhin kam ich dadurch raus aus der Wohnung. Unter Leute. Du hast ja nicht immer die beste Laune, wenn du zu Hause bist.

Jetzt reg dich nicht gleich auf! Ich kann das schon verstehen. Es war nicht leicht für dich. Du hast dein Motorrad vermisst, und natürlich deine Gang, deine Kumpels, die wollten ja nichts mehr mit dir zu tun haben, nachdem du so ein braver Ehemann geworden bist.

Aber weißt du, am schönsten an dem Putzjob war damals doch die Tatsache, dass ich fast jeden Tag Simone sehen konnte, bis sie aufs Gymnasium kam. Und manchmal, stell dir vor, da hat sie mir sogar zugewunken.

7. Station: Universitätsklinikum

Halt, halt, halt. Du bringst mich noch um, mit dieser Hetzerei! Ich bin dieses Tempo nicht gewohnt. Ist auch nicht gesund, bei meinem Gewicht. Was ist nur los? Was willst du mir denn unbedingt im Schrebergarten zeigen?

Ja, ich weiß, die Sonne geht gleich weg, es wird immer noch früh dunkel. Nächsten Samstag wird die Uhr umgestellt, das dürfen wir nicht vergessen. Nur ganz kurz verpusten.

Weißt du noch, wie ich hier lag, in der Klinik? Ich habe ihnen gesagt, ich wäre beim Gardinenaufhängen von der Leiter gefallen. Dabei haben wir gar keine Gardinen, aber das wussten die ja nicht. Wegen der blauen Flecken hätten sie mich nicht so lange da behalten, aber die Lunge war gequetscht und das mussten sie beobachten.

Nein, Theo, ich bin dir nicht böse, dass du mich nicht besucht hast. Du hattest ein schlechtes Gewissen, ist doch klar. Für dich muss es fast noch schlimmer gewesen sein als für mich. Männer brauchen eben manchmal ein Ventil, das weiß ich doch.

Riechst du das? Diesen scharfen Duft nach frischen Pflanzen? Da ist Flieder dabei, fast schon wieder verblüht, und noch etwas anderes, würziges. Bärlauch?

So riecht der Frühling, Theo. Na, dann komm. Gehen wir halt in den Schrebergarten, bevor es dunkel wird.

8. Station: Kleingartenanlage Sellweide

Ah! Das ist der schönste Platz der ganzen Welt! Das musst du schon zugeben. So idyllisch. So still. Hier kann man mal so richtig zur Ruhe kommen. Ich bin geschickt mit der Gartenarbeit; meine Mutter meinte immer, ich hätte einen grünen Daumen. Wenn ich nicht studiert hätte, wäre ich sicher Gärtnerin geworden. Aber dann hätte ich dich ja nie kennengelernt.

Siehst du die Osterglocken? Und die Tulpen sind auch schon unterwegs. Bald wird es ganz bunt sein, dort vorne.

Das ist es also, was du mir zeigen wolltest! Die Blumen! Ich muss mich schon wundern, Theo! Dafür hast du dich früher überhaupt nicht interessiert, hattest keinerlei Sinn für die Natur. Deshalb bin ich auch immer heimlich hergekommen, wenn du in der Kneipe warst, oder sonst wo. Was glaubst du, wie erstaunt ich war, als du letzten Sonntag plötzlich mitkommen wolltest. Los Alte, hast du gesagt, wir gehen zusammen in den Garten. Mensch Theo, was hab ich mich darüber gefreut, wie eine Schneekönigin!

Und dann hast du es mir gesagt. Hier auf der Bank vor der Hütte, gerade als die letzten Sonnenstrahlen den Abend in ein zauberhaftes, rötliches Licht hüllten.

Simone heißt sie, hast du gesagt. Wie unsere Tochter. Und sie ist genauso alt. Hübsch sei sie, meintest du, schlank und feurig und nicht so eine trostlose, fette Kuh wie ich.

Zuerst habe ich es ja verstanden. Ehrlich, Theo, ich weiß selbst, dass mit mir nicht mehr viel Staat zu machen ist. Aber dann sind mir irgendwie doch die Sicherungen durchgebrannt. Vielleicht, weil sie ausgerechnet Simone hieß.

Weißt du, die große Astschere war richtig teuer. Ich habe immer ein bisschen von meinem Geld dafür abgezwackt, gerade nur so viel, dass du es nicht merktest.

Du warst so überrumpelt und angetrunken, dass du dich viel zu spät gewehrt hast. Ich muss wirklich mal an die Firma schreiben und ihnen mitteilen, wie wunderbar ihre Schere funktioniert. Man nörgelt ja sonst immer viel zu viel herum und lobt zu wenig.

Es war schon eine Riesensauerei, Theo, die du auf dem Hüttenvorplatz veranstaltet hast. Aber besonders reinlich warst du ja noch nie. Mit dem Schlauch habe ich alles wieder gut wegbekommen und jetzt ruhst du ganz friedlich dort hinten unter den Hortensienbüschen, die ich am Montag gepflanzt habe.

Na, zumindest ein Großteil von dir.

9. Station: Paradeplatz

Das ist jetzt unser allerletzter Stopp für heute. Ehrlich. Ich will nur mal eben im Kaufhof nach den Sonderangeboten sehen. Dein neues Zuhause habe ich schließlich auch hier gefunden. Ganz billig. Hat genau die richtige Größe für deinen Dickschädel und ist absolut geruchsdicht.

Weißt du, ich finde unser neues Verhältnis wirklich prima. Wir können jetzt jeden Tag miteinander spazieren gehen, ist das nicht fantastisch? Und ich werde ganz sicher dabei abnehmen, versprochen, Theo!

Angst ist weiß

Volker Hesse

Psychokiller schlägt wieder zu!

(Mannheim) Erneut stellt der abartige Killer die Polizei von Mannheim vor ein Rätsel. Auf einem Schrottplatz im Stadtteil Rheinau wurde in einer Autopresse die Leiche eines Mannes gefunden, daneben montiert eine Hochleistungs-Infrarotkamera mit Internetanschluss. Dies ist nun schon der fünfte Fall innerhalb eines halben Jahres, bei dem sich der Mörder in widerlichster Weise an dem Leid seines Opfers …

Bescheuerte Tintenkleckser. Die haben KEINE Ahnung, wie schwierig Wissenschaft heutzutage geworden ist. Und das Wort Psychophysiologie hat vermutlich noch nie jemand von denen gehört …

‚Killer'? … Idioten! Aber sie werden sich noch alle wundern. Bald habe ich den Beweis. Angst ist weiß. Es ist die Stelle direkt über den Augen, mitten auf der Stirn. Wenn der Proband Angst hat, wird diese Stelle im Infrarotspektrum weiß. Reinweiß. 5000 Kelvin auf der Farbtemperaturskala. Immerhin war ich schon bis hellgelb, 4200 Kelvin! Bis 5000 ist es zwar noch ein Stück, aber das werde ich schon schaffen!

… zu weiden scheint, dass er immer mit einer Infrarotkamera aufnimmt. Ein perverser Irrer treibt sein Unwesen in der Rhein-Neckar-Metropole, und was tut die Polizei? Nichts. Alles was aus dem Polizeipräsidium zu hören ist lautet „kein Kommentar" …

Die Polizei, dein Freund und Steinzeitjäger … Arme Idealisten. Glauben, dass sie mit Tabellenkalkulationen und Enthusiasmus gegen Hightech ankommen können. Manchmal habe ich fast

Mitleid. Die werden mit ihrer vorsintflutlichen Technik und dem selbstgemachten Datenschutzgefriemel nie eine Verbindung von Mannheim nach Berlin ziehen können. Oder nach Hamburg ...

Egal. Mal sehen, wie die Werte der Aufnahme aus der Schrottpresse geworden sind. ‚ftp://82.165.102.11:42/IR/MA'. Wo bist du? Ah, da. ‚201201302023.mp4'. Doppelklick. ‚Speichern unter ...'? Sicher nicht, wir wollen doch hier nichts speichern! ‚Öffnen'. So. Das Auswertungsprogramm starten und auf die Stirn ausrichten. Fertig. Auf geht's!

1900 Kelvin, dunkelorange. Ja, da hat er noch gedacht, ich will ihn nur erschrecken. So, jetzt kommt langsam das Dach herunter. Ein Peak bei 3700 Kelvin! Hellgelb! Mist, wieder runter. Ach ja, da wollte er verhandeln. War abgelenkt. Was ist jetzt? Dauerpower bei 2900 Kelvin, sonnengelb. Glaube, da hat er hinter mir hergeschrien, als ich ging.

Jetzt wird's spannend, jetzt ist er allein. Da kommt die Presse von vorn. Wow, 3800! Da ist bestimmt was in ihm kaputtgegangen. Jetzt presst sie wieder von oben. Wahnsinn! 3400 … 3500 … 3700 … Komm schon! … 3900 … 4100 … Los! Weiter! Nicht aufgeben! … 4300, JA!

SCHEISSE!!! DA KRATZT DER BLÖDE ARSCH BEI 4315 KELVIN AB! SO EIN LOSER!

*

„Ich hab was!"

„Zeig!"

„Hier, schau dir die files an. Das muss er sein."

„Hinterlass bloß keine Spuren."

„Keine Bange, er geht offenbar über TOR ins Netz und liefert jedes mal selbst eine neue IP-Adresse. Das merkt der nicht."

„Schau mal, die Datei wurde vor fünf Minuten heruntergeladen. Ziehst du sie runter?"

„Nein, erstmal eine der älteren. Die schaut er sicher nicht so oft an."

„Was ist das?"
„Ein Infrarotvideo von einem Kopf."
„Klar, sehe ich auch. Ich meine darüber. Ist das ein Autoreifen?"
„Könnte sein. Ja, ich glaube, du hast recht."
„Jetzt ändert sich die Farbe, da, über den Augen auf der Stirn. Und der Bildausschnitt hat sich geändert."
„Nein, hat er nicht. Schau, unten ist noch alles gleich. Ich … das macht er nicht … das kann nicht sein!"
„Was denn?"
„Der senkt das Auto auf seinen ..."
„... Der ist doch total ..."

*

Ich muss das besser durchdenken. So funktioniert das nicht. Mal in die Unterlagen sehen.

Hamburg, Nummer 8. Wassertropfen auf den Kopf. Kurze Stagnation bei 4170 Kelvin, dann Abfall auf 1800. Wahnsinnig geworden.

Hamburg, Nummer 11. Garen in 55 Grad heißem Öl. Kreislaufkollaps bei 4050 Kelvin.

Berlin, Nummer 18. Absenkung eines Autos auf den Kopf. 4200 Kelvin. Kurvenabbruch bei Versagen der Schädelknochen.

Alles nur im hellgelben Bereich. Und in Mannheim nur Nieten. Bis heute.

Etwas an meinem System stimmt nicht. Junge Männer, alte Männer, junge Frauen, alte Frauen. Alles dabei. Aber keiner kommt an 5000 Kelvin heran. Keiner hat die reine, weiße

Angst. Ich weiß es genau. Reine Angst ist reinweiß. 5000 Kelvin.

Rein? Vielleicht mal ein Kind? Wäre einen Versuch wert …

*

„Ich hab seine IP-Adresse!“

„Sicher. Welche von den fünfhundert?“

„Seine echte.“

„Kein Scheiß? Zeig!“

„Ich hab alle abfragenden Adressen auf der ftp-Seite zurückverfolgt.“

„Doch nicht von Hand?“

„Quatsch. Mit einem Script. Hat heute Nacht gearbeitet. Und jetzt schau mal.“

„Geil! Mobil oder Festnetzanschluss?“

„Keine Ahnung. Festnetz wäre besser.“

„Für uns ist mobil besser.“

„Klar, aber um das Schwein zu finden, ist Festnetz besser.“

„Geduld. Den kriegen wir schon.“

*

Speyerer Straße, links ab in die Feldbergstraße. Krankenhaus. Gleich muss es kommen. Ah, da ist ja die Schule. Da ist eine Bushaltestelle. Parken … ja, da vorne. Super Sicht.

Lebt der Psychomörder mitten unter uns?

(Mannheim) Die Tatorte verteilen sich über das gesamte Stadtgebiet. Die Opfer sind männlich und weiblich, sie sind jung und alt. Einen Zusammenhang kann man daraus nicht erkennen. Was geht nur in so einem Kopf vor? …

Mehr als du denkst, Schmierfink. Oh, ein Bus!

Da ist doch schon ein Junge. Der hat aber nichts zu lachen. Mannomann, war das früher auch schon so fies? Jetzt nehmen die ihm auch noch die Hefte weg und treten darauf herum.

Hm, er hat einen Kumpel. Mist.

… Eines scheint fast klar zu sein: Er lebt mitten unter uns. Aber was können wir tun, um uns vor diesem Monster zu schützen? Eine gute Möglichkeit ist es, niemals allein draußen zu sein. Gottlob lässt der Verrückte unsere Kinder in Ruhe …

… oder auch nicht. Der nächste Bus.

Nichts.

… Die Polizei tut nach eigener Aussage alles, um den Killer zu finden. Eines ist auch ihnen klar: Jeder neue Tote ist zuviel!

Jetzt bleibt mal auf dem Teppich. Wie viel Prozent sind fünf oder sechs von 315.000 Einwohnern? Nicht mal ein einziges. Und so ein kleines Opfer darf man für wissenschaftliche Arbeit doch wohl verlangen, oder? Spießerpack!

Der nächste Bus.

Was haben wir denn da? Allein. Schüchtern. Noch nicht einmal interessant genug, um sie zu hänseln. Perfekt!

*

„Bist du schon weiter?"

„Nein, der Provider hat eine extrem fiese firewall. Schwer zu knacken, aber ich bekomme das hin."

„Gib mal ein bisschen Gas. Sonst hat das Schwein bald den nächsten erwischt ..."

„Schon klar, aber mehr als drei Angriffe gleichzeitig kann ich nicht fahren. Wenn sie mich erst einmal bemerkt haben, geht es nicht mehr so einfach."

„Weißt du noch nicht, welcher Provider es ist?"

„Nein, Mann, ich hab doch nur die Portaladresse. Nerv nicht!"

„Ist ja schon gut. Ich will nur endlich wissen, wo er steckt ..."

„Meinst du, ich nicht? Hol uns lieber mal Pizza, ich hab schon seit zwölf Stunden nichts mehr gegessen."

„Gute Idee. Wie immer?"

„Klar."

*

Sie schläft endlich. Dass das so einfach war ... Tür auf, nach dem Weg fragen, einsteigen, Tür zu. Wahnsinn!

Was mache ich mit ihr? Jedenfalls brauche ich zuerst einen Ort, an dem ich das Experiment durchführen kann. Solange habe ich Zeit zum Überlegen. Und sie bleibt im Keller, da stört sie nicht.

Nochmal die Videos auswerten. Ich suche mir etwas Effektives aus, das ich nur verfeinern muss. Sie ist eine gute Testperson, sie wird es schaffen ...

VERDAMMT!!! Wer war an den Dateien? Der Zugriff war erst heute morgen. Eine Datei nach der anderen. MIST!!!

Was mache ich jetzt? Neuer Server. Ich brauche einen neuen Server. MIST! MIST!! MIST!!! Vielleicht wars nur ein Webcrawler. Aber egal, ich muss die Videos woanders sichern. Zu gefährlich. Selbst wenn sie mich nicht finden können, sie könnten die Dateien blockieren!

OK, der hier sieht nicht schlecht aus. Anonyme Anmeldung. Den nehme ich. So, jetzt alles runterladen und danach löschen.

*

„Er hat es entdeckt! Er holt alles vom Server!"
„Was?"
„Er zieht eine Datei nach der anderen und löscht sie dann. Er hat uns entdeckt!"
„Das ist jetzt egal."
„Bist du besoffen? Das ist doch nicht egal!"
„Doch, ist es. Wir haben alles, was wir brauchen: seine IP-Adresse. Damit finden wir jederzeit seinen neuen Server."
„Oh. Stimmt."
„Genau. Konzentrier dich lieber darauf, ihn zu finden! Bist du jetzt endlich drin?"
„Ja, ich hab eine Lücke gefunden. Muss jetzt die richtige Datenbank identifizieren, dann wissen wir, ob er mobil oder über Festnetz angeschlossen ist."

*

Polizei sucht fieberhaft nach dem Killer

(Mannheim) „Wir haben alles im Einsatz, was laufen kann", versichert uns der Sprecher der Polizei. „Und wir werden ihn finden." Er wirkt entschlossen. Dunkle Ringe unter den Augen bezeugen, dass auch er sich keine Pause gönnt.

Ich glaube, mir wird schlecht … Da ist wohl Hoffnung Vater des Gedanken.

Wie vertrauensselig Kinder doch sind … Ihr halbes Leben hat sie mir im Auto erzählt. Sie hat Angst vor Spinnen. Na, da haben wir ja etwas gemeinsam … Wo bekomme ich viele Spinnen her? … Online-Versand? Mal schauen … Spinnen

... Widerlich! Da läuft es mir nur bei dem Gedanken schon kalt den Rücken runter. Eklige Brut! Hoffentlich muss ich keine anfassen ...

Warum steht eigentlich nichts von dem Mädchen in der Zeitung? Merkwürdig. Naja, wird schon noch kommen.

Muss noch die Kiste bauen ... Baumarkt. Aber das hat noch etwas Zeit. Erst einen Platz festlegen ... Die Glasfabrik in Waldhof wäre nicht schlecht. Da gibt es ein paar alte Gebäude. Heute Nacht noch einmal genau nachschauen.

Wenn die Göre bloß nicht immerzu heulen würde. Ich muss mich nächstes Mal besser vorbereiten, damit es schneller geht. Aber im Keller ist es sicher, das hört niemand.

*

„Seine IP-Adresse ist mobil."

„Bist du sicher?"

„Ja, er benutzt einen Surfstick. Wann wollen wir ihn lokalisieren?"

„Ich muss zuerst den anderen Bescheid geben. 24 Stunden werden wir wohl brauchen, bis alle da sind."

„Mach nicht so lange."

„Wieso?"

„Weiß nicht. Ich hab ein schlechtes Gefühl. Beeil dich einfach. Ich zapfe schon mal den Telefonüberwachungsserver vom BKA an und schaue, ob ich sein Signal bekomme."

„Ist gut, ich sage, sie sollen sich beeilen."

*

Perfekt. Das Gebäude ist wie geschaffen für das Experiment. Das Untergeschoss ist trocken und hat einigermaßen Netzempfang, draußen kann man sicher nichts hören. Dieses Mal kann ich sogar dabei sein! Das wird spannend! Ich werde ein paar Sachen hinbringen müssen ... Laptop, Drucker. Die Kiste baue ich dort zusammen, das ist ohnehin einfacher … Gut. Ab zum Baumarkt.

*

Babette (8) auf dem Schulweg verschwunden

(Mannheim) Seit vorgestern wird die achtjährige Babette aus Mannheim-Käfertal vermisst. Sie wurde zuletzt auf dem Weg von der Schule zur Bushaltestelle gesehen, als sie in einen roten Golf mit Mannheimer Kennzeichen einstieg. Die Polizei ermittelt mit der sofort eingerichteten „SOKO Babette“ unter Hochdruck. Telefonnummer für sachdienliche Hinweise: 0621/174-0.

Wir alle hoffen, dass die kleine Babette bald wieder zu Hause ist und nicht das nächste Opfer des Psychokillers wurde ...

Pech gehabt. Aber ‚Psychokiller‘ geht mir wirklich langsam auf den Geist. Da waren die Hamburger mit ‚Ripper‘ oder die Berliner mit ‚Kamerakiller‘ schon wesentlich einfallsreicher ...

Die Kiste ist fertig. Ich muss bald anfangen, sonst gehen mir die ekeligen Spinnen noch kaputt. Keine Ahnung, wie lange die ohne Nahrung auskommen können ... Wenn ich nur an die Viecher denke … Wieso muss die Göre ausgerechnet Angst vor etwas haben, vor dem ich selbst Fracksausen kriege … In sechs Stunden ist es dunkel, dann kann ich das Mädchen aus dem Haus holen, ohne dass mich jemand sieht.

*

„Ich habe ihn. Er ist in Mannheim. Lass uns packen. Wann können die anderen da sein?“

„Zwölf Stunden maximal."

„Sie müssen es in acht schaffen."

„Ich sage es ihnen. Wo ziehen wir unter?"

„Wir nehmen das B&B. Das ist direkt am Flughafen. Ich habe schon gebucht."

„Wie lange brauchen wir?"

„Knapp sechs Stunden. Wenn du bald fertig bist."

„Gib mir zwanzig Minuten."

*

Zwei Handschellen für die Füße, zwei für die Hände. Der Bauchgurt sitzt gut. Ich muss noch die Kopfzwinge festmachen. Wäre blöd, wenn sie ständig aus dem Bild verschwinden würde. Dann noch die Kiste zuschrauben und die Kamera justieren.

Das Betäubungsmittel wirkt gut. Wenn sie in drei Stunden aufwacht, beginnt das Experiment.

*

„Diese Mist-A5! Warum muss bei Frankfurt ständig Stau sein? Wie lange haben wir noch bis Mannheim?"

„Ungefähr eine Stunde, wenn wir erst einmal aus diesem Stau raus sind."

„Und die anderen?"

„Zwei sind schon da. Der Rest sollte kurz nach uns eintreffen."

„Gut. Und dann werden wir dem Schwein heimleuchten. Er hat das Mädchen ganz sicher!"

„Denke ich auch. Hoffentlich kommen wir rechtzeitig. Ich versuche noch eine Peilung, die letzte hat nicht funktioniert. Er scheint kein stabiles Netz zu haben."

„Bleib da bloß dran, wir haben keine Zeit zu verlieren!"

„Ich weiß. Wird schon klappen."

*

So, die letzte Schraube. Fertig. Strobo-Blitzer auf zwanzig Sekunden, damit sie immer nur für einen Augenblick etwas sehen kann. Einschalten. Was haben wir für ein Infrarot-Bild? Noch ein bisschen heranzoomen ... Ja. Perfekt. Wenn sie aufwacht, muss ich nur noch den Schieber zur Spinnenbox öffnen. Sie kann nicht sehen, woher sie kommen … Sie schafft die 5000 ganz bestimmt. Sie muss es einfach schaffen! Und dann habe ich endlich den Beweis!

*

„Hier ist deine keycard, du hast Zimmer 102."
„Und du?"
„103. Wir haben alle Zimmer auf einer Etage"
„Gut. Wie lange brauchen die beiden noch?"
„Eineinhalb Stunden maximal. Sie hatten einen Stau. Vollsperrung auf der A8."
„Nein!"
„Doch, leider. Kann man nichts machen. Ich mache in der Zwischenzeit weiter Peilungen."
„OK. Wenn sie da sind, muss alles schnell gehen!"

*

Aah, sie beginnt langsam, sich zu bewegen. Bald wacht sie auf. Endlich. Endlich! Und alles live!

*

„Seid ihr fertig? … Gut. Haben wir eine Peilung?"

„Ja. Die Signale kommen von einer Glasfabrik im Stadtteil Waldhof."

„Wie genau?"

„Auf zwei Meter genau."

„Fahrzeit?"

„Keine zwanzig Minuten."

„Dann los!"

*

Ende der SOKO Babette – Leichenfund in der Glasfabrik Waldhof

(Mannheim) Nur Minuten nach einem anonymen Hinweis stürmte das Sondereinsatzkommando der Polizei ein stillgelegtes Gebäude der Glasfabrik in der Spiegelstraße im Stadtteil Waldhof. „Es war eine gruselige Situation", berichtet uns der SOKO-Leiter. „In dem Raum war nichts außer einer selbstgebauten Holzkiste mit eingebauter Infrarotkamera, ein paar Kabeln und einem Schreibtisch mit Laptop und Drucker. An der Wand in einer Reihe aufgehängt Infrarotbilder mit Gesichtsaufnahmen, unten auf den Bildern immer eine Beschriftung von 4000 bis 5000 Kelvin. In der Kiste der Leichnam. Nirgendwo Fingerabdrücke oder sonstige Spuren."

Seine Schilderung des Kisteninhalts war erschreckend. Wir wurden gebeten, dazu keine Details zu veröffentlichen. Auf unsere Frage nach dem anonymen Hinweisgeber antwortet der Kriminalhauptkommissar nachdenklich: „Wir haben den Anruf natürlich zurückverfolgt – aber er kam seltsamerweise aus den USA. Das war sicher ein Trick. Der Unbekannte muss über ein gewaltiges technisches knowhow verfügen … und über das entsprechende Equipment."

Die weiteren Schritte? „Wir werden den Laptop noch genau auswerten. Bei der ersten Sichtung haben wir Videodaten und Dokumentationen gefunden. Wir sind einigermaßen sicher, dass es sich um Aufzeichnungen der letzten Morde hier in Mannheim handelt. Und etlicher weiterer Morde, die wir noch zuordnen müssen." Wir haken noch einmal bei den Infrarotbildern nach. „Das letzte Bild in der Reihe zeigt eindeutig die Person, die wir tot in der Kiste gefunden haben. Mitten auf der Stirn war ein grellweißer Fleck zu erkennen. Bildunterschrift: ‚5000 Kelvin'. Unter dem Bild hing eine ‚Guy-Fawkes-Maske'.

Merkwürdig. Babette hatte ebenfalls eine solche Maske dabei, als sie gestern Nacht ganz überraschend und wohlbehalten wieder zu Hause auftauchte."

*

Die kälteste Nacht

Anne Hassel

Vor zwei Jahren war Kai nach Mannheim in die Neckarstadt-Ost gezogen, versuchte hier, sich ein neues Leben aufzubauen, weit entfernt von seiner Heimatstadt, die kein Vergessen zuließ.

Kai öffnete das Fenster, kurz nur, denn er hasste den Lärm, den die Autos verursachten, das Hupen, das Quietschen der Reifen, wenn sie durch die Lange Rötterstraße fuhren. Aber seine Wohnung, diese zwei Zimmer mit kleiner Wohnküche und Bad, gefielen ihm. Die Miete war bezahlbar und außerdem lagen Einkaufsmärkte, Bäckereien, Metzgereien und die Post in nächster Nähe, für ihn ein Pluspunkt, da er nicht gerne lange Wege in Kauf nahm.

Sogar eine Arbeitsstelle hatte er drüben in der Quadratestadt gefunden, die statt Straßennamen Buchstaben- und Zahlenkombinationen führt und deren innerer Kern gerne mit einem Schachbrett verglichen wird, einem Schachbrett mit ungleich geteilten Hälften. Bei Kais Tätigkeit handelte es sich um nichts Spektakuläres, eine Lagerarbeit nur, aber er war zufrieden.

An jenem Donnerstag im Februar schloss er schnell das Fenster wieder, denn auch die ungewohnt kalte Winterluft ließ ihn frösteln. Er zog sich an und ging durch das Treppenhaus nach unten, um ein paar Kleinigkeiten für das Abendessen zu kaufen. Gewohnheitsmäßig öffnete er den Briefkasten, obwohl Kai kaum Post erhielt und wenn doch, dann handelte es sich um Reklamesendungen, die er niemals genauer ansah und gleich darauf in den Mülltonnen im Hof entsorgte.

Doch diesen Brief nun, ein roter Umschlag ohne Angabe eines Absenders, hielt Kai in den Händen, drehte ihn hin und her, unschlüssig, ob er ihn sofort oder erst nach dem Erledigen des Einkaufs öffnen sollte.

Dann riss er den Umschlag doch auf, nahm das zusammengefaltete Papier heraus, glättete es und las:

Es gibt kein Vergessen

Sonst nichts – nur diese vier Wörter standen schwarz auf rotem Untergrund.

Die Einkäufe erledigte Kai nicht mehr. Er hastete zurück in seine Wohnung, ließ die Rollos herunter, sperrte den Tag aus, obwohl dieser noch für einige Zeit Helligkeit mit sich trug und blieb im Dunkeln sitzen.

Am nächsten Morgen ging Kai nicht zur Arbeit. Er rief an und sagte, er sei krank.

Die Erinnerungen, die er glaubte, hinter sich gelassen zu haben, sie kehrten zurück, nahmen wieder ihren Platz in seinem Denken ein.

Kurz darauf erhielt er den nächsten Brief.

Mörder

stand abermals schwarz auf rot, die Buchstaben verschwammen vor Kais Augen.

Wie zuvor träumte er auch in der folgenden Nacht das Gleiche – da stand sie wieder oben an der Treppe, Ruth, seine Frau, und er neben ihr. Sie hatten gestritten, wie so oft in letzter Zeit und da teilte sie ihm mit, dass sie gehen würde. Einfach so. Ihn verlassen, nach all den Jahren der Ehe. Vor der Polizei behauptete er später, sie wäre gestürzt. Sie habe auf einmal ins Leere getreten, ein unachtsamer Schritt nach hinten, die steile Treppe, sein vergeblicher Versuch, Ruth zu halten. Umsonst.

Es war ein Unfall! Ein bedauerlicher Unfall!

Und irgendwann glaubte er selbst daran, verdrängte den Stoß, den er Ruth gab, als sie ihm von dem anderen erzählte, verdrängte den Schrei, als sie die vielen Stufen hinunterstürzte, verdrängte den Anblick, als er sie unten liegen sah, in unnatürlicher Haltung und sofort wusste, dass jede Hilfe zu spät kam.

Alle bedauerten ihn damals, den Mann, der auf so tragische Weise seine Frau verloren hatte.

Alle glaubten ihm damals, alle, nur nicht der Mann, wegen dem Ruth ihn verlassen wollte.

„Es war Mord und Sie sind der Täter. Sie und ich, wir wissen es, auch wenn Sie alle anderen täuschen konnten", sagte Ruths Neuer bei der Beerdigung, als der Pfarrer längst gegangen war und Kai noch am Grab stand und den trauernden Witwer spielte.

Kurze Zeit später erfolgte dann der Umzug von Husum nach Mannheim, hier hatte Kai sein zweites Leben begonnen.

Da an Schlaf nicht mehr zu denken war, stand Kai auf, zog sich an. Er wollte nur noch eines – vor den Erinnerungen fliehen.

Als er die Haustüre öffnete, schlug ihm eisige Kälte entgegen. Hoch „Cooper" lag mit sibirischen Temperaturen über Mannheim. Kai konnte sich nicht erinnern, dass es in den letzten Jahren im Februar je so kalt gewesen war, das Thermometer zweistellige Minusgrade angezeigt hätte.

Drei Uhr morgens, die Stadt schlief, nur ein paar Autos fuhren vorbei. Kai fror, obwohl er die Hände in den Taschen seines Mantels vergraben, den Kragen hochgestellt, den Schal fest um den Hals geschlungen und den Hut tief ins Gesicht gezogen hatte.

Er lief die Lange Rötterstraße entlang, dann geradeaus über die Fußgängerampeln, wartete nicht, bis das grüne

Männchen ihm signalisierte, dass er gehen könne, dann bog er links ab in den Weg, der hinunter zum rechten Neckarufer führt. Niemand begegnete ihm.

In der warmen Jahreszeit ging er gerne hier spazieren, beobachtete die kleinen Hasen, denen die Anwesenheit der Menschen nicht viel auszumachen schien.

Kalter Ostwind blies Kai nun ins Gesicht, es fühlte sich an, als würden Nadeln in die Haut stechen.

Der Mond zeigte sich als blasse Scheibe, dem tiefe Krater das Aussehen verliehen, als besäße er Augen, Nase, Mund. Kai erinnerte sich an seine Mutter, die immer behauptete, je runder der Mond in den Wintermonaten sei, desto kälter würde es werden. Die Sterne wirkten so nah, als könne er sie mit seinen Händen greifen, ein eisiger, klarer Nachthimmel, mit deutlich erkennbaren Sternenbildern.

Ein kleines Stück lief Kai noch Neckar aufwärts, dann kehrte er um.

Nun stellte sich endlich eine wattige Müdigkeit ein, die Kai langsamer laufen ließ und er hoffte, jetzt schlafen zu können, ein paar Stunden zumindest.

Er sah bereits die Neckarbrücke hinüber zur Innenstadt, freute sich auf die Wärme seiner Wohnung, sein Bett.

Da stand er plötzlich vor ihm, dieser Mann, wie aus dem Nichts aufgetaucht. Viel konnte Kai nicht erkennen, das Gesicht verdeckte ein bis zur Nase hochgezogenes Tuch, die dunkle Mütze reichte bis zu den Augen.

Trotzdem wusste Kai, wer das war, wer ihm gegenüberstand, wer ihm die Briefe geschrieben hatte.

„Es gibt kein Vergessen, auch wenn Sie das gehofft haben“, sagte der Mann und verstellte Kai den Weg. „Ich habe Ruth geliebt und Sie haben sie getötet. Ihr eigener Tod wird auch wie ein Unfall aussehen, ein bedauerlicher

Unfall, Sie erinnern sich? Nur ist es dieses Mal ein Sturz bei einem nächtlichen Spaziergang in der Nähe des Flusses, wo die Wege vereist sein können und bei diesen Temperaturen ein solcher Unfall durchaus tödlich verlaufen kann."

Vergeblich versuchte Kai zu entkommen, der andere war schneller, verhinderte ein Fliehen, schlug zu.

Am nächsten Morgen fand man Kai.

Erfroren.

Die Nacht zuvor war die kälteste des Jahres, eine Nacht, in der noch andere Menschen umkamen.

Haar wie Gold

Anna Schneider

Ich kann mich einfach nicht mehr erinnern, wie es eigentlich dazu gekommen ist. Alles war so untypisch für mich.

Ich flanierte gerade über den Kaiserring. Schaute mir die Auslagen eines Dessousladens an. Während ich meinen Blick beiläufig über die feinen Rüschen und das zarte Material wandern ließ, spürte ich, dass ich beobachtet wurde. Man merkt ganz deutlich, wenn der Blick eines Menschen auf der eigenen Haut ruht. Eine gewisse Unruhe befiel mich.

Aber da war noch etwas anderes. Ehe ich weiter darüber nachdenken konnte, traf mein Blick auf den eines Mannes, dessen Gesicht ich im Schaufenster widergespiegelt sah. Normalerweise wandert einer der Blicke in derartigen Situationen weg. Aber dieses Mal nicht. Er schaute unbeirrt in meine Augen. Minutenlang. Ohne zu lächeln, aber mit einer Verbindlichkeit, die meinen Blick bleiben ließ und mir eine Gänsehaut über den Rücken jagte. Während dieser Minuten bewegte nur ich mich. Meine linke Hand traf meine Rechte und zog heimlich den Ehering ab, den ich in meiner Manteltasche verschwinden ließ.

Erst dann wendete ich den Kopf in seine Richtung. Sah in türkisfarbene Augen. Die Farbe war so intensiv, dass ich sie für künstlich hielt. Kontaktlinsen vielleicht. Ärgerlich, dass man sich heutzutage nicht mehr darauf verlassen kann, dass etwas wirklich echt ist. Haare werden gefärbt, Busen vergrößert. Etikettenschwindel. Allerdings nicht bei mir. Bis auf die Tönung. „Helles Goldblond" heißt es auf der Verpackung. Aber sonst nichts.

Auf meine Figur kann ich ohnehin stolz sein. Ich bleibe schlank, egal was ich esse. Aber mein Gesicht ist nichtssagend. Wenn ich irgendwo hingehe, nimmt man mich oft gar nicht wahr, übersieht mich. Aber mein Mann wischt meine Einwände immer weg, wenn ich wieder einmal frustriert bin. Dann lobt er mich für meine Silhouette. „Das betont deinen Busen schön“ oder „Da sieht man mal, wie schlank deine Taille ist“. Aber nie ein Wort über mein Gesicht. Meine Augen. Vielleicht ließ ich deshalb alle Vernunft sinken, als der seltsame Fremde mich fixierte. Denn auf diese Art hatte mich seit Langem niemand mehr angesehen. Eigentlich noch nie.

„Karsten“, sagte er mit einem tiefen Barriton, so, als ob das alles erklären würde.

„Angelika“, antwortete ich und errötete wie ein Teenager.

„Gut.“ Mehr sagte er nicht. Das war auch nicht nötig. Wir hatten einen Pakt geschlossen: Aus den namenlosen Passanten waren zwei Menschen geworden.

„Kaffee?“, fragte ich und spürte, wie meine Gesichtsfarbe noch einen Hauch roter wurde.

Er deutete mit dem Finger auf ein Café, das ich bis zu diesem Zeitpunkt nie wahrgenommen hatte. Ich folgte ihm. Warme Luft und ein herrlicher Duft nach Kaffee stieg mir in die Nase. Er durchquerte den Raum und wies auf einen Tisch im hinteren Teil des Cafés. Geschützt vor ungewollten Blicken. Was sonst? Er grüßte den Kellner, den er offenbar kannte, freundlich und bestellte zwei Latte Macchiatto. So, als würde er alle meine Vorlieben kennen. Normalerweise hätte ich einen Espresso getrunken. Laktoseintoleranz. Aber ich wollte die Magie dieses Augenblicks nicht zerstören. Einer würde schon nicht schaden. Und ein unverdünnter Kaffee hätte mir möglicherweise eine Herzattacke beschert – mein Herz raste ohnehin schon.

„Da sind wir also, Angelika", sagte er, als wüsste er genau, was in mir vorgeht. Ich wartete darauf, dass er mehr sagen würde. Aber er schwieg. Und musterte mich. Mir wurde unbehaglich zumute. Ich begann, mich unter seinem Blick zu winden. Schlug erst das eine Bein über, dann gleich wieder das andere. Ich fand einfach keine bequeme Haltung. Ich fühlte mich wie in der Schule, als mich seinerzeit die Direktorin zu sich gerufen hatte. Und genau zu wissen schien, dass ich diejenige war, die „Frau Meissner ist doof" an die Tafel geschrieben hatte.

Nur war ich heute eine erwachsene Frau. Und er war nicht die Direktorin. Und es ging sicher um nichts, das passiert war. Sondern darum, was vor uns lag. Und genau diese Vorstellung ließ mich nervös werden.

Der Kellner rettete mich, denn als er die Getränke brachte, sah Karsten kurz von mir weg.

„Bring uns noch zwei Prosecco, Franco. Die Dame und ich haben Anlass zum Feiern", hörte ich ihn sagen.

„Prego", sagte Franco und lächelte mich freundlich an.

Ich sah verschämt zu Boden. Und spürte schon wieder die Hitze in meinem Gesicht. Alkohol. Ja, das war gut. Ich entschuldigte mich kurz und ging zur Toilette. Nicht, weil ich ein Bedürfnis hatte, nein. Er hatte längst in meinen Augen gelesen, dass er heute alles mit mir würde machen können. Dafür wollte ich gut aussehen. Ich kramte in meiner Handtasche. Fand einen Kajalstift. Vollkommen abgenutzt, aber irgendwie würde der meine Augen schon betonen. Eine Probe von getönter Hautcreme – perfekt. In der hintersten Ecke lag ein Lippenstift. Ob der überhaupt noch brauchbar war? Er schmeckte nicht besonders gut. Aber er machte schon mehr her als meine blassen Lippen.

Und wo ich schon einmal hier war, konnte ich gleich noch auf die Toilette gehen. Während ich auf der Schüssel saß, fiel mein Blick auf meine Unterhose. Das durfte doch jetzt einfach nicht wahr sein! Das Gummi hatte sich vom Stoff gelöst und das Loch am Bund konnte man nicht kaschieren. Mist. Ausgerechnet jetzt. Kurz entschlossen zog ich sie aus. Zum Glück saß meine Jeans nicht zu eng im Schritt.

Ich trat noch einmal vor den Spiegel und sah mich an. Und blickte in die Augen einer Fremden. Aber das Makeup sah gut aus. Und das Reiben der Jeansnaht zwischen meinen Beinen machte mich an. Das spiegelte sich in meinen Augen. Verrucht.

Mit federnden Schritten ging ich zurück in den Gastraum. Mittlerweile lief im Hintergrund leise Musik von Laura Pausini. In diesem Moment war ich unglaublich froh über meine Figur, denn ich spürte Karstens Blicke über meinen Körper wandern. Von unten nach oben. Wie tausend kleine Käfer. Im Rhythmus der Musik lief ich auf ihn zu. Wiegte meine Hüften. Sonnte mich in seiner Aufmerksamkeit. War plötzlich jemand anders: Ich war besonders. Und eine echte Frau.

Der Prosecco stand schon auf dem Tisch. Ich setzte mich, schlug die Beine übereinander, prostete Karsten zu und lehrte in einem Zug das Glas.

„Franco, bitte noch zwei", gurrte ich durch den Raum. „Die gehen diesmal auf mich!", schnurrte ich leiser in seine Richtung.

Karsten umschlang mich sofort wieder mit seinen Blicken. Aber dieses Mal war ich nicht mehr verlegen: Ich spielte mit ihm. Ich legte all mein Begehren in den Ausdruck meiner Augen. Schlug die Lider nieder. Mein Tun war unverhohlen und deutlich. Ich schaute mir nun nicht mehr nur sein Gesicht an. Sein Körper war umwerfend, genau wie seine Augen. Das enge T-Shirt, aus dessen V-Ausschnitt ein paar Brusthaare ragten und die Jeans ließen nicht viel Platz für Fantasie. Die Bartstoppeln um sein Kinn herum waren schon so lang, dass sie angenehm sein würden. Wie der ganze Kerl.

Aber ich sah auch, dass er nicht so mondän war, wie er auf den ersten Blick gewirkt hatte. Die Ärmel des T-Shirts waren an den Aufschlägen ergraut, ebenso wie die Taschenränder der Jeans. Auch seine Schuhe hatten schon bessere Zeiten erlebt. Aber bei dem was wir wollten, waren mir diese Dinge völlig egal. Denn darunter war er perfekt!

Franco brachte das zweite Glas. Auch das leerte ich ohne Zögern. Ein wenig mehr Lockerheit würde mir gut tun. Also orderte ich noch ein drittes. Ich musste unwillkürlich kichern, denn so früh am Mittag hatte ich noch nie so viel getrunken.

Ich bemerkte, wie Karsten mir sein Glas zuschob. Er hatte an seinem ersten nur genippt und bedeutete mir, ich könne sein zweites gerne trinken. Nachdem ich das Glas abgesetzt hatte, rutschte Karsten mit dem Stuhl näher an mich heran. Er hob mein Kinn an und wischte mir den frisch aufgelegten Lippenstift ab.

„Ich will *Dich* schmecken“, sagte er, „nicht dieses Zeug. Salute.“ Dieses Mal leerte auch er sein Glas.

Mein Mund wurde trocken und ich begann leicht zu zittern. Seine Art nahm mir die Luft und den Atem. Erwartungsvoll war ich erstarrt, lechzte nach einer erneuten Berührung.

Wieder kam Franco. Ich war wie gelähmt. Karsten spürte das, nahm das Glas, führte es an meine Lippen und gab mir zu trinken. Vorsichtig und sanft. Wie bei einem kleinen Kind, bei dem man nicht will, dass es sich unnötig bekleckert. Es war nur ein Schluck. Aber es reichte, um mich aus meiner Verspannung zu lösen.

„Komm“, sagte er.

Ich nickte. Trank noch den letzten Schluck in einem Zug leer. Dann ging ich mit ihm. Er winkte Franco zum Abschied zu. Hatten wir gezahlt? Ich wusste es nicht.

Wir liefen durch die Straßen. Er führte mich und hatte sanft seinen Arm um meine Schultern gelegt, eine Geste, die sich seltsam vertraut anfühlte. Immer hatte ich geglaubt, in solchen Situationen würde man an seinen Partner denken. Schlimmer noch: Es war mir egal, ob mich jemand sah. Ich wollte nur noch eines: diesen Mann. Hätte er mich gefragt, ich wäre in diesem Moment überall mit ihm hingegangen. Hätte alles ohne zu zögern zurückgelassen.

Seine Schritte verlangsamten sich mit einem Mal. Die lässige Selbstsicherheit schien verschwunden. Nein, bitte, nicht jetzt. Hatte er etwa jemanden, an den er gerade jetzt dachte? Nein, nein, nein! Das durfte nicht sein!

„Was ist? Geht es dir nicht gut?“, stammelte ich.

„Doch, doch. Es ist nur, es ist mir peinlich und ich möchte dich nicht ausnutzen“, sagte er, betreten zu Boden blickend.

Ich hob sein Kinn, so wie er es zuvor bei mir in dem Lokal gemacht hatte und ermunterte ihn: „Schscht. Nichts muss dir peinlich sein. Ich möchte dich jetzt auch.“

Unsere Blicke vertieften sich wieder. Dann schlug er erneut die Augen nieder.

„Aber ich habe kein Geld, Angelika, und zu mir können wir nicht.“

Erleichtert verfiel ich in ein hysterisches Kichern. Was für ein Glück! *Das* war nun wirklich kein Problem. Ich hatte schon befürchtet, er hätte es sich anders überlegt.

„Das lass mal meine Sorge sein. Kennst du denn einen Ort wo wir hier hingehen könnten?“

„Ja“, sagte er, „unten am Rhein. Aber wie würde das aussehen, wenn du die Rechnung übernimmst?“

„Lass uns einen Geldautomaten suchen“, erwiderte ich und um meine Worte zu bekräftigen und ihn wieder in bessere Stimmung zu versetzen, küsste ich ihn. Dabei versetzte er zunächst nur mich in Stimmung: Er war der beste Küsser, den ich je getroffen hatte. Atemlos und wie auf Wolken lief ich neben ihm. Schmiegte mich in seine Armbeuge. Und ließ mich führen. Was auch besser war. Denn mittlerweile hatten der viele Alkohol und das fehlende Essen seine Wirkung getan und ich merkte, dass ich nicht mehr ganz gerade lief. Die Sonne blendete mich, deshalb setzte ich meine Sonnenbrille auf.

Wir gingen über die Brücke, die über die Bahngleise verlief. In diesem Teil der Stadt kannte ich mich nicht besonders gut aus. Ein Stück weiter geradeaus sah ich eine Filiale der Commerzbank. Sie schien um diese Zeit geschlossen zu sein. Kein Mensch war zu sehen.

Karsten ging mit mir auf den Automaten zu. Während ich die Karte einsteckte, knabberte er an meinem Ohr und als ich die Geheimzahl eingab, flüsterte er ein „Danke“. Dann spürte ich plötzlich einen jähen Schmerz und konnte nicht mehr atmen. Meine Lungen schienen zu explodieren, ich war zu überrascht, mich zu wehren. Meine Hände legten sich an meinen Hals, der mit Gewalt zusammengeschnürt wurde. Ich spürte, dass sich die Adern an meinem Hals verdickten. Verzweifelt versuchte mein Mund einen Hauch Luft zu erhaschen, aber da war nichts. Und die Schlinge um meinen Hals ließ nicht locker. Ich löste mich aus meinem Körper. Er hielt meinen leblosen Körper mit Leichtigkeit an seinen gepresst. Ich sah zu, wie er eine Auszahlung vornahm, das Geld und die Karte aus dem Automaten nahm und in seine Hosentasche steckte. Dann nahm er mich einfach auf den Arm, wie eine Geliebte, die man über die Schwelle tragen wollte. Mein Kopf lehnte an seiner Brust. Er trug mich mit Leichtigkeit und meine Füße wippten im Takt seiner Schritte auf und nieder. Obwohl es ein schöner Tag war, begegneten wir auf den knapp 500 Metern zum Stephanienufer keinem Menschen. Die Autos, die an uns vorbeifuhren, schienen das seltsame Paar nicht zu bemerken. Auf der Uferpromenade zischte ein Radfahrer an uns vorbei. Aber der hatte seinen i-Pod auf den Ohren und war völlig in seinem eigenen Rhythmus gefangen.

Die letzten Meter lief er über den Kies ans Ufer. Hinter einer Baumgruppe vor Blicken geschützt, legte er mich ins Wasser und drückte mich sanft unter die Oberfläche. Seine Handschuhe hatte ich vorher nicht bemerkt. Er stand kurz da und schaute, wie sich mein Körper weiter von ihm wegbewegte. Dann zog er die Handschuhe aus und ging weg. Mich ließ er mit der Strömung ziehen.

Ein Fisch hielt kurz an, sah mir verdutzt in die Augen. Schwamm weiter. Ich wollte ihm folgen, aber mein Fuß hatte sich in einem Fischernetz verfangen, das ein Rheinfischer ausgeworfen hatte. Schade. Mein ganzer Körper schwang schwerelos mit der Bewegung des Wassers. Meine Haare ergossen sich wie Gold im Fluss, ein letzter stiller Gruß. So stimmte es doch: Ich hatte für diesen Mann alles zurückgelassen. Dennoch: Ich hatte mir diesen Tag irgendwie anders vorgestellt.

Sieben Leben

Claus Probst

Man lebt, wie man träumt. Allein. (Joseph Conrad)

Seit der Sache mit Torrini hat man sechsmal versucht, mich zu töten. Vermutlich gibt es nur wenige Menschen, die das von sich behaupten können, mit Ausnahme einiger Diktatoren, Mafiabosse und Drogenbarone, die sich jedoch nicht mit mir vergleichen lassen, denn sie umgeben sich meist mit einer Armee von Leibwächtern, ich dagegen bin völlig auf mich gestellt.

Um mich zu töten, braucht es nicht viel. Keine langwierigen Vorbereitungen, keine Autobombe, keinen verblendeten Selbstmordattentäter. Ich bin ein verwundbares Ziel. Eine kleinkalibrige Pistole, ein Messer oder etwas Gift reichen völlig aus, um Torrinis Weisung in die Tat umzusetzen. Aus der simplen Tatsache, dass ich Ihnen jetzt davon berichte, werden Sie jedoch unschwer ableiten können, dass sämtliche Versuche, mich ins Jenseits zu befördern, dennoch erfolglos waren. Auf dieses Detail bin ich stolz, und obwohl ich mir ein Leben ohne Angst längst nicht mehr vorstellen kann, tröste ich mich seit Jahren mit dem Gedanken an seine Wut, mich noch immer nicht zur Strecke gebracht zu haben.

Anfangs hätte er es fast geschafft. Eingelullt von den Versprechungen des Zeugenschutzprogramms hatte ich nicht mehr damit gerechnet, mich seinem Zorn eines Tages doch noch stellen zu müssen. Nach Monaten völliger Ereignislosigkeit hatte ich mich fast schon sicher gefühlt, bis zu jenem Tag in einem Café in Alkmaar, als sein langer Arm erstmals nach mir zu greifen versuchte. Damals hatte ich einfach nur Glück. Bis zu dem Moment, als er die Waffe zog, hatte ich den Killer nicht einmal bemerkt.

Warum er mir nicht in den Kopf schoss, ist mir bis heute ein Rätsel, denn in Filmen schießen dir Profis immer in den Kopf. Er aber zielte auf die Brust, erwischte mit der ersten Kugel die linke Lunge und mit der zweiten, da ich getroffen nach hinten kippte, nur noch den Schulterknochen. Als mein Hinterkopf auf dem Parkett aufschlug, hielt ich den Atem an. Ich lag bewegungslos auf dem Rücken und starrte schweigend hinauf zur Decke, von wo mir die Tentakel eines Kronleuchters verschlungen entgegenragten. Wenn Sie auf den Tod warten, steht die Zeit plötzlich still. Ich wartete endlos lange. Auf sein Gesicht, das über mir auftauchen würde, auf eine hämische Nachricht (*Ein Freund lässt dich grüßen*) und auf den Schuss in die Stirn. Ich dachte an Katja. An den Vorwurf in ihren Augen. Als sie erfahren hatte, dass ich aussagen würde, war sie außer sich gewesen. „Du machst alles kaputt!", schrie sie mich an, und ich wusste, sie hatte recht. Aber ich hatte keine Wahl. Sie hat es niemals verstehen können. Ich nehme es ihr nicht übel. Sie hat nicht gesehen, was ich gesehen habe. Man kann jahrelang zusammenleben, in dem Glauben, man würde sich kennen, und ein einziges Bild, welches man nicht miteinander teilt, schafft zwischen dem, der es sah, und dem, dem es erspart blieb, eine tiefe Kluft, die sich durch nichts mehr überbrücken lässt. Am Morgen, bevor ich eine neue Identität erhielt, bin ich Katja ein letztes Mal begegnet. Sie saß müde in der Küche und sprach kein einziges Wort. „Lass mich bitte nicht allein", sagte ich, aber sie schüttelte nur den Kopf. Während ich auf dem Rücken liegend den Messingkraken musterte, wurde mir klar, wie sehr sie mir immer noch fehlte, und diese Erkenntnis war weit schlimmer als die Atemnot und der pochende Schmerz. Dann hörte ich davoneilende Schritte, und eine Tür wurde aufgerissen und fiel wieder zu. Ein Luftstrom streifte zart mein Gesicht, und dann sah ich plötzlich in die Augen einer Frau, die sich vorsichtig über mich beugte, so als zögerte sie noch, ob sie sich meinen Anblick wirklich zumuten wollte. Sie flüsterte mir mit zittriger Stimme etwas zu, in einer Sprache, die ich nicht verstand. Das mag jetzt pathetisch klingen, aber seit diesem Tag bin ich tot. Das Leben danach – nur noch Verlängerung in einem längst abgepfiffenen Spiel. Der Täter wurde nie gefasst, aber Torrini dürfte von seiner Leistung kaum begeistert gewesen sein, und wenn Torrini tobt, nimmt das meist kein gutes Ende.

Die nächsten Wochen verbrachte ich streng bewacht in einem Bundeswehrkrankenhaus. Ich verließ es mit einem neuen Namen, Wagner statt Fischer statt Kuhn, nicht unbedingt ein Aufstieg, wie ich fand. Doch das ist lange her. Mein wahrer Name ist mir allmählich fremd geworden, und auch mein früheres Leben wirkt ausgedacht – wie eine Möglichkeit von vielen.

Nach dem Anschlag in Alkmaar änderte sich alles. Ich begriff, dass ich mich nie mehr sicher fühlen konnte, und meine einzige Chance zu überleben, fortan darin bestünde, selbst kleinste Hinweise auf eine Bedrohung frühzeitig wahrzunehmen. Fleischer, der mich betreute, schärfte mir ein, wachsam zu sein, und ihn beim geringsten Verdacht umgehend anzurufen. Also tat ich von nun an das, was ich bislang versäumt hatte: Ich beobachtete meine Umgebung. Besonders die Menschen. Ihre Bewegungen. Ihre Mimik. Ihren Blick. Mit jedem Tag sah ich mehr. Entdeckte Details, die ich zuvor übersehen hatte. Wusste sie zu deuten. Konnte Dinge voraussagen, noch bevor sie geschehen waren. Entwickelte ein feines Gespür. Den wachen Instinkt eines Beutetiers.

Beim zweiten Mal war ich gewarnt. Beim zweiten Mal lief alles ganz anders.

Ich traf ihn nahe von Avignon. An einer Tankstelle. Er sprach mich lächelnd an, aber er konnte mir nichts vormachen, denn da war irgendetwas in seinen Augen, das ihn sofort verriet. Ob ich Tourist wäre, wollte er wissen, und mein Puls raste, aber ich blieb freundlich und bejahte seine Frage. An den Zapfsäulen herrschte um diese Zeit reger Betrieb, was ihn zwang abzuwarten. Wie mir Frankreich gefiele, setzte er nach. Ich behauptete, erst vor einigen Tagen angekommen zu sein. Er gab sich erstaunt und lobte mein flüssiges Französisch, ein Kompliment, das ich durchaus annehmen konnte, denn innerhalb weniger Monate hatte ich mir die Sprache selbst beigebracht. Wenn man allein lebt wie ich, hat man jede Menge Zeit. Wo in Deutschland ich wohnte, fragte er noch. Stuttgart, log ich ihn an, und er gab achselzuckend zu, niemals dort gewesen zu sein. Kein großer Verlust, tröstete ich ihn, und er versprach, er würde es sich merken. Als ich in meinen Wagen stieg, wünschte er mir lachend eine angenehme Zeit. Selbst als ich losfuhr, tat er weiterhin so, als wäre er nicht in Eile, aber ich war mir sicher, dass ich ihn schon bald darauf wiedertreffen würde. Sobald ich die Tankstelle hinter mir gelassen hatte, drückte ich aufs Gas. Er fuhr einen Alfa Romeo, ich dagegen nur einen Corsa, und wenn er es darauf anlegte, würde er mich problemlos einholen können. Bei der nächsten Gelegenheit bog ich rechts ab, kurz darauf wieder links und einige Kilometer weiter nochmals rechts. Nach einer halben Stunde hatte ich fast schon die Hoffnung, ihn abgehängt zu haben, aber dann tauchte er als kleiner Punkt im Rückspiegel auf, und ich erschrak und fragte mich verwirrt, wie um alles in der Welt er das geschafft haben konnte. Meine Versuche, ihn Haken schlagend loszuwerden, hatten uns auf eine abgelegene Nebenstraße geführt, und mir war klar, was gleich folgen würde. Entweder er würde versuchen, mich von der Straße zu drängen, oder aber er würde aus dem Wagen heraus auf mich schießen. Sollte er sich für die zweite Möglichkeit entscheiden, musste er das Fenster auf der Beifahrerseite öffnen. Schon kurz darauf hatte er mich eingeholt. Indem er den Blinker setzte, scherte er seitlich aus und setzte zum Überholen an. Mit einem Mal konnte ich meinen Herzschlag hören, und meine Atmung geriet ins Stocken. Als unsere Wagen auf gleicher Höhe waren, schaute ich zur Seite. Das Beifahrerfenster war nur noch ein Rahmen ohne Scheibe, aber ich sah keine Waffe. Er grinste mich an und rief mir etwas zu, aber mein Fenster war geschlossen, sodass ich ihn nicht verstand. Meine Hände umklammerten das Lenkrad, so fest, dass sich die Knöchel weiß verfärbten. Wo war die verfluchte Waffe? Er schaute spöttisch zu mir herüber, und seine Hand verschwand nach unten, in Richtung Beifahrersitz. Noch bevor sie wieder zum Vorschein kam, riss ich das Steuer nach links. Als ich mit voller Wucht seinen Kotflügel rammte, schaute er mich immer noch an. Die Verwunderung in seinem Blick habe ich bis heute nicht vergessen. Aber ich hatte keine Wahl. Mit nur einer Hand am Steuer blieb ihm nicht der Hauch einer Chance. Der Alfa driftete abrupt nach links und schoss mit rund achtzig Stundenkilometern die Böschung hinab, auf eine unscheinbare Erhebung zu, kein ernstzunehmendes Hindernis, nur eine kleine Bodenwelle, über die er spielend hätte hinwegspringen können wie die Wagen in einer Fernsehserie, nicht allzu bedrohlich, schon tausendmal gesehen, aber er sprang nicht, sondern bohrte sich stattdessen in die Erde, unerklärlich, aufgehalten von einem winzigen Hügelchen, und mit einem Mal wurde seine Energie in eine brutale Drehbewegung umgelenkt, und während er sich überschlug, einmal, zweimal, dreimal, wahnsinnig schnell und in Zeitlupe, lösten sich ständig Teile von ihm ab, mit jeder Drehung mehr, so als werfe er Ballast ab: Metallteile, Scheiben, Räder. Das Ganze mit Musikbegleitung, einem Song von Robbie Williams, der aus meinem Autoradio drang. Wie ein Stummfilm in Farbe.

Gegen Mittag rief ich Fleischer an. Er reagierte bestürzt. „Sind Sie sich wirklich sicher?“, fragte er, so als hätte ich mir die Sache zu leicht gemacht. „Ich kann mir beim besten Willen nicht erklären, wie er Sie aufgespürt haben soll. Ein Zufall kommt wohl kaum in Frage. Sie sehen derart verändert aus, dass selbst Ihre Mutter Sie nicht wiedererkennen würde.“

„Vielleicht gibt es ja eine undichte Stelle?“, erwiderte ich kühl.

„Bei uns? Im Zeugenschutzprogramm? Sind Sie verrückt geworden? Momentan wissen nur zwei Personen von Ihrer Identität, und zwar ich und mein Chef. Und Sie nehmen doch hoffentlich nicht an, dass einer von uns Sie an Torrini ausliefern würde?“

Anstatt zu antworten, legte ich auf. Ich fuhr noch zwanzig Kilometer nach Norden, wählte die Auskunft, legte wortlos auf und warf das Handy in einen Fluss. Anschließend kehrte ich um und nahm die Straße nach Süden.

Seitdem habe ich den Kontakt zu Fleischer abgebrochen. Im Grunde genommen hatte er recht. Dass mich jemand rein zufällig erkannt haben könnte, war nahezu ausgeschlossen. Also konnte ich nur verraten worden sein. Ob von Fleischer selbst oder von seinem Chef, weiß ich bis heute nicht zu sagen. Aber von diesem Tag an hielt ich es für ratsam, mich allein durchzuschlagen. Und der Erfolg gibt mir Recht. Obwohl es ihnen dennoch gelang, mich immer wieder aufzustöbern.

Schon ein halbes Jahr später war der nächste hinter mir her.

Zu diesem Zeitpunkt lebte ich auf Kreta. In Rethymno. Schon am Mittag hatte mich das Gefühl beschlichen, beobachtet zu werden. Das Gefühl lässt sich nur schwer beschreiben. Nur eine vage Empfindung, dass etwas nicht passt. Und ein merkwürdiges Kribbeln weit oben im Genick. Ich bemerkte ihn in einer Boutique. Als ich mich vorsichtig umschaute, tat er so, als wäre er auf der Suche nach einem Hemd. Trotz der Hitze trug er ein Sakko, und als er meinen Blick wahrnahm, nickte er mir zu. Nachdem ich gezahlt hatte, verließ ich den Laden. Ich schaute mich mehrmals um, aber er folgte mir nicht. Täuschte Desinteresse vor. Fast hätte er mich überzeugt. Am nächsten Tag aber entdeckte ich ihn erneut. Er lief fünfzig Meter hinter mir, und als ich mich zu ihm umdrehte, wich sein Blick mir aus. Damit war ich mir sicher. Es würde erneut passieren. Die Frage war nur noch, wann. Am Abend schlenderte ich lange durch die Gassen. Um ihn aus der Reserve zu locken. Am ersten Abend blieb alles ruhig, aber tags darauf war es dann so weit. Als ich kurz nach Mitternacht durch eine dunkle Nebenstraße torkelte, den Betrunkenen spielend, um Hilflosigkeit vorzutäuschen, kam er mir entgegen. Zuerst war ich überrascht, denn er war nicht allein, sondern in Begleitung eines anderen, weit größeren Mannes. Ich begriff schlagartig, auf was er seit Tagen gewartet hatte, und wie dumm ich gewesen war. Auch meine Verfolger torkelten, auch sie versuchten, ihre Absichten zu verbergen. Als sie näher kamen, sprachen sie Russisch. Dass Torrini Russen beauftragte, passte zu ihm! Als uns nur noch wenige Schritte trennten, bewegte der Große sich lallend auf mich zu und tat so, als wollte er mich umarmen. Was ich natürlich nicht zulassen konnte. Hätte er mich erst einmal umklammert, wäre es für seinen Begleiter ein Leichtes gewesen, meine Wehrlosigkeit auszunutzen und mir in den Rücken zu fallen.

Bevor es so weit kam, stach ich auch schon zu. Seit der Sache in Südfrankreich gehe ich nicht mehr ohne Springmesser aus dem Haus. Unbewaffnet fühle ich mich nackt. Die schmale Klinge drang ohne Widerstand ein. Der Russe riss die Augen auf, fasste erstaunt an seine Brust und fiel wie ein Sack zu Boden. Es ging unglaublich schnell. Der andere, der mich seit Tagen beschattet hatte, glotzte mich fassungslos an, rief mehrmals „Njet" und wich zitternd zurück. Während ich noch unschlüssig war, wie ich mich verhalten sollte, griff er in die Innentasche seines Sakkos. So schnell, wie ich nur konnte, sprang ich nach vorn und rammte ihm das Messer mit voller Wucht in den Hals. Er röchelte und verdrehte die Augen, aber er fiel nicht um, sondern blieb einfach nur stehen. Heftig atmend streckte er seinen Arm nach mir aus, so als wollte er mich etwas fragen oder mich ein letztes Mal berühren, aber ich machte kehrt und lief in Panik davon. Zurück im Hotel, durchquerte ich die menschenleere Lobby und nahm den Weg über die Treppe. Nachdem ich mich mehrmals übergeben hatte, stand ich lange unter der Dusche, dachte an die entsetzten Gesichter der Killer und fragte mich weinend, was aus mir geworden war.

Heute frage ich mich das längst nicht mehr. Heute denke ich nur noch an mich. Denn ich bin im Recht. Und ich darf nicht zögern. Wenn ich zögere, bin ich tot. Inzwischen ist es fast schon Routine. Meist kann ich die Gefahr schon frühzeitig spüren. Das ist mein ganzes Kapital. Denn wie gesagt: Ich bin ein verwundbares Ziel. Alles, was mir hilft, ist Tempo und Instinkt. Ich kann nur überleben, indem ich meinen Verfolgern zuvorkomme.

Den vierten überraschte ich abends in meiner Wohnung in Florenz. Er hatte eine Scheibe eingeschlagen und war durch die Tür zur Veranda eingedrungen. Danach hatte er meine Habseligkeiten durchwühlt. Hätte ich keinen Verdacht geschöpft und wie üblich den Vordereingang genommen, hätte er meinen Tod vermutlich als Raubmord getarnt. In der Innentasche seiner Jacke fand ich eine Pistole. Als ich völlig unerwartet hinter ihm stand, schrie er erschrocken auf und vergaß in Panik, nach ihr zu greifen. Tags darauf flüchtete ich nach Norden, warf die Leiche unterwegs in einen Tümpel und fuhr weiter bis in die Alpen, wo ich mir einen Rucksack und Wanderschuhe besorgte und mich in einer kleinen Pension einmietete. Als schon zwei Wochen später Killer Nummer Fünf anreiste, spielte ich anfangs mit dem Gedanken, erneut zu fliehen, aber dann dachte ich an die Pistole und beschloss trotzig, eine Entscheidung zu erzwingen. Auf der Suche nach einem Höhenweg, dessen Beschreibung die Wörter *trittsicher* und *schwindelfrei* enthielt, stieß ich in meinem Wanderführer auf eine Strecke, die mir besonders geeignet erschien. Ich brach schon frühmorgens auf. Unterwegs legte ich immer wieder Pausen ein, um ihm die Chance zu geben, mich einzuholen. Als er schließlich auftauchte, beschleunigte ich mein Tempo. Nur um sicherzugehen, dass ich nicht doch einem Irrtum unterlag. Aber er kam beständig näher. An einer Stelle, an welcher der Weg besonders schmal und daher zusätzlich mit Stahlseilen gesichert war, holte er mich ein. Danach ging alles ganz schnell. Im selben Moment, als ich die Waffe zog, verlor er den Halt und stürzte schreiend in die Tiefe.

Nummer Sechs griff mich in einer Männertoilette in London an. Er betrat den Raum und schubste mich heftig gegen die Wand. Noch bevor ich reagieren konnte, schlug er mir zweimal ins Gesicht, und ich biss mir auf die Zunge und alles schmeckte nach Blut. Ich befürchtete schon, das Bewusstsein zu verlieren, doch dann riss ich mit letzter Kraft das Knie nach oben und erwischte seine Hoden.

Als er sich stöhnend nach vorn beugte, griff ich wütend nach seinen Haaren und knallte seinen Kopf mehrmals gegen die blau geflieste Wand, so lange, bis er aufhörte zu stöhnen und seine Muskeln in sich zusammenfielen, als verlören sie Luft. Wenn man den Zeitungsberichten glaubt, hat er dennoch überlebt.

Gestern habe ich Katja angerufen. Es war nicht leicht, sie zu finden, aber wie ich bereits erwähnte: Ich habe jede Menge Zeit. Als sie meine Stimme hörte, war sie geschockt, aber sie klang auch erleichtert. Ihr ginge es gut, versicherte sie mir, und sie habe eine Nachricht von Fleischer, der mich schon seit Jahren zu erreichen versuche.

„Fleischer?“, fragte ich misstrauisch. „Was hat er gewollt?“

„Du sollst ihn dringend anrufen. Torrini ist tot. Vor vier Monaten hat man ihn erhängt in seiner Zelle aufgefunden. Es gibt wohl keinen Nachfolger, und Fleischer glaubt, es sei vorbei.“

„Erhängt? Torrini? Machst du Witze? Das kann nicht sein.“

„Doch, es ist die Wahrheit. Laut Fleischer litt er an Leberkrebs. Er sagte, du bräuchtest dir keine Sorgen mehr zu machen, und du solltest endlich aufhören – er meinte, du wüsstest, womit.“

Ich war sprachlos, denn das ergibt keinen Sinn. Die Sache in London liegt nur wenige Wochen zurück, und in die Wohnung über mir ist erst gestern ein Italiener eingezogen. Nicht unsympathisch. Er hat mich sofort in ein Gespräch verwickelt und mich zum Essen in seine Wohnung eingeladen. Aber er konnte mich nicht täuschen. Denn ich hatte es im Gefühl. Dieses Kribbeln in der Nackengegend. Entweder Torrinis Auftrag wurde noch nicht storniert, oder aber Fleischer ist doch korrupt und versucht, mich aus der Deckung zu locken.

Aber vielleicht täusche ich mich ja auch. Vielleicht ist mein Nachbar tatsächlich harmlos, und meine Flucht ist endlich vorbei. Das wäre schön. Vor einem Jahr ging mir das Geld aus. Irgendwann hatte Fleischer mein Konto aufgelöst, und am Ende wusste ich mir nicht mehr zu helfen und überfiel eine Bank. Tiefer kann man kaum noch sinken, aber einmal mehr hatte ich keine Wahl. Ich bin gezwungen, mich anzupassen. Nicht nur Torrini hat damals seine Freiheit verloren, sondern mit ihm auch ich.

Also werde ich die Einladung für morgen Abend annehmen. Was habe ich schon zu verlieren? Ich werde wie immer auf mein Gefühl vertrauen. Und dann wird man sehen.

Der Freund aus Kindertagen

Andrea Bergen-Rösch

„Jetzt stell dich nicht so an!“ Harry rollte gelangweilt mit den Augen.

Rudi kannte diesen Blick nur zu gut. Ganz bewusst ließ er seine Augen über den Tisch wandern, wo sie wie zufällig an den leeren Bierflaschen hängen blieben. Er bemühte sich, ein geschäftiges Gesicht zu machen. Dann erhob er sich und klemmte sich die sechs Bierflaschen zwischen die Finger, als wenn es nichts Dringlicheres und Wichtigeres gäbe, als die leeren Flaschen zu entsorgen.

„Ich hol uns mal noch Nachschub“, sagte er und wandte sich zur Kellertür. Mit dem rechten Ellbogen drückte er die Klinke hinunter, mit einer Bierflasche knipste er das Licht an. Er wusste, dass Harry ihm belustigt hinterherschaute, dass er sich eine Zigarette anzünden und ihn mit einem lockeren Spruch auf den Lippen wieder empfangen würde.

Rudi wischte sich mit dem Ärmel die Schweißperlen von der Stirn und atmete tief durch. Wohltuende Kühle schlug ihm entgegen. Er stellte die leeren Flaschen in den Bierkasten, nahm sich ein frisches Bier, öffnete die Flasche am Kastenrand und setzte sich auf den Hackklotz. Harry war keine 48 Stunden wieder da, und es war, als habe es die letzten 32 Jahre nicht gegeben. Wie konnte das sein? Rudi fischte die Zigaretten aus seinem verschwitzten Hemd, kramte das Feuerzeug aus der Hosentasche und nahm sich eine Auszeit. So jedenfalls kam ihm das vor, was er hier tat. Um nichts in der Welt hätte er den Keller sofort wieder verlassen wollen.

Natürlich hatte Harry sich verändert, an ihnen allen waren die vergangenen 32 Jahre nicht spurlos vorbeigegangen. Karin scherzte manchmal, wenn sie die Bilder ins Fotoalbum einsortierte – zuerst meint man, es ändert sich nichts. Jahr um Jahr vergeht. Doch dann, wenn man fünf Jahre zurückblättert, dann sieht man den Unterschied. Was sie auf Rudis Fotos bemerkt hatte, hatte ihn nie sonderlich froh gestimmt. Sein sprödes und dünnes Haar war mit der Zeit noch dünner und vor allem lichter geworden. Die Äderchen auf seinen Wangen hatten sich vermehrt wie die Rinnsale in einer Flussmündung. Seine Haut war schlaff und vom vielen Rauchen gelblich geworden. Er hatte sich damit getröstet, dass Karin mit den Jahren immer fetter geworden war. Aber ihre Ausstrahlung hatte darunter nicht gelitten. Nein, Karin war schon immer selbstbewusst gewesen, hatte immer gewusst, was sie will und vor allem, was sie nicht will. Damals war es Harry gewesen, den sie nicht wollte. Harry, der Abenteurer, der immer nur Flausen im Kopf hatte und den es in die Ferne trieb. Der gut aussehende Harry.

Rudi nahm einen Schluck aus der Flasche und stierte auf die Holzscheite neben dem Hackklotz. Der bewundernde Blick aus Karins Augen am Vorabend war ihm nicht entgangen. So hatte sie ihn, Rudi, die letzten zwanzig Jahre nicht mehr angesehen! Aber Rudi war ehrlich genug, zuzugeben, dass dies mit Harry nichts zu tun hatte. Das mit Karin war ein Fehler gewesen, ob mit oder ohne Harry. Als er erkannte, dass Karin in ihm eigentlich nur eine Art von Sicherheit gesucht hatte, war es bereits zu spät gewesen.

Rudi drückte mit seinem rechten Fuß die Zigarettenkippe aus, beugte sich vor, hob die Kippe auf und warf sie in den kleinen Eimer neben dem Hackklotz. Er konnte es nicht leiden, wenn Kippen auf dem Boden herumlagen. Er stellte die halb leere Bierflasche zurück in den Kasten, nahm vier neue heraus und machte sich auf den Weg nach oben. Harry wunderte sich sicher, wo er so lange blieb.

Schon an der Kellertür hörte er, dass Karin bei Harry war. Sie lachte ihr glockenhelles Lachen, das sie selbst so umwerfend fand. Es hatte Zeiten gegeben, da hatte Rudi sich an Karins Lachen nicht satthören können. Heute war es ihm gleichgültig. Auch dass Karin mit ihrem alten Jugendfreund flirtete, traf ihn nicht wirklich. Aber als er in Harrys Gesicht schaute und dieser ihn mit dem bekannten spöttischen Lächeln anblickte, hätte er am liebsten wieder kehrtgemacht. Die kurze Erholung, die ihm die letzten Minuten beschert hatten, war wie weggeblasen.

Er nickte den beiden im Vorbeigehen kurz zu, murmelte etwas von „Kühlschrank", und verschwand in die Küche. Dort stellte er zwei Flaschen auf der Küchentheke ab, öffnete den Kühlschrank und legte die beiden anderen Flaschen sorgfältig auf das dafür vorgesehene Gitter. Er presste seine heiße Stirn gegen das kleine Gefrierfach, aber nur kurz. Die Küche war Karins Revier, und man wusste nie, wann sie hier auftauchen würde. Ihr beider Verhältnis war schon lange nicht mehr so, dass er vor ihr eine Schwäche hätte eingestehen wollen. Ganz davon abgesehen, würde sie ihn sofort zur Rede stellen, was er hier so lange zu suchen habe.

Rudi richtete sich auf. Schluss jetzt. Stell dich nicht so an. Du lebst dein Leben und Harry das seine. Seit 48 Stunden ist er da, wer weiß, vielleicht ist er in weiteren 48 Stunden schon wieder weg. Bei Harry konnte man das nie wissen. Er war die letzten 32 Jahre weggeblieben, hatte sich kaum gemeldet und jetzt tauchte er plötzlich wieder auf. Rudi kannte niemanden sonst, der sich das getraut hätte. Aber Harry tat so etwas, er hatte sich schon immer mehr herausgenommen als andere.

Als Rudi zur Terrasse zurückkehrte, verabschiedete sich Karin gerade. Er wusste, dass sie die Mittsommernacht zusammen mit ein paar Freundinnen vom

Tennisclub verbringen wollte. Kokett schaute sie Harry an, küsste ihn rechts und links auf die Wange und klapperte auf ihren hochhackigen Sommersandalen von dannen. Ihn, Rudi, hatte sie keines Blickes gewürdigt. Nicht dass er dies erwartet hätte, aber es entlockte Harry schon wieder einen seiner spöttischen Blicke.

Das war zu viel. „Schau mich nicht so an!"

„Wie denn, was denn?" Harry klopfte dem Freund mit einer loyalen Geste auf die Schulter. „Komm schon, Rudi, schau nicht so griesgrämig aus der Wäsche! Wir lassen heute die Sau raus, so wie früher!"

„Ich hab dir vorhin schon gesagt, dass das nicht geht!" So schnell würde Rudi sich nicht geschlagen geben.

„Und ich hab dir gesagt, du sollst dich nicht so anstellen!" Auf Harrys Stirn erschien eine ärgerliche Falte. Rudi kannte auch diesen Blick und stellte trotz seines Ärgers fest, dass die Falte auf der Stirn des Freundes sich vertieft und dem Gesicht im Lauf der Jahre etwas Prägendes gegeben hatte. Gleich würde Harry stimmungsmäßig noch einmal umschwenken und ihn mit seiner begeisternden Art überreden wollen.

Der Gedanke war noch nicht richtig zu Ende gedacht, da hörte er Harry bereits lachen. „Mensch, Rudi, weißt du noch, wie wir damals die Sonnenwenden feierten? Wie die alten Germanen!"

Aus Harry sprudelten die Erinnerungen wie ein frischer Quell. Auf Rudi wirkten sie wie ein Lebenselixier. Er sog die Worte in sich auf. Ein Teil von ihm wünschte sich nichts sehnlicher, als dass Harry ihn mit seiner Energie und seiner Lebenslust mitriss, egal wohin. In diesem Moment hätte Rudi sogar seine akkurat gesetzten Pflastersteine einem Unkraut durchwucherten Steinchaos geopfert, nur um mit Harry den Abend verbringen zu können.

„Das mit der Reißinsel geht aber nicht mehr!“ Rudi kratzte den letzten Rest an Widerspruch zusammen, den er in sich finden konnte.

Vor gut dreißig Jahren hatte es noch mehrere Zugänge zu der Halbinsel gegeben. Ein wohlhabender Industrieller namens Carl Reiß hatte diesen Flecken Anfang des 20. Jahrhunderts der Stadt Mannheim vermacht. An das Vermächtnis war eine Bedingung geknüpft: Die Insel sollte so belassen bleiben, wie sie war.

Als Kinder hatten sie die urwüchsige Landschaft hinter dem Waldpark geliebt. Kein Förster räumte dort totes Holz zur Seite, die hohen Silberpappeln und die krummen Silberweiden des Auenwaldes wuchsen dort so, wie sie wollten, ein ideales Terrain für Versteckspiele aller Art, für verliebte Schäferstündchen – oder ein heimliches Feuer zur Sommersonnenwende. Im Lauf der Jahre aber hatten so viele Menschen die Insel besucht, dass sich der Mannheimer Gemeinderat bereits Anfang der neunziger Jahre entschlossen hatte, den Zugang zu beschränken. Heute war von den vielen Zugängen zur Reißinsel nur noch einer übrig geblieben. Und auch dieser war zwischen März und Juni gesperrt, damit die vielen Vögel dort ungestört ihren Nachwuchs großziehen konnten.

All das wusste Rudi, aber Harry wischte wie immer alle Argumente mit einem Lachen zur Seite. Er schaffte es, dass Rudi sich wieder fühlte wie damals als kleiner Junge. Natürlich war es Harry gewesen, der ihm als Kind gezeigt hatte, wie man Verbote übertrat - und wie man es anstellte, dabei nicht erwischt zu werden.

Doch Rudi erinnerte sich auch an andere Gefühle, an Gefühle der Angst. Er war immer mitgekommen, aber unbeschwerter Spaß, das war etwas anderes. Er erinnerte sich eher an Stress und Bedrohung. Trotzdem war es Harry immer wieder gelungen, Rudi herumzukriegen.

Auch heute sprach Harry so lange auf ihn ein, bis Rudi schließlich nachgab. Immerhin gelang es ihm, den nächtlichen Ausflug an eine Bedingung zu knüpfen: Sie würden erst in der Dunkelheit aufbrechen, nicht früher!

Harry war einverstanden, lehnte es aber ab, stattdessen die Stunden davor am Strandbad zu verbringen. „Das tun nur Spießer, Rudi! Und Spießer, das waren wir noch nie! Schon vergessen?"

Rudi fand nicht, dass man nur als Spießer zum Strandbad gehen könne. Er war in den letzten Jahren mit den alten Skatkumpels oft dort draußen gewesen. Seit das alte Strandbad neu hergerichtet worden war und es das neue Café gab, fand er es sogar richtig nett. Man traf Gott und die Welt, viele brachten ihren Grill mit. Während das Fleisch brutzelte, trank man gemütlich Bier, die Nacht senkte sich herab, der Rhein floss gemächlich vorbei. Ja, Rudi liebte die Sommerabende am Strandbad, er hatte die Reißinsel in den letzten Jahren nicht sonderlich vermisst. Die Sperrung galt ja auch nur für vier Monate, ab Juli war sie wieder offen, und da ging der Sommer ja eigentlich erst richtig los!

Ein Blick in Harrys spöttische Miene ließ Rudi verstummen.

Als sie gegen halb elf aufbrachen, war der Kasten Bier schon ziemlich zur Neige gegangen. Harry wollte mit dem Auto fahren, doch Rudi fiel zum Glück noch rechtzeitig ein, dass sie früher schließlich auch immer mit dem Fahrrad gefahren waren. Und es sollte schließlich so sein wie damals, oder? Rudi fand seinen Einwand sehr pfiffig. Harry zeigte sich großzügig und stimmte zu.

Natürlich musste Harry sich noch über die Satteltaschen mokieren, die Rudi an Karins altem Fahrrad anbrachte.

„Willst du noch ein Bier auf der Reißinsel oder nur Scherben?" Rudi sah den Freund missmutig an.

Harry lachte ihn aus. „Wie mein Spießerchen es wünscht!" Dann johlte er und stob mit Rudis neuem Fahrrad auf und davon.

Rudi hatte Mühe, dem Freund mit Karins altem Klepper zu folgen. Bereits nach kurzer Zeit bereute er, sich auf die Tour überhaupt eingelassen zu haben. Die Bullen waren ja schließlich nicht blöd. Dass die Reißinsel zur Sommersonnenwende ein beliebter Treffpunkt war, wussten die auch. Sie brauchten nur am einzigen Eingang zur Insel jemanden zu positionieren, und schon hatten sie sie. Und wahrscheinlich ist dann auch mein Führerschein weg, dachte Rudi, der sich trotz seines Alkoholpegels gerade noch bewusst war, dass es ihn auch auf dem Fahrrad den Führerschein kosten konnte.

Weiter vorne wartete Harry dann doch noch auf ihn. Wahrscheinlich ist es ihm einfach zu langweilig geworden, so ganz ohne Publikum, dachte Rudi bitter, als er den Freund warten sah.

„Mann o Mann, hier kennt sich ja keiner mehr aus!", war das Einzige, was Harry von sich gab, als Rudi ihn eingeholt hatte.

Rudi ergriff die Chance und lotste sie jetzt wohlweislich in Richtung Lindenhof. So würden sie wenigstens vermeiden, sich der Reißinsel vom Strandbad aus zu nähern. Dort würden die Bullen wohl am ehesten Patrouille fahren. Rudi hatte fest vor, den offiziellen Eingang südlich der kleinen Kuckucksinsel zu meiden. Er würde versuchen, sie rheinabwärts zur Insel zu führen, auch wenn es dort keine Zugänge mehr gab. Vielleicht ließ sich Harry ja dazu überreden, die Nacht in irgendeiner Lichtung des Waldparks außerhalb des Naturschutzgebietes zu verbringen.

Während sie nebeneinander herradelten, erzählte Harry Rudi von seinen Auslandsaufenthalten in Thailand und Australien. „Du zahlst nur einen Bruchteil von dem, was dich das Leben hier in Deutschland kostet“, brüstete sich Harry. „Und die Frauen, sag ich dir!“

„Warum bist du eigentlich zurückgekommen?“

„Na hör mal! Was soll das denn für eine Frage sein?“

„Ich meine ja nur. Wir haben ewig nichts gehört von dir, und jetzt bist du plötzlich wieder da!“

„Ich werde ja wohl noch nach Hause kommen dürfen!“ In Harrys Stimme schwang etwas mit. Rudi verstummte.

Schweigend radelten sie weiter. Dann kam die Stelle, wo ein geteerter Weg nach links zum Waldpark führte. Rudi stieg ab.

„He, was soll das? Wir sind doch noch gar nicht an der Brücke!“

„Die Brücke gibt es nicht mehr, Harry. Der Eingang ist jetzt woanders.“

„Scheiße, Mann! Wo denn?“

„Gar nicht weit von hier. An der Kuckucksinsel.“

„Kuckucksinsel? Mann, willst du mich verarschen?“

„Mensch, Harry!“ Rudi verlor langsam seine Geduld. „Manche Dinge haben sich eben geändert, seit du weg warst!“

„Nee, das meinst du bloß. Gar nichts hat sich geändert. Alles wie früher, was Rudi?“ Harry warf Rudis Fahrrad einfach in die Büsche und wandte sich in Richtung Wald.

„Jetzt warte doch wenigstens, verdammt noch mal!“ Rudi holte sein Fahrrad aus den Büschen hervor und schloss die beiden Räder ordentlich an einem Laternenpfahl an. Er hatte keine Lust, nachher nach Hause zu laufen, nur weil irgendein Besoffener die Räder geklaut hatte.

Harry war derweil bereits in der Dunkelheit des Waldes verschwunden. Rudi fluchte. Harry hatte schon recht. Alles wie früher. Verdammte Kacke! Dennoch nahm sich

Rudi die Zeit, auch noch die Satteltasche abzumontieren. Erst dann machte er sich auf den Weg.

Die Dunkelheit des Waldes legte sich abrupt über ihn, instinktiv blieb er stehen. Er war erst wenige Schritte in den Wald hineingelaufen und man sah die Hand vor den Augen nicht mehr. „Harry? Harry!"

„Buh!" Harry stand direkt vor ihm. „Ha, hast du dich erschreckt! Gib's zu!"

„Idiot!"

„Komm, Rudi, sei kein Spielverderber!" Harry klopfte ihm auf die Schulter. „Gib mir die Taschenlampe!"

Die Taschenlampe! Rudi durchzuckte ein Schreck. Jetzt hatte er tatsächlich die Taschenlampe vergessen! „Die ist zu Hause." Rudi konnte selbst hören, wie kläglich seine Stimme klang.

„Was? Wie sollen wir hier denn weiterkommen ohne Licht?"

„Hättest ja auch selber dran denken können." Rudi biss sich auf die Lippen.

„He, ich denke, du bist hier zu Hause! Ich war ja schließlich nur in Thailand und Australien!"

Rudi begann zu schwitzen. Warum musste er auch die blöde Taschenlampe vergessen! Er, der sonst immer an alles dachte und dafür sorgte, dass etwas korrekt durchgeführt wurde!

„Aber zum Glück hat der gute alte Harry eine Idee, wie immer! Mensch, Rudi, wie hast du all die Jahre ohne mich nur überleben können?" Vor Rudi leuchtete plötzlich ein Licht auf. „Siehst du?"

„Aber das ist dein Handy!" Rudis Widerspruch klang matt und resultierte aus einer allgemeinen Resignation, die zunehmend von ihm Besitz ergriff. Mit Harry wurden in ihm Gefühle wach, die er schon längst vergessen glaubte. Er war nichts wert. Was zählte, war alleine

Harry. Harry war der, der alles konnte und auf alles eine Antwort wusste.

„Hast du wenigstens das Bier dabei?"

Rudi nickte ergeben.

„Hast du oder hast du nicht?"

„Hab ich!" Mein Gott, er stellte sich aber auch wirklich an wie der letzte Trottel! Wie konnte er als Antwort nur nicken, wenn es hier stockduster war!

„Wenigstens etwas! Also, dann los!"

Ergeben stolperte Rudi hinter Harry her so gut er konnte. Natürlich war es Harry, der vorne ging, und natürlich war es Rudi, der die Satteltasche mit dem Bier schleppte.

„Harry, kannst du nicht neben mir gehen? Ich seh' kaum was!"

„Stell dich nicht so an, du wirst mir doch wenigstens hinterherlaufen können!"

„Harry!" Rudis Ton klang weinerlich.

„Mein Gott, bist du eine Memme!" Harry drehte sich um und leuchtete Rudi mitten ins Gesicht.

Rudi spürte den Impuls, die Satteltasche einfach fallen zu lassen und umzukehren. Stattdessen hob er seinen rechten Arm schützend vor die Augen und entgegnete mit anklagender Stimme: „Hör auf, Mann! Du könntest ruhig etwas netter sein!"

„Netter? Ja, bin ich denn etwa nicht nett? Schließlich habe ich im Gegensatz zu dir ein Licht dabei!"

Rudi antwortete nicht. Ihm steckte ein dicker Kloß im Hals, seine Augen hatten sich zu seinem eigenen Entsetzen mit Tränen gefüllt. Zum Glück konnte er sich wegen des blendenden Lichts die Hände vors Gesicht halten. Das hätte jetzt gerade noch gefehlt, dass er vor Harry in Tränen ausgebrochen wäre!

„Also gut, dann komm schon!" Harry zeigte sich versöhnlich. „Aber beim Tragen der Flaschen helfe ich dir nicht, dass du es gleich weißt! Ich muss schließlich den Weg suchen!“

Rudi ergriff die Satteltasche, die er am Boden abgestellt hatte, und sie gingen los. Jetzt, da Harry rechts von ihm ging, konnte er den Weg besser erkennen.

„Wie weit ist es denn noch?“, fragte Harry.

„Wir müssten gleich am Bellenkrappen sein.“

„Ja, genau, der Bellenkrappen! Mensch, hatte ich glatt vergessen, dass der so heißt!“ Harry schwieg einen Moment. „Die Reißinsel ist gar keine Insel, das war immer eine Halbinsel, oder?“

„Ja.“

In dem Moment erreichten sie den Altrheinarm. In Harry erwachten sofort alle Lebensgeister. „Oh Mann, weißt du eigentlich, wie lange ich nicht mehr hier war? Auf, Rudi, pack das Bier aus, jetzt müssen wir uns erst einmal stärken!“

Rudi schleppte die Satteltasche in die Nähe des Ufers und lehnte sie an einen Begrenzungsstein. Sollte Harry sein Vorhaben, auf die Insel zu wollen, bereits aufgegeben haben? Er setzte sich und Harry ließ sich mit einem wohligen Seufzer neben ihm auf die Erde plumpsen.

Nach der ersten Flasche verlangte Harry die nächste, und Rudi beeilte sich, dem Wunsch nachzukommen. Langsam entspannte auch er sich. Die Nacht ließ sich eigentlich ganz gut an. Die Luft war warm, und über dem Bellenkrappen funkelten die Sterne zwischen den Baumkronen.

Harry zündete sich eine Zigarette an. „Weißt du eigentlich, wie schön du es hast, Junge?“

Rudi hörte an dem sentimentalen Unterton, dass Harry jetzt endgültig betrunken war. Gleichzeitig löste der Ton in ihm ein unangenehmes Gefühl aus.

„Naja, ich weiß nicht“, erwiderte er vorsichtig. „Mein Leben ist bestimmt nicht so abenteuerlich wie deines.“

Harry schlug sich auf die Schenkel. „Da hast du gottverdammt recht! Aber hier, hier ist es schön!“ Harry stand schwankend auf und deutete mit der Bierflasche in seiner rechten Hand einen großen Bogen an. „Und jetzt ist es Zeit, rüberzugehen. Auf diese gottverlassene Insel. Junge, Junge, wo ist nur diese Brücke?“

Rudi war aufgesprungen, als er Harrys letzte Worte hörte. Beschwichtigend legte er seine Hand auf die Schulter des Freundes. „Komm, Harry, setz dich wieder! Wir trinken noch ein Bier.“

„Ich will aber – rüber.“ Harry wischte Rudis Hand weg wie eine lästige Fliege und stolperte bereits über den engen Trampelpfad, der entlang des Bellenkrappen durch die Büsche führte.

„Harry, warte!“ In aller Eile warf Rudi die leeren Flaschen in die Plastiktüte, die er extra dafür mitgenommen hatte, schnappte sich die Satteltasche und folgte dem Freund. Seine Augen hatten sich an die Dunkelheit gewöhnt, auch gab der Himmel über dem schmalen Altrheinarm etwas Licht, sodass er ganz gut zurechtkam. Einmal stolperte er über eine Baumwurzel, kurz darauf stieß er mit dem rechten Schienbein an einen der kleinen Grenzsteine, die hier von Zeit zu Zeit den Trampelpfad säumten. Vor Schmerz schrie er auf. „Mensch, Harry, warte auf mich!“ Keine Antwort. Mit einem Fluch auf den Lippen humpelte er weiter.

Da sah er den Freund am Wegesrand stehen.

„Da bist du ja – endlich!“ Harry wedelte mit seiner Bierflasche. „Hier geht's rüber. Hast du das Bier?“

„Klar, hab ich das Bier! Aber Harry, hier kannst du nicht rüber! Das ist nur ein Baumstamm, keine Brücke!“ Rudi kannte den Baumstamm gut. Ein alter Baumriese war bei einem Sturm umgefallen, seine Äste ragten wie ein übergroßer Rechen in den Altrheinarm und endeten dort. Sie würden trockenen Fußes nicht hinüberkommen.

„Gib mir die Pla- Plastiktüte.“

„Was???“

„Gib sie her!“

„Harry, du bist betrunken!“

Harry funkelte ihn wütend an. „Sag du mir nicht, was ich bin und was nicht! Und gib mir jetzt endlich diese verdammte Plastiktüte!“

Rudi hatte bereits bei den ersten Worten Harrys damit begonnen, die Plastiktüte auszukippen. Die leeren Bierflaschen fielen auf den trockenen Waldboden. „Wozu brauchst du die denn?“

„Das wirst du gleich sehen. Ich bin auch in angetrunkenem Zustand noch handlungsfähiger als gewisse hirnlose Spie- Spießer!“

Rudi schluckte. Harry nestelte an seiner Hose herum und stopfte etwas in die Tüte. Dann verknotete er sie und rutschte doch tatsächlich die Böschung hinunter zu dem Baumstamm.

„Harry, nein! Was machst du denn da! Komm zurück!“ Rudi eilte Harry hinterher, in jeder Hand eine volle Bierflasche. Gerade hatte er die Flaschen noch aus der Satteltasche geholt, in der Hoffnung, den Freund damit von seinem wahnwitzigen Vorhaben abhalten zu können. Doch Harry war erstaunlich schnell, im Nu hatte er den Stamm erklommen. Als Rudi mit seinen beiden Bierflaschen an der Wassernarbe ankam, balancierte Harry bereits stark schwankend mehrere Meter vom Ufer entfernt.

„Siehst du! Sogar balancieren kann ich noch!“ Harry hatte bereits das Ende des Baumstammes erreicht, holte mit seinem rechten Arm Schwung und rief: „So, und jetzt pass wenigstens auf, wo das Ding landet!“ Damit warf er das verknotete Wurfgeschoss hinüber auf die andere Uferseite.

„Harry, was hast du gemacht!“ Vor Schreck versagte Rudi die Stimme, er flüsterte mehr, als dass er sprach. Aber Harry lachte nur.

Und dann fiel er ins Wasser.

„Verdammte Scheiße!“ Rudi sprang auf den Baumstamm, lief bis ans Ende und bemerkte erst jetzt, dass er immer noch zwei Flaschen Bier in Händen hielt. Er ließ die Flaschen kurzerhand fallen und sprang dem Freund hinterher.

Harry schien das Ganze eher als Gaudi zu betrachten. Er plantschte im Wasser, strampelte und lachte, während Rudi sich abmühte, sie beide ans andere Ufer zu schleppen. „So hör doch endlich auf!“ Rudi schlug Harrys Hand weg. „Willst du uns beide umbringen?“ Harry lachte, verschluckte sich am Wasser und spuckte es umgehend wieder aus, Rudi mitten ins Gesicht. „Pfui Teufel ist das dreckig“, japste er und verschluckte sich gleich noch einmal.

Irgendwie gelang es Rudi, sie beide ans andere Ufer zu bringen. Völlig außer Puste blieb er am Ufer liegen, er kochte vor Zorn. „Bist du total ausgeflippt?“, schrie er. „Was sollte das? Wie sollen wir jetzt wieder zurückkommen?“

Harry lag neben ihm und schaute ihn finster an. „Du bist einfach ein gottverdammter Spielverderber. Wann hast du schon einmal Spaß vertragen?“ Damit stand er auf und wankte zwischen den Büschen davon.

Rudi blieb einen Moment wie betäubt liegen. Dann erhob er sich ächzend, zog seine Hosen und sein T-Shirt aus und hängte sie über einen Busch. Er hasste es, hier zu sein. Es war nicht richtig! Und sein Pflichtgefühl verbot ihm, jetzt einfach zurückzuschwimmen und den Freund allein zu lassen. Harry hatte recht. Nichts hatte sich zwischen ihnen geändert. Er hasste Unvorhergesehenes und er hasste das Gefühl, in Situationen zu geraten, die ihn überforderten. Er ging lieber Schritt für Schritt vor. Mag sein, dass man damit nicht bis nach Thailand oder Australien kam, aber er hatte sich seine Nischen geschaffen, in denen er sich wohlfühlte. In Harrys Gegenwart dagegen wurde er zu einem Handlanger. Zu jemandem, dessen einzige Daseinsberechtigung darin zu bestehen schien, den Freund in seinen Launen zu unterstützen oder den Dreck von ihm fernzuhalten. Er wusste, wenn er jetzt ging, dann war dies ein Bruch für immer. Harry würde ihm das nie verzeihen. Aber wie könnte er Harry hier auch alleine zurücklassen? Sie waren doch Freunde von Kindesbeinen an! Sie hatten in derselben Straße gewohnt, waren zusammen in den Kindergarten gegangen, hatten in der Schule immer nebeneinander gesessen. Schon dass er jetzt hier zurückblieb und dem Freund nicht nacheilte, kam einem Sakrileg gleich.

Eine ganze Weile saß Rudi am Bellenkrappen, da stieg ihm plötzlich der Geruch von Feuer in die Nase. Es dauerte einen Moment, bis er den Geruch zuordnen konnte, doch dann sprang er wie elektrisiert auf. Die Zweige der dicht stehenden Büsche zerkratzten ihm das Gesicht, als er sich durch das Dickicht kämpfte, wo Harry verschwunden war.

Er brauchte nicht lange zu suchen. Schon nach kurzer Zeit entdeckte er den flackernden Lichtschein. „Harry, bist du des Wahnsinns! Was machst du denn jetzt schon wieder?“

Harry saß neben einem kleinen Feuer und stierte ihn mit glasigen Augen an. „Mein alter Freund Rudi. Hast immer noch nicht gelernt, deinen eigenen Augen zu trauen? Dann sage ich dir jetzt, was du hier siehst: ein nettes kleines Feuerchen. Oder was meinst du, was das sein soll?"

„Harry, mach sofort das Feuer aus!"

„Ich denke gar nicht daran! Mensch, Rudi, ich hatte glatt vergessen, was für eine Null du bist. Führst uns ohne Licht in diese Einöde, und dass mein Feuerzeug und mein Handy hier trocken gelandet sind, hast du auch nur mir zu verdanken." Harry schaute auf, sein Blick war böse. „Sei ehrlich, hast du jemals etwas zustande gekriegt in deinem Leben?"

„Du Scheißkerl!" Rudi schossen Tränen in die Augen. So war es immer schon gewesen! Er machte sich Gedanken und Gewissensbisse, und Harry handelte und verachtete ihn dafür. Voller Wut warf er sich auf den Freund.

Harry schaute überrascht auf, dann lachte er und schlug zurück. Rudi ging sofort zu Boden. Harry wandte sich dem Feuer zu. Immer noch lachend legte er mehrere kleine Äste auf, trockenes Holz gab es hier zuhauf. In aller Ruhe nahm er im Schneidersitz vor dem Feuer Platz, als ob nichts gewesen wäre.

Rudi schnappte nach Luft. Der Boden war trocken und hart, durch den Aufprall blieb ihm einen Moment lang die Luft weg. Seine rechte Schulter schmerzte, stöhnend drehte er sich zur Seite.

Da spürte er etwas Hartes an seiner Hand. Seine Finger griffen zu, ohne dass er weiter darüber nachdachte. Schmerz und Wut vereinten sich zu ungeahnten Kräften.

Harry musste die Bewegung hinter sich gespürt haben. Rudi traf ihn nur an der Schulter, dennoch warf die Wucht des Aufpralls den sitzenden Harry erst einmal um.

Mit Todesverachtung warf Rudi sich auf den Freund. Sein linkes Bein streifte dabei das kleine Lagerfeuer und teilte es in zwei gleich große Teile. Der eine Teil fraß sich in Windeseile durch das trockene Gras in Richtung Ufer. Der andere versprühte Funken, die sich an den trockenen Blättern einer alten Silberweide festfraßen und sich umgehend ausbreiteten.

Kurz nach Mitternacht gingen bei der Feuerwache Mannheim-Mitte innerhalb weniger Minuten mehrere Anrufe ein. Drei kamen vom Campingplatz südlich der Reißinsel, zwei weitere vom Strandbad nebenan. Der diensthabende Einsatzleiter war ein besonnener, vorausschauender Mann. Von der Wache Lindenhof schickte er zwei tiefe Leistungslöschfahrzeuge in Richtung Strandbad, des Weiteren orderte er ein weiteres Löschfahrzeug von der Wache Nord sowie das fünftausend Liter fassende Tanklöschfahrzeug der Wache Süd. Dann kam ihm das neue Löschfahrzeug für Katastrophenschutz in den Sinn, das bei der Freiwilligen Feuerwehr in Neckarau stationiert war und über sechshundert Meter Schlauchmaterial verfügte. Schließlich dachte er sogar noch an ein Schlauchboot. Die letzten Tage waren zwar sehr heiß gewesen, aber davor hatte es lange geregnet und außerdem, man weiß ja nie, was einen da draußen am Rhein alles erwartete.

Alle Maßnahmen erwiesen sich als gleichermaßen sinnvoll wie erforderlich. Vor Ort war schnell klar, dass das Feuer weder im Waldpark noch auf der Reißinsel, sondern auf der kleinen Kuckucksinsel ausgebrochen sein musste, einem Stück Eiland, das entstanden war, weil der Altrheinarm an seinem Ende eine kleine Öse ausbildet.

Zum Glück verlief der geteerte Radweg parallel zum Bellenkrappen. So war es kein Problem, mit den schweren Fahrzeugen vorzufahren. Auf Höhe der Baumkrake, die Harry und Rudi als Brücke gedient hatte, machten sie Halt. Auf der anderen Seite brannte es lichterloh.

An der Uferböschung stießen die Feuerwehrleute auf mehrere leere Bierflaschen. Spätestens jetzt hatten sie die Bestätigung für das, was sie bereits vermuteten: Das Feuer war nicht von alleine ausgebrochen. Und möglicherweise waren dort drüben Personen, die dringend Hilfe brauchten.

Der Rest war für die erfahrenen Feuerwehrleute Routine. Sie brachten ihre Schläuche aus, verlegten schon bald mit Hilfe des kleinen Bootes den überlangen Schlauch des Spezialwagens auf die Kuckucksinsel und konnten so ein weiteres Ausbreiten des Feuers in Richtung Reißinsel oder Waldpark verhindern. Für die kleine Insel selbst kam trotz aller Umsicht jede Hilfe zu spät.

Die verkohlten Leichen wurden anhand ihrer Gebisse identifiziert, ein parallel durchgeführter DNA-Abgleich mit den Bierflaschen vor Ort führte zum selben Ergebnis. Rudolf Meister und Hartmut Koch, zwei alte Jugendfreunde, hatten offensichtlich die Rückkehr Hartmut Kochs, genannt Harry, gefeiert und waren durch ein unbedacht gelegtes Feuer ums Leben gekommen.

„So was Trauriges", meinte die Kollegin im Dezernat, bevor sie die Akte wegschloss. „Zwei dicke Freunde, die einfach nur ihr Wiedersehen feiern wollten!"

Der Eichbaumhasser

Marcus Imbsweiler

Der Gott des Frühlings muss ein Mannheimer sein.

Da sitzt ein Pärchen unter frischem Eichenlaub und prostet sich zu. Lachend. Die Sonne lacht ja auch. Am liebsten würde man mitlachen! Oder mittrinken, einen Schluck wenigstens. Auf beiden Gläsern glänzt eine Schaumkrone, wie gemalt. Noch ist es früh am Tag, aber ein Schlückchen muss doch erlaubt sein.

Jetzt kommt der Mann mit der Leiter ins Spiel. Erst lehnt er sie an den Stamm der Eiche, dann erklimmt er die Sprossen. Er trägt Blaumann und Unterhemd, in der Hand einen Eimer. Das stumme Lachen des Paares lässt er rechts liegen. Und als er eben dabei ist, eine lose Ecke des Plakats mit Kleister zu befestigen, fällt der Schuss. Die Wucht des Einschlags nagelt seine Schulter gegen die Litfaßsäule, die Bürste rutscht aus seiner Hand. Er ist so perplex, dass er nicht einmal schreit. Bloß ein Röcheln schwappt über seine Lippen. Reflexartig klammert er sich mit beiden Armen, auch mit dem verletzten, an die Säule, wie man sich an seine Tanzpartnerin klammert.

Unten blickt sich Blaumann Nummer zwei, eine Kippe im Mundwinkel, nach allen Seiten um. Er hat den Schuss gehört, aber keine Ahnung, woher er kam. Dann hört er das Röcheln über sich. Er sieht seinen Kollegen in der Walzergrundstellung: beide Arme ausgebreitet, die Augen weit aufgerissen, eine Backe gegen das Plakat gepresst. Und er sieht das Blut, das langsam über das Eichenlaub fließt. Vor Schreck fällt ihm die Kippe aus dem Mund.

Geraume Zeit bleibt der Plakatkleber so auf der Leiter stehen. Er holt kaum Atem, fühlt keinen Schmerz. Es schaut aber auch so innig aus, wie der Mann die Säule umarmt, diese dicke, mit Kleister geschminkte Madame Litfaß. Unvergleichlich innig! Da kann sich das Pärchen unter der Eiche anhimmeln, so viel es will.

Polizei und Sanitäter geleiten den Mann schließlich auf den Erdboden zurück. Weiß wie ein Leichentuch ist er und zittert am ganzen Leib. Jetzt endlich meldet sich der Schmerz. Von der Stelle, wo er seine Schulter gegen die Säule presste, fließen parallele Blutschlieren das Plakat hinab. Die längste davon durchkreuzt das strahlende Lächeln der jungen Frau.

Klick, klick, klick.

Als ich auf den Fotos unserer Agentur sah, dass einer dieser Fäden direkt in das hochgehaltene Glas Ureich zielte, wusste ich: Das hier war meine Chance.

Mein Ressortchef, zu dem ich wegen des Artikels eilte, lehnte ab. Für so einen Schwachsinn gebe er sich nicht her. Kein Problem, ging ich eben zum Chef meines Chefs. Das war so ein liberaler Weichspüler, der sich angeblich gegen seine Beförderung gewehrt hatte, weil wir Journalisten doch alle im selben Boot säßen und wie die Sprüche hießen. Gegen die Aufstockung seines Gehalts hatte er sich allerdings nicht gewehrt. Auch er schüttelte den Kopf und wollte mich loswerden, da sagte ich: „Es ist nur, weil ich eine Frau bin, stimmt's?"

„Aber nie im Leben", fuhr er auf.

„O doch. So eine Enthüllungsstory passt nicht zum schwachen Geschlecht, es ist immer dasselbe. Einer Frau traut man nicht zu, das durchzuziehen. Verdammt, Chef, ich weiß, dass es Gegenwind geben wird, wenn wir den Artikel drucken. Na und? Ich freue mich drauf. Wie sollen wir uns sonst ins Gespräch bringen?"

Das brachte ihn ins Grübeln. Wir waren ein kleines Blatt vom Land, das mehr schlecht als recht im Schatten der großen Mannheimer Konkurrenz segelte. Jede Schlagzeile, die wir ihr voraus hatten, war Gold wert.

„Meinetwegen", seufzte er schließlich. „Probieren wir es. Bin gespannt, wie die Reaktionen ausfallen."

„Ein Rauschen im Blätterwald wird es geben", grinste ich. „Im Eichenwald, um exakt zu sein!"

Am nächsten Morgen fand der Mannheimer Heckenschütze in allen deutschen Zeitungen Erwähnung. Die überregionalen brachten kleine Meldungen, die hiesigen große. Aber kein Blatt konnte mit einer Überschrift aufwarten wie wir. Headline auf Seite eins: *Der Eichbaumhasser*. Darunter stand: *Von unserer Redakteurin* ... – und dann kam mein Name.

Mit der Beschreibung des Anschlags hielt ich mich nicht groß auf; das Foto des blutbesudelten Eichbaum-Plakats sprach ja Bände. Stattdessen erinnerte ich unsere Leser an die beiden Zuchthengste, die letztes Jahr in der Nacht vor dem Seckenheimer Renntag brutal niedergestochen worden waren. Vom Täter fehlte bis heute jede Spur. Wer aber war Hauptsponsor des Rennens? Die Eichbaum-Brauerei. Und erst vor zwei Wochen musste eine Pizzeria in Rheinau schließen, nachdem Gäste über Verdauungsprobleme geklagt hatten. Welches Bier in der Pizzeria ausgeschenkt wurde? Dreimal dürft ihr raten.

Wer ist dieser Mensch, fragte ich meine Leser, *der die Eichbaum-Brauerei so hasst, dass er das Leben Unschuldiger aufs Spiel setzt? Wer steckt hinter dem feigen Angriff auf wehrlose Tiere, hinter dem Giftanschlag und den gezielten Schüssen? Welches Ereignis wurde zum Auslöser für diese Gewalttaten, die eine ganze Stadt in Atem halten?*

„In Atem halten" war das Stichwort: Mein Artikel schlug ein wie eine Bombe. In unserer Redaktion stand das Telefon nicht mehr still, der eine Chef wurde zum anderen Chef zitiert und alle gemeinsam zum Herausgeber. Ich wurde beschimpft und verlacht, aber um eine Sache kam keiner herum: Ich war die einzige Journalistin der Republik, die zwischen toten Pferden, würgenden Pizzaessern und einem angeschossenen Plakatierer eine Verbindung gesehen hatte. Überall wurde meine Theorie zitiert: in den Nachrichten, in Kommentaren und Hintergrundsberichten, noch der lärmendste Privatsender tat sie als Spekulation ab, und doch stieg mit jeder brüsken Zurückweisung ihr Realitätsgehalt. Weil es die Theorie gab, wurde sie diskutiert, und weil sie diskutiert wurde, gab es sie. Schon nach 24 Stunden kam man um die Existenz des Eichbaumhassers nicht mehr herum. Auch wenn er – wie jeder einräumte – eine Erfindung der Medien war.

Am Nachmittag bestellte mich der Herausgeber zu sich. Bei ihm saß der Pressesprecher der Brauerei; er war schlank, kaum älter als ich und auf eine sehr attraktive Weise nervös.

„Es gibt keinen Zusammenhang zwischen dem Pferdemörder und dem Heckenschützen", sagte er entschieden. „Hass auf unser Unternehmen als Motiv, das ist einfach absurd."

„Warum schießt der Kerl dann auf ein Eichbaum-Plakat?"

„Er schoss auf einen Menschen."

„Der ein Eichbaum-Plakat anbrachte."

„Zufall."

„Zufall? Wenn Sie sich da mal nicht täuschen." Ich hielt ihm meinen Artikel unter die Nase. Auf den Fotos vom Rennen und der Pizzeria war das Eichbaum-Logo jeweils gut zu erkennen: mal als Banner im Hintergrund, mal neben dem Namenszug des Restaurants. „Halten Sie das auch für Zufall? Wieso trifft es ausgerechnet dieses Sportereignis? Warum wird kein Pächter der Konkurrenz geschädigt? Für mich besteht da ein Zusammenhang. Und solange man diese Möglichkeit nicht ausschließen kann, heißt es: Augen auf. Wenn tatsächlich ein Spinner durch Mannheim läuft, der auf alles schießt, was nach grüner Eiche aussieht, muss die Bevölkerung informiert werden. Genau das ist unsere Aufgabe als Zeitungsmacher, richtig, Chef?"

Der Herausgeber nickte. Was blieb ihm auch übrig, schließlich gingen wir morgen mit 20 Prozent mehr Auflage an den Start.

„Wollen Sie eine Massenhysterie auslösen?", stotterte der Jüngling. Mit diesem Anflug von Blässe sah er noch besser aus. „Nur weil die drei Fälle entfernt etwas mit unserer Brauerei zu tun haben? Eine derartige Imageschädigung können wir nicht zulassen. Wir müssen ..."

„Entschuldigung", unterbrach ich ihn. „Der Einzige, der Ihr Image schädigt, ist der Mensch, der auf Eichbaum-Plakate ballert. Beschweren Sie sich bitte bei ihm."

Zum ersten Mal seit Monaten war eine Ausgabe unseres Blattes ausverkauft. Ebenso die des folgenden Tages, trotz Steigerung der Auflage, und überhaupt die der gesamten Woche. Da keine Zeitung weit und breit wagte, meine Theorie vom Eichbaumhasser zu übernehmen, hatten wir das Thema exklusiv. Und bei der Suche nach weiteren Fakten kannte meine Fantasie keine Grenzen. In Seckenheim tat ich einen Stallburschen auf, der beeiden wollte, dass es in der Box der getöteten Hengste nach abgestandenem Bier gerochen habe. Hatte sich der Mörder vor der Tat mit einer Konkurrenzmarke zugedröhnt? Das ließ sich natürlich nicht mehr feststellen, fand aber als pikantes Detail Eingang in meine Berichterstattung. Die

Gattin des Pizzeriapächters schwor unter Tränen, dass es in den vergangenen 25 Jahren nie einen Grund zur Beanstandung gegeben habe, beim Gesundheitsamt genieße ihr Betrieb einen einwandfreien Ruf. Klarer Fall von Vergiftung also. Und dann war ja noch die Frage, welches Plakat von der frisch aufgetragenen Eichbaum-Werbung verdeckt, mithin verdrängt worden war. Ich erkundigte mich bei dem Kollegen des verletzten Plakatierers, dessen Handynummer ich mir gesichert hatte.

Er überlegte. Minutenlang. Seine Kopfhaut war schon ganz verkratzt. „Sprudel", nickte er schließlich. „Irgend so ein Klickerwasser." Ich frohlockte.

Geht es dem Eichbaumhasser um die verheerende Wirkung von Alkohol?, war tags darauf in unserem Blatt zu lesen. *Wollte er ein Fanal setzen, als ein gesundes Mineralgetränk vor seinen Augen durch eine Alltagsdroge ersetzt wurde?*

Die Brauerei sah sich zu einer Gegendarstellung gedrängt. Bier sei keine Droge, sondern, in Maßen genossen, Bestandteil unserer Trinkkultur. Nun, vielleicht stimmte das. Fakt war aber auch, dass sich in Neuostheim zwei Männer weigerten, ein Eichbaum-Plakat auf einer Werbefläche anzubringen. Aus Angst um ihre körperliche Unversehrtheit. Wir druckten alles auf einer Sonderseite ab: die Gegendarstellung der Brauerei, die Meldung aus Neuostheim und meinen Kommentar dazu.

Am nächsten Morgen bekam ich einen Anruf von der „Bild"-Zeitung: Ob ich Lust auf eine berufliche Veränderung hätte?

„Jederzeit", sagte ich.

Zunächst aber nahm ich mir die Polizei vor. *Wie lange*, fragte ich, *können es sich die Behörden noch erlauben, eine offen zutage liegende Spur zu ignorieren? Ob diese Spur in eine Sackgasse führt, lässt sich immer nur im Nachhinein sagen.*

Schlimmer als alle im Sande verlaufende Ermittlungen wäre es, könnte der Eichbaumhasser sein perfides Spiel unbehelligt weitertreiben.

Kaum war diese Einschätzung unters Volk gebracht, standen zwei Beamte bei mir im Büro. Sie versuchten es mit der üblichen Good-cop-bad-cop-Masche: Während mich der eine ganz höflich um Zurückhaltung bat, ließ der andere seine Faust auf meinen Schreibtisch fahren und drohte mir das Blaue vom Himmel herab.

„Sie sollten nach Hause gehen und ein Bier trinken", riet ich. „Zur Sicherheit vielleicht eine ausländische Marke."

„Wer sind Sie eigentlich, dass Sie uns vorschreiben wollen, wie wir unsere Arbeit zu machen haben?", brüllte der Choleriker. Sein Kollege schüttelte nur traurig den Kopf.

„Von den Lesern werden meine Beiträge sehr geschätzt", sagte ich.

„Wissen Sie", warf der nette Polizist ein, „wir machen uns Sorgen um unser Bild in der Öffentlichkeit. Wenn man Ihre Artikel liest, könnte man meinen, wir seien ein komplett unfähiger Haufen."

„Was glauben Sie, wie Sie erst dastehen, wenn der Eichbaumhasser wieder zuschlägt! Überlegen Sie sich das, meine Herren."

„Das wird Ihnen noch leid tun!", schnaubte der andere. Unter seinen Augen zeichneten sich tiefe Ringe ab.

Ich zuckte mit den Achseln. „Natürlich ist es eine Heidenarbeit, alle zu überprüfen, die mit der Brauerei noch eine Rechnung offen haben. Entlassungen, Klagen, enttäuschte Aktionäre ... In solchen Unternehmen gären die Motive. Ein ehemaliger Angestellter, ein im Streit ausgeschiedenes Mitglied des Aufsichtsrats – ich kann mir da viele Szenarien vorstellen. Vielleicht liegt die Ursache auch im privaten Bereich: eine Geburtstagsparty, die durch ein verdorbenes Fass Ureich zum Fiasko wird, eine kaputte Pilsflasche, an der sich Mamas Liebling verletzt. Es gibt eine Menge Gründe, warum Menschen durchdrehen."

Verdattert sahen sich die beiden an. Sie merkten, dass sie bei mir auf Granit bissen. Mit ihrer Drohung, sich bei meinem Chef über mich beschweren zu wollen, begann ihr Rückzugsgefecht.

Wer hatte eigentlich behauptet, dass es den Eichbaumhasser nicht gab?

Einen Tag später rief er an. Ich hatte gerade Frühstück und Morgenlektüre beendet, als das Telefon läutete. Seine Stimme klang eindeutig nach Kurpfälzer Prekariat: schwerblütig aufbrausend, breitester Dialekt.

„Isch war des net, du Drecksgriffel!", keuchte er. „Bass uff, isch hab nix gege Eischbaum. Trink doch gor nix anneres, vastehsch?"

„Was waren Sie angeblich nicht? Der Plakatschütze?"

„Doch, jo. Awwer net wege dem Bier. Isch hab doch gor net geguckt, wo ich noschieß!"

„Sie meinen, das Ganze war ein Unfall?"

„Absischt wars net. Mensch, des is mir doch aa arg, dass ich denne Aff do vum Boam geholt hab. Met Eischbaum unn so Sache hots nix zum due. Gor nix!"

Ich gähnte. „Wissen Sie, was? Ich glaube Ihnen Ihre Märchen nicht."

„Hä?", brüllte er. „Wie bidde? Gehts noch, Aldi?"

„Sie klingen nicht so, als täte Ihnen die Sache leid. Sie klingen eher wie einer, den es ärgert, dass ich seine Masche durchschaut habe."

„Vun wege Masche! Vedammt noch e mol, isch war des net met denne Gail in Seckene, unn vun derre Rheinauer Pizzeria hab isch mei Lebdaach noch net geheert. Ich weeß grad eens: Eischbaum trink isch, so lang wie isch denke kann. Am liebschde Export, und im Summer mol e Weize. Do werd isch doch net ... Wie dabbisch muss ma alleweil soi, dass ma uff so e spinnerte Idee kummt?"

„Schon gut, Mister Unbekannt. Ich sehe nur eine Möglichkeit für Sie, die Angelegenheit gerade zu rücken: Sie geben mir ein Interview."

„E was? In hunnerd Johr net!"

„Ihre einzige Chance!"

„Fer wie bleed hälschn mich?"

„Sie sollten es sich überlegen. Wenn Sie wirklich ..."

„Eischbaum is mei Lieblingsbier!"

Nach diesem Satz herrschte Stille in der Leitung.

Die Polizei hatte derweil ihre Hausaufgaben gemacht und zu einer Pressekonferenz geladen. Meine beiden Freunde, der gute und der böse Cop, saßen neben dem Polizeipräsidenten an einem Tisch, Entschlossenheit im Blick. Für jeden Pressevertreter hatten sie ein Lächeln oder Nicken übrig, nur mich straften sie mit Missachtung. Umso größer war die Aufmerksamkeit, die mir meine Kollegen schenkten. Ich wurde fotografiert, gefilmt und um eine Einschätzung der Lage gebeten.

„Abwarten", sagte ich. „Erst mal sehen, was sie uns zu bieten haben."

Viel war es nicht. Was die Identität des Heckenschützen anging, tappten die Ermittler nach wie vor im Dunkeln. Sein Motiv: rätselhaft. Dass der Mann – oder die Frau – in naher Zukunft weitere Anschläge verüben könne, sei unwahrscheinlich, wenn auch nicht mit letzter Sicherheit auszuschließen. Auszuschließen sei hingegen eine Verbindung zu anderen Fällen, wie sie gewisse Presseorgane in den vergangenen Tagen gezogen hätten.

In absolut verantwortungsloser Weise gezogen hätten, wurde ergänzt, und nun schauten mich die beiden Cops endlich an. Ich lächelte zurück.

Stattdessen, hieß es weiter, habe man sämtliche Vorfälle des zurückliegenden Jahres, in denen Schusswaffen eingesetzt wurden, überprüft und festgestellt, dass der Heckenschütze bereits zweimal in Erscheinung getreten sei. Beide Male im Mannheimer Osten. Kurz nach Weihnachten habe er einige Schüsse auf einen verfallenen Holzschuppen bei Neckarhausen abgegeben, um sich einen Monat später an Schildern des Ilvesheimer Naturschutzgebiets abzureagieren. In beiden Fällen gebe es keine direkten Hinweise auf den Täter, die verwendete Munition stamme aber aus derselben Waffe wie bei dem Schuss auf die Litfaßsäule. Zur Illustration wurden Fotos vom Schuppen und den demolierten Schildern gezeigt. Der Uhu, der vom Naturschutz am Neckar kündete, ließ traurig die durchlöcherten Flügel hängen.

Damit, lautete das Fazit, seien die wild wuchernden Spekulationen in der Presse – korrigiere: in manchen Teilen der Presse – als reines Fantasieprodukt entlarvt. Herzlichen Dank für Ihre Aufmerksamkeit.

Nun stürzten die Kollegen natürlich erst recht auf mich zu, um mir einen Kommentar zu entlocken. Ob ich endlich einsähe, dass ich mich verrannt hätte?

„Verrannt?“, lachte ich. „Ganz im Gegenteil! Lest morgen meinen Artikel.“ Was konnte ich dafür, dass diese Leute Tomaten auf den Augen hatten? Man musste sich die Fotos der Polizei doch nur anschauen!

Der Eichbaumhasser existiert!, rief es am folgenden Tag mein Aufmacher in die Welt hinaus. Und weiter: *Die aktuellen Ermittlungsergebnisse der Polizei haben den Beweis erbracht, dass der unbekannte Heckenschütze tatsächlich aus Wut über die Brauerei mit dem Eichensignet agiert. Bevor es zu dem feigen Anschlag auf den Plakatierer kam, lebte er diese Wut symbolisch aus: an Schuppen und Hinweisschildern. Sein Zerstörungswille richtete sich im einen Fall gegen Holz, im anderen gegen die Natur selbst. Ob die Bretter des Schuppens aus Eiche bestehen oder Buche, ist dabei zweitrangig. Ebenso, ob sich Uhus lieber auf Laub- oder Nadelbäumen niederlassen. Umso klarer ist die Botschaft des Täters: Hütet euch vor Eichbäumen!*

Der Artikel schlug noch höhere Wellen als die früheren. Selbst mein einst so skeptischer Ressortleiter beglückwünschte mich zu meinen Schlussfolgerungen. Etwas spät meiner Meinung nach, schließlich stimmte ich mich inzwischen nur noch mit dem Herausgeber persönlich ab. Der mir an diesem Tag spontan das Du anbot.

Und wie es so geht in der Welt, sprangen auch die übrigen Journalisten der Region allmählich auf den Eichbaumhasser-Zug auf. Im Mäntelchen der Seriosität freilich, diese Heuchler. Der SWR wollte von rasch herbeigekarrten Experten erfahren, ob es tatsächlich Hass auf bestimmte Marken gebe; die Experten wiegten die Köpfe, legten sich nicht fest, schlossen aber auch nichts aus. Im „Mannheimer Morgen“ wurde das traditionelle „Eichen sollst du weichen“ pseudohumoristisch hinterfragt und durch Interviews mit Naturschützern flankiert. Immer noch galt als ausgeschlossen, dass es irgendjemand, jemand aus dem näheren Umkreis zumal, auf eines der wichtigsten, profitabelsten, sympathischsten Unternehmen der Stadt abgesehen haben könne. Bloß darüber spekulieren wollten nun alle.

Vielleicht kam der Täter ja aus Ludwigshafen? Aus der Pfalz, der abgewirtschafteten!

Gut möglich, dass er im Dienst windiger Bierkonkurrenz stand!

War es am Ende eine Kampagne der Brauerei selbst, um sich ins Gespräch zu bringen?

So wurde gemunkelt und gemutmaßt, dass sich die Eichenbretter bogen. Wer aber lieferte Fakten? Ich.

Zum Beispiel fand ich heraus, dass die Brauerei im Rahmen ihres Kultursponsorings auch einmal einen Krimiwettbewerb veranstaltet hatte. Nun, wer auf dieses Pferd setzte, musste sich nicht wundern, wenn die Fantasie mit den Leuten durchging! Wie man in den Eichwald ruft, Sie kennen das ja.

Die Reaktion des Konzerns ließ nicht lange auf sich warten. Man betonte das hervorragende Standing der Marke Eichbaum in der Region, auch in der Pfalz und Südhessen. Selbst die Konkurrenz sei voll des Lobes über die Unternehmensphilosophie, von der Produktpalette ganz zu schweigen. In der langen, über 300-jährigen Geschichte habe man nie auch nur den geringsten Anlass gegeben, um so etwas wie Markenaversion hervorzurufen. Falls so etwas überhaupt existiere. Bei Ölkonzernen, ja, bei Investmentbanken – aber doch nicht bei Bierbrauern! Bier stehe schließlich für Geselligkeit, für Heimat, für Genuss und sei somit einer der Grundpfeiler der menschlichen Existenz. Dem pflichteten übrigens fast alle Verfasser von Leserbriefen bei, die uns in nie geahnter Zahl erreichten. Viele beteuerten, jetzt erst recht Eichbaum zu trinken, und alle übrigen Monnemer sollten das auch tun; nicht wenige dieser Solidarisierer baten uns allerdings, ihren Namen nicht zu veröffentlichen.

Schon meldeten die ersten Biergärten Umsatzeinbußen.

In jenen Tagen verließ ich die Redaktion selten vor Mitternacht. Zuhause legte ich die Beine hoch, ließ mich von der Glotze berieseln und trank einen Tee. Habe ich schon erwähnt, dass ich Bier hasse? Nicht Eichbaum, Gott bewahre, solche Animositäten sind mir fremd, sondern Bier allgemein. Bitterwasser, das rasch absteht und für Kopfweh sorgt: eine Sackgasse der Getränkeevolution. Zukünftige Generationen werden es hoffentlich begreifen.

Als ich eines Abends müde von der Straßenbahn nach Hause schlenderte, bemerkte ich jemanden am Gartentürchen. Eine dunkel gekleidete, vermummte Gestalt, die ein Paket mittlerer Größe trug. Ohne vom Licht der Lampen erfasst zu werden, huschte der Unbekannte Richtung Haustür.

Ich kramte das Pfefferspray aus meiner Handtasche. Wollte der Kerl bei mir einbrechen? Hatte er es auf mich abgesehen? Irgendwann würde ich mir einen kleinen Revolver zulegen müssen wie die Kollegin vom Sport.

Vorsichtig schlich ich weiter. Den Impuls, die Polizei zu alarmieren, unterdrückte ich. Da kam der Mann schon wieder zurück! Er trug schwarze Hose und Pulli, über den Kopf hatte er eine Skimütze gezogen. Einen Moment lang trafen sich unsere Blicke. Dann sprang er mit einem gewaltigen Satz über den Zaun. Bevor ich mein Spray zum Einsatz bringen konnte, war er enteilt.

Auf wackligen Knien betrat ich den Vorgarten. Der Vermummte hatte mir sein Paket dagelassen. Es lag, mit meinem Namen versehen, vor der Tür. Ich knipste die Außenbeleuchtung an und schlich um das Ding herum wie ein Hund um den Dachsbau. Ein gelbes, bereits mehrfach benutztes Postpaket, von braunem Klebeband zusammengehalten. Sehr groß war es nicht, aber seit wann erkannte man Paketbomben an ihrer Größe? Wusste der Eichbaumhasser, wie man einen Sprengsatz bastelte?

Ich überlegte, ob ich bei meinen Nachbarn klingeln und um das ferngesteuerte Auto ihres Sohnes bitten sollte. Das könnte ich, aus sicherer Entfernung natürlich, mit

Karacho gegen das Päckchen lenken, um zu sehen, ob es explodierte. Aber Nachbars schliefen schon.

Nun, es ging auch einfacher. Ich suchte mir drei faustgroße Steine und ging hoch in den ersten Stock. Dort öffnete ich mein Schlafzimmerfenster, das sich über der Haustür befand. Der erste Wurf verfehlte sein Ziel. Ich war hektisch, schnellte geradezu ins Zimmer zurück und hörte, wie der Stein unten auf die Fliesen krachte. Nichts geschah, die Straße blieb totenstill. Zweiter Versuch. Jetzt zielte ich sorgfältiger, ließ den Stein aus beiden Händen in die Tiefe fallen und sah im Zurückweichen, dass er genau die Mitte des Pakets treffen würde.

Draußen gab es ein knirschendes Geräusch. Mehr nicht. Ich starrte an den Nachthimmel. Mein Herz hämmerte. Wieder blieb alles ruhig. Ein Kontrollblick in die Tiefe: Das Paket hatte eine große Delle und war an mehreren Stellen aufgerissen. Keine Bombe. Ich eilte nach unten, entfernte den Stein und trug das Päckchen ins Haus. Es war leicht und roch nach Bier.

Als ich es aufklappte, explodierte doch noch etwas. Nämlich ich, vor Heiterkeit. Die Sendung des Unbekannten enthielt Bierdeckel: Kronkorken, mindestens tausend Stück, alle mit dem typischen Knick in der Mitte und alle von Eichbaum-Flaschen.

Dabei lag ein Zettel mit der handgeschriebenen Botschaft: „Eichbaum ist mein Lieblingsbier!“

Nach einigen Wochen flaute der Sturm ab. Es lag nicht an den Medien; noch der verschlafenste Journalist hatte die Brisanz des Themas erkannt und lechzte nach neuen Erkenntnissen. Es lag auch nicht an der Brauerei, die fieberhaft an einer Imagekampagne arbeitete, und schon gar nicht an mir, die ich meine Artikel mit Andeutungen über einen geheimen Informanten spickte, von dem man noch viel erwarten dürfe. Nein, dass sich die Öffentlichkeit allmählich wieder für andere Dinge zu interessieren begann, war einzig und allein die Schuld des Eichbaumhassers selbst.

Er legte nicht nach. Keine Schüsse mehr, keine Messerstechereien, nichts. Biergärten blieben unbehelligt, deutsche Eichen verschont. Als an einem warmen Sommertag ein Heißluftballon mit Bierwerbung über der Stadt aufstieg, wäre das die Gelegenheit für eine neue Attacke gewesen. Doch der Ballon entschwebte friedlich, vom Eichbaumhasser keine Spur. Vielleicht hatte er sich durch die erhöhten Sicherheitsvorkehrungen abschrecken lassen.

Aber auch sonst: Tabula rasa. Wenigstens ein paar martialische Graffiti am Eichbaum-Stammhaus in P 5 hätte er anbringen können! Nichts da, der Kerl stellte sich tot. Vergeblich hoffte ich, dass er mich noch einmal anriefe oder dass er mir ein Video schickte, auf dem man ihn einen Kasten Export leeren sah. Er blieb wie vom Erdboden verschluckt.

Nun war guter Rat teuer. Mein Vorstellungsgespräch bei der „Bild"-Zeitung wurde kurzfristig abgesagt. Der Herausgeber meines eigenen Blattes duzte mich zwar nach wie vor; an sein Versprechen, mich auf seine Privatjacht einzuladen, erinnerte er sich aber nicht mehr.

War die Story ausgelutscht?

War sie nicht. Da gab es nämlich eine neue Biersorte von Eichbaum, die in einigen Wochen mit großem Tamtam vorgestellt werden sollte. Auf der Gästeliste tummelten sich die Honoratioren, der Ministerpräsident persönlich würde den Fassbieranstich vornehmen. Eine Veranstaltung, so recht zünftig und traditionell, aber auch wie geschaffen für einen neuerlichen Anschlag des Eichbaumhassers.

Dass diesmal nicht ich es war, die den richtigen Riecher hatte, fuchste mich gewaltig. Ein Lokalredakteur der „Rheinpfalz" orakelte, der Ministerpräsident werde womöglich seine Teilnahme an dem Ereignis wegen Sicherheitsbedenken absagen. Daraufhin legten sich die Brauerei und die Stadtspitze mächtig ins Zeug, pilgerten persönlich nach Stuttgart, bis feststand: Der Landesvater kommt. Er wollte zwar dreimal so viel Securitypersonal mitbringen wie üblich, und das Unternehmen musste x Vorsorgemaßnahmen und Evakuierungspläne vorlegen, aber der Anstich war gerettet.

Und die Bühne für den Eichbaumhasser bereitet.

Eilmeldung: Eichbaumhasser schlägt erneut zu!

Die heutige Bierpräsentation im Alten Sudhaus der Eichbaum-Brauerei Mannheim wurde von einem weiteren Attentat des sogenannten „Eichbaumhassers" überschattet. Während des Fassbieranstichs durch den Baden-Württembergischen Ministerpräsidenten brach/stürzte/explodierte – Punktpunktpunkt – ein gewaltiges/schweres/verhängnisvolles – Punktpunktpunkt – und sorgte für Panik unter den zahlreichen Gästen. Verletzt wurde offenbar niemand. Vom Täter fehlt bislang jede Spur.

Diese lückenhafte Meldung hatte ich in der Redaktion hinterlegt, bevor ich zur Biervorstellung nach Käfertal fuhr. Sobald ich sie vom Ort des Anschlags telefonisch vervollständigen konnte, würde sie ihren Weg in die Onlineredaktionen dieser Welt, zu den Nachrichtensendern und Livetickern finden. Von unserer Mannheimer Korrespondentin – und dann natürlich mein Name. Die Frage, was da genau explodieren oder herabstürzen würde, bereitete mir kein Kopfzerbrechen. Bestimmt fand sich ein Schlauch im Alten Sudhaus, der nur darauf wartete, aufgeschlitzt zu werden. Irgendeine Hauptsicherung ließ sich immer umlegen. Und ein paar rote Farbtabletten für die Gärbottiche hatte ich auch dabei.

Die Sicherheitsmaßnahmen rund um die Brauerei waren beeindruckend. Auf das Gelände durfte man nur mit Akkreditierung, vorm Eingang zum Alten Sudhaus kamen Metalldetektoren zum Einsatz. Während mein Taschenmesser gleich konfisziert wurde, erregten die Farbtabletten im Aspirin-Döschen keinen Argwohn. Ehrlich gesagt, hätte es mich nicht gewundert, wenn sie mir und nur mir den Zugang zur Veranstaltung aus fadenscheinigen Gründen verwehrt hätten. Aber sie fürchteten wohl den geballten Zensurvorwurf, der ihnen dann blühte.

Das Alte Sudhaus war pickepackevoll. Leider gab es hier schon seit Jahrzehnten keine offenen Bottiche mehr. Die Sonne schien durch hohe Fenster, an den Wänden hingen Darstellungen traditioneller Brauvorgänge. Bauchige Holzfässer standen neben den modernen Keg-Fässern, es gab Schaltanlagen zu sehen und Gegenstände, deren Verwendung mir unbekannt waren. Vorne hatte man eine kleine Bühne eingerichtet.

Ich kramte mein Handy hervor und testete die Verbindung zur Redaktion. Nur nichts dem Zufall überlassen! Ein Plastikeichbaum mit Astlöchern als Sehschlitzen drückte sich vorbei und wackelte fröhlich mit den Zweigen. Innerlich applaudierte ich. Wer sich in diesen Tagen freiwillig so ein Kostüm überstülpte, verdiente Respekt. Könnte doch sein, dass der Eichbaumhasser in der Nähe war!

Bevor die unvermeidlichen Reden geschwungen wurden, erkundete ich das Sudhaus, um mögliche Attentatsziele auszumachen. Ein beim Anstich explodierendes Fass wäre natürlich optimal, aber wie sollte ich das hinkriegen? In einer abgelegenen Ecke des Raumes wurde ich schließlich fündig. Kaum zu glauben, dass mir die Brauerei eine solche Steilvorlage gab! Da standen Maßkrüge übereinander getürmt, Reihe für Reihe, sich zur Spitze hin verjüngend, mit ihren historischen Abbildungen schön nach außen. „Bierwagen 1880", „Johann Blanckart, Biersieder aus Hanau" und natürlich das beliebte Motiv „Eichbaum will de Vadder hawe". Eine regelrechte Bierpyramide war das, und wenn man den Tisch, der dieses Kunstwerk trug, mit einer raschen Bewegung umkippte, würde sich der Ministerpräsident vor Schreck auf den Daumen hauen. Und ich? Nun, vielleicht konnte ich mich rechtzeitig hinter eine Säule werfen und so tun, als sei ich selbst vom Eichbaumhasser umgerempelt worden. Dass es diesen Mann gab, wusste ja mittlerweile jeder.

Erneut wählte ich die Redaktion an und diktierte: *Während des Fassbieranstichs durch den Baden-Württembergischen Ministerpräsidenten brach ein meterhoher Turm von Steingutmaßkrügen zusammen und sorgte für Panik unter den zahlreichen Gästen.*

„Immer noch keine Verletzten?", wollte der Kollege am anderen Ende wissen.

„Eher nicht. Und denk dran: Erst auf mein Kommando geht die Meldung raus."

„Ein Bild wäre noch schick." Da hatte er natürlich recht. Ich knipste die Bierpyramide mit meinem Handy und schickte ihm die Aufnahme rüber. Jetzt konnte es losgehen.

Und das tat es. Die gesamte Unternehmensspitze rückte an, Politiker ließen sich beklatschen. Kahlgeschorene Muskelmänner mit Stöpsel im Ohr schauten nervös von links nach rechts. Grußworte folgten im Minutentakt. Wortreich wurde die Tradition beschworen, die Heidelberger Bierordnung von 1603 sowie jener Monsieur Jean de Chaine, der vor 331 Jahren das Braurecht für seine Kneipe „Zum Aichbaum“ beantragt hatte. Natürlich erinnerte man auch an die vielen erfolgreichen Biersorten, die im Zeichen der Eiche ihren Weg zu den Dürstenden allüberall gefunden hatten. Jetzt also eine neue Sorte: das Herbe für den Herbst. Prosit und Glückwunsch! Vor der kleinen Bühne hopste der Eichbaum herum und machte Faxen.

Endlich nahm der Ministerpräsident den Holzhammer zur Hand und bekam die Schürze umgebunden. In der ersten Reihe ging man in Deckung. Ich verdrückte mich Richtung Bierpyramide. Niemand beachtete mich. Vorne plärrte einer von der Brauerei etwas, das allgemeines Gelächter hervorrief. Am lautesten lachte der Landesvater. Ich zückte mein Handy und tippte zwei Buchstaben: „Go!“ Eine winzige SMS, aber ein Riesenschritt für meine Karriere.

Der Ministerpräsident holte aus. Mächtig. Die Leibwächter kniffen die Augen zusammen. Ich legte meine Hände um eines der Tischbeine. Der Turm aus Bierkrügen war mindestens zwei Meter hoch. Von der Bühne war ein lauter Schlag zu hören. Die Menge applaudierte. „Bravo, Herr Ministerpräsident!“ Ich spannte die Muskeln an. Jetzt!

Doch ich hatte mich verrechnet. Neben mir stand plötzlich eine unförmige Gestalt, und zack!, bekam ich eine gewischt, dass ich in die Ecke schlitterte. Verdattert hielt ich mir die Wange.

Es war der Eichbaum. Seine Schaumstoffkrone zitterte vor Erregung, aus den Astlöchern funkelten seine Augen. „Du Drecksgriffel“, keuchte es gepresst hinter der Rinde. „Isch habs der doch gesaacht: Eischbaum is mei Lieblingsbier!“

Noch am selben Tag stellte sich der Mann der Polizei. Er gestand, den Schuss auf den Plakatierer abgegeben zu haben; beim Herumspielen an seiner Waffe sei er versehentlich an den Abzug gekommen. Zu viel gesoffen natürlich. Eichbaum natürlich. Wer's glaubt! Auch die Schüsse auf den Schuppen und das Naturschutzschild nahm er auf seine Kappe. Mit den Seckenheimer Rennpferden und den Pizzen in Rheinau wollte er dagegen nichts zu tun haben. Das sei alles nur von der Presse zusammengereimt.

Von der Presse? In diesem Fall bestand die Presse aus einer einzigen Person, nämlich mir. Und ich, das schwöre ich euch, werde diesen Cowboy ordentlich zur Kasse bitten, schon wegen meines gebrochenen Kiefers. Irgendwann wird er all seine Verbrechen zugeben, auch die geplanten und vereitelten. Und dann werden sie mir Abbitte leisten. Die Politiker. Die Öffentlichkeit. Die Biertrinker und vor allem die Kollegen von der schreibenden Zunft. Was haben sie mich nicht beschimpft! „Schwarzes Schaf des Journalismus" ist noch der harmloseste Ausdruck. Nur die „Bild"-Zeitung hält mir die Treue und hat mir einen Vorvertrag zukommen lassen.

Trotzdem, die Welt ist ungerecht. Die Polizei zum Beispiel hätte ohne mein Zutun den Eichbaumhasser nicht erwischt. Nie im Leben! Aber hat sich auch nur einer der Beamten jemals bei mir bedankt? Im Gegenteil, über unser Blatt ziehen sie ärger her als früher.

Am schlimmsten stellt sich die Brauerei an. Dabei war es ihr eigener Sicherheitsdienst, der den Eichbaumhasser auf das Betriebsgelände ließ. Nur weil man außer ihm niemanden fand, der freiwillig in das Eichenkostüm stieg. Was da alles hätte passieren können!

Sicher, das Image des Unternehmens hatte bis zu diesem Tag ordentlich gelitten. Aber dann führte der vereitelte Anschlag auf Mannheims Bierproduktion zu einer ungeahnten Solidarisierungswelle. In der ganzen Stadt, zu Hause wie auf der Straße, einfach bei jeder Gelegenheit wurde Eichbaum getrunken. Wer eine Flasche anderer Marke öffnete, galt als Verräter. Er tat es höchstens einmal. Und auch da: kein Dank durch die Firma, kein Sterbenswörtchen der Anerkennung. Der Umsatz stieg und stieg, aber die Verantwortliche für diesen Höhenflug wurde einfach ignoriert. Mehr noch, ich bekam sogar Hausverbot!

Ehrlich, Leute, man könnte glatt zum Eichbaumhasser werden.

Neckar-Blues

Claudia Schmid

Eines Tages wird mich diese Hitze töten! Die Fenster meines Büros und die Tür stehen weit offen. Die angestrebte Wirkung unterbleibt leider völlig. Dafür sind sämtliche Zettel, die ich vorher fein säuberlich auf meinem Schreibtisch geordnet hatte, durch den Raum geflattert. Schnell sammele ich sie ein. Stopfe sie in eine Schublade. Will mir wenigstens das schallende Gelächter der Kollegen ersparen. Die Luft ist zum Schneiden! Alt werde ich heute hier nicht. Kein Mensch kann von mir erwarten, dass ich unter diesen Bedingungen auch nur eine Minute zu lang in diesem Käfig bleibe. Das Tierschutzgesetz schreibt „artgerechte Haltung" vor. Dasselbe muss ja wohl auch für Journalistinnen gelten. Mein Blick fällt auf den Bildschirm auf meinem Schreibtisch. Reuters bringt eben die Meldung des Tages. „Arnold Meier-Brand als Vorstand des Brand-Konzerns bestätigt."

Ich kenne diesen Meier-Brand persönlich. Plötzlich ist mir die tödliche Schwüle in meinem Büro in Mannheims Breiter Straße egal. „Man sieht sich immer zwei Mal im Leben", murmele ich laut. Hin und wieder „ghoste" ich, das heißt, ich schreibe die Biografien von Unternehmerpersönlichkeiten, trete dabei aber als Autorin nicht in Erscheinung. Klar kostet die das eine Stange Geld, aber davon haben sie ja im Überfluss. Und ich leiste hervorragende Arbeit dafür. Meier-Brand wollte ebenfalls, dass ich seine Biografie schreibe. Aber es kam nicht dazu, wir trennten uns damals im Streit. Ich wollte Zugang zu seinem Archiv in der großen Gründerzeitvilla in der Oststadt, und da stolperte ich über einen Regalmeter Unterlagen aus der NS-Zeit. Hochspannend war das für mich gewesen. Als Meier-Brand zu

Ohren kam, worin ich so ausgiebig schmökerte, entzog er mir den Auftrag und ließ mir von seinem Hausjuristen Hausverbot erteilen. Die Begründung war, ich hätte gegen unsere Abmachung verstoßen. Die Abmachung interpretierte er wohl so, dass ihm in seiner Biografie ein großer Strahlenkranz aufgesetzt wird. Ein Schatten auf den Westen seiner Vorgänger in der Firma hätte da nur gestört.

Ich setze meine Lesebrille auf, um den Fliegendreck auf meinem Bildschirm zu entziffern. Obwohl im Rentenalter, klebt Meier-Brand an seinem Job. Diesen Charakterzug teilt er mit manchem Politiker. Die Kohle haben sie längst nicht mehr nötig, aber sie hängen an der Macht und dem Ansehen.

„Lydia! Kommst du mit auf einen Eiskaffee?"

Meine Kollegin Beate, wie ich in der Abteilung „Vermischtes", steht in der offenen Tür.

„Nein, muss arbeiten!"

„Oahh! In dieser Affenhitze! Komm, lass fünf gerade sein und komm auf einen Sprung mit auf die Planken."

Neugierig kommt sie näher. Sie schaut auf meinen Bildschirm.

„Was hast du denn da?"

Ich drehe den Bildschirm schwarz. „Ach, nichts Wichtiges."

Sie fragt nicht weiter danach. „Kommst du nun mit?"

„Gut, wir können, glaube ich, eine Erfrischung gebrauchen."

Beate hüpft bei dieser lähmenden Hitze erstaunlich frisch die Treppen hinunter. Was zehn Jahre Altersunterschied bewirken! Heute spüre ich mein Alter so richtig. Fühle mich nicht, wie an guten Tagen, Anfang vierzig, sondern so alt wie ich bin: zweiundfünfzig Jahre. Demnächst ein Jahr mehr. Wie jedes Jahr. Wenigstens hängt kein Spiegel im Flur. Dafür bin ich dankbar.

Wir bestellen uns zwei große Eisbecher. Den Gedanken an die Kalorien schiebe ich generös zur Seite. Beate löffelt das kühle Eis in sich hinein. Ein Klecks Sahne fällt auf ihre grüne Bluse. Sie reibt auf dem Fleck herum, was die Sache nicht besser macht.

Mein Handy brummt in der Hosentasche. SMS. Marisa, meine Tochter.

„Warte nicht auf mich. Übernachte bei einem Freund."

Marisa wohnt immer noch bei mir. Ihr Vater verließ uns, als Marisa fünf Jahre alt war. Er zog zu seiner Kollegin. Eines Abends packte er seinen Koffer. Einfach so.

„Ich ziehe zu Ute", sagte er lakonisch und es klang müde.

Glücklicherweise konnte ich damals bei meiner Zeitung sofort statt halbtags wieder in Vollzeit arbeiten. Marisa bekam einen Platz in einer Ganztagesschule. Und nun studiert Marisa, in Heidelberg. Wir beide sind ein eingeschworenes Team. All die Jahre. Marisa ist der wichtigste Mensch in meinem Leben. Nächstes Jahr wird sie ihr Examen machen. Seit ein paar Wochen hat sie einen neuen Freund. Ich habe ihn noch nicht zu Gesicht bekommen.

Beate hat ihren Eisbecher geleert.

„Jetzt geht's mir besser, dir auch?"

Wir begeben uns wieder in unsere Sauna-Büros.

Dieser Arnold Meier-Brand geht mir nicht aus dem Kopf. Für heute mache ich Schluss. Ich schnappe mir mein Fahrrad und strampele angestrengt in meine Wohnung in Neuostheim.

Nachdem ich mich die Stufen zu meiner Wohnung hochgeschleppt habe, reiße ich als Erstes sämtliche Fenster auf und sorge für Durchzug. In Marisas Zimmer steht der Kleiderschrank offen. Ich greife nach der Tür, um sie zu schließen. Ich stutze. Was hängt denn da? Das kenne ich gar nicht. Ich nehme eines der Teile in die Hand. Edel changiert der Stoff. Ich sehe auf das Etikett. „Gucci" steht da. Marisa in Gucci? Verwirrt schiebe ich die Kleider auseinander. Zwischen ihren H&M-Sachen hängen noch einige weitere teure Fummel. Komisch. Woher hat sie die bloß? Das übersteigt unser Budget bei Weitem. Ich setze mich auf ihr Bett, das Gucci-Kleid liegt auf meinen Knien. Ich bekomme sie, seit sie mit diesem neuen Freund liiert ist, kaum noch zu Gesicht. Ich weiß nichts von dem. Wer ist er? Was ist er für ein Mensch? Interessiert er sich ernsthaft für Marisa? Kauft er ihr diese Kleider? Ich streiche vorsichtig über den Stoff. So richtig edel ist der. Ich hänge das Kleid wieder in den Schrank. Schließe ihn. Was weiß ich überhaupt von Marisa? Hatte sie nicht zuviel entbehren müssen in all den Jahren? Hatte sie mir die vernünftige Tochter der alleinerziehenden Mutter immer nur vorgespielt, um mir kein schlechtes Gewissen zu machen? Wie viel Zeit habe ich mit ihr verbracht? Was habe ich ihr von mir gezeigt? Habe ich nicht immer in der knapp bemessenen Zeit, die wir zusammen verbrachten, die strahlende Super-Mutter gespielt, die nach Dienstschluss die wertvollste Zeit des Tages mit ihrer Tochter verbringt? Mein Alleinsein, das Fehlen des Partners, vor ihr verborgen?

Mein Magen meldet sich mit lautem Knurren. Außer mit dem Eisbecher habe ich ihn heute noch nicht allzu sehr verwöhnt. Ich wende mich mit kommunikativen Absichten an meinen Kühlschrank. Marisa hat nichts eingekauft. Klar, sie ist ja auch kaum mehr da. Wohnt eh schon quasi bei ihrem neuen Freund. Ein Stück Edamer grinst mich an. Ein abgelaufenes Joghurt dämmert verschlafen vor sich hin. Daneben liegt ein ziemlich geschrumpelter

Kopfsalat, der aussieht wie ein siebzigjähriger Filmstar, der die regelmäßige Botox-Gabe zu abrupt abgesetzt hat. Ich suche mein Telefon. Der Pizza-Service würde mal wieder mein Leben retten.

Ich setze mich auf meinen Balkon. Marisa. Meine Große. Wo hat sie ihren neuen Freund eigentlich kennengelernt? Es fällt mir nicht ein. Hat sie es mir überhaupt erzählt? Erzählt sie ihrem Vater von ihren Typen? Sie trifft ihren Vater regelmäßig, das weiß ich. Ich selbst lege keinerlei Wert drauf, den Halunken zu sehen. Seine neue Liebe konnte keine Kinder kriegen. War wohl zu zart gebaut. Hier hört meine Weibersolidarität auf. Finde ich echt gerecht. Das ist ihre Strafe dafür, mir den Mann geklaut zu haben. Richtig zäh empfand ich immer seine Werbung um Marisa. Eine Weile versuchten er und seine Neue, Marisa zu ködern. Alles Mögliche versprachen sie ihr, wenn sie ganz zu ihnen käme und nicht nur am Wochenende. Aber meine Marisa stand jeden Sonntagabend wieder hier bei mir auf der Matte. Flog in meine Arme, sobald ich die Tür aufriss.

Der kleine rote Pizza-Flitzer schießt ums Eck.

„Tommaso!"

„Ciao, Bella!" Tommaso schmeißt sein langes gegeltes Haar in den Nacken und strahlt, den Pizzakarton in seinen Händen schwenkend, zu mir hoch auf meinen Balkon.

Ja, die Italiener, die wissen, wie man eine Frau weichklopft.

Am nächsten Morgen ziehe ich ein leichtes Baumwollkleid an. Vielleicht ist die Hitze damit erträglicher. Wieder im Büro, das Kleid klebt längst an mir, google ich den Namen Arnold Meier-Brand. Ich weiß zwar schon einiges über ihn. Er heiratete in den siebziger

Jahren die reiche Alleinerbin des Mannheimer Unternehmers Brand. Agnes Brand. Schnell erkannte sein Schwiegervater das besondere Geschick des Kronprinzen, als der Arnold rasch galt. Eine besondere Taktik half ihm, den Konzerngewinn in die Höhe schnellen zu lassen. In einem schwer durchschaubaren Konglomerat an Unternehmensbeteiligungen verschob Arnold Meier-Brand im Rahmen der Konzernrechnungslegung die Gewinne in die Firmen, an denen er selbst maßgeblich beteiligt war. Die Kleinanleger liefen Sturm gegen diese Praxis, wurden sie doch so ihrerseits um ihre Gewinne gebracht. Aber da gab es nichts zu rütteln, es ging alles streng nach den gesetzlichen Vorschriften. Arnold Meier-Brand verstand es, durch geschicktes Ausschalten der Konkurrenz eine Alleinstellung des Brandschen Konzerns zu erreichen. Seit Jahrzehnten stand er nun schon dem Board vor, regierte uneingeschränkt alleine über ein Heer von mindestens 1000 Mitarbeitern. Sogar durch die Finanzkrise hatte er sein Unternehmensschiff unlädiert manövriert.

Es ist leicht, ein Foto von Arnold Meier-Brand im Internet zu finden. Er hat ja auch schon alle möglichen Auszeichnungen erhalten: „Unternehmer des Jahres", „Bundesverdienstkreuz" und so weiter. Er ist nach wie vor einer der Top-Player, spielt ganz oben mit. Obwohl er demnächst sechsundsechzig Jahre alt wird. Eigentlich sieht er noch ganz passabel aus, muss ich neidvoll zugeben. Von Agnes Brand gibt es kein aktuelles Foto. Vor allem gibt es aus den letzten Jahren keine gemeinsamen Fotos des Ehepaares.

Irgendwie habe ich heute den ganzen Arbeitstag vergoogelt. Frustriert fahre ich abends mit dem Fahrrad nach Hause. Vorbei am Fernmeldeturm, längs des Neckars.

Das rote Lämpchen an meinem Anrufbeantworter blinkt.

„Hey, Ma. Wir holen dich heute um 20 Uhr ab und gehen essen. Ich muss dir was erzählen. Etwas Wichtiges."

Ich habe keine Ahnung, was sie mir da Wichtiges mitzuteilen hat. Und wer, bitte sehr, ist „wir"? Ich hole Eiswürfel aus dem Kühlschrank und kippe sie in eine Cola. Um halb acht dusche ich und ziehe ein helles Leinenkleid an.

Pünktlich um 20 Uhr klingelt es. Ich öffne die Tür und meine Tochter steht vor mir. Marisa trägt ein sündhaft teures Kleid, sie duftet wie ein exklusiver Seifenladen. Um ihren Hals liegt ein schmales Goldband mit einem zierlichen Brillanten. Nur richtig teurer Schmuck kann so edel und schlicht zugleich wirken. Marisa ist sichtlich aufgeregt. Hinter ihr schwebt ein riesengroßer Blumenstrauß, ist plötzlich neben mir. Der Blumenstrauß wird mir nun in die Hand gedrückt. Jetzt wird der Kerl sichtbar, der ihn trug. Mir stockt der Atem. Entgeistert schaue ich den Mann an, der neben meiner Tochter steht. Du lieber Himmel, der würde ja vom Alter her besser zu mir als zu ihr passen! Ist der pädophil? Das Gesicht kenne ich doch. Mir wird übel.

„Meine Mutter", sie weist mit dem Arm auf diesen Mann, „Arni, eigentlich Dr. Arnold Meier-Brand."

„Mausi, du sollst doch privat meinen Titel weglassen."

„Mausi", dieses Etwas sagte Mausi zu meiner Tochter. Ist er zu senil, um sich ihren Namen zu merken? Er reicht mir seine Hand. Es erwartet mich ein weicher Händedruck.

„Wir können uns duzen", sagt er, „wir sind ja im gleichen Alter."

„Nicht ganz", füge ich frostig hinzu.

Marisa schaut mich tadelnd an, ich setze ein Haifischlächeln auf. „Ich sage zu den Freunden meiner Tochter immer ‚Hubsie', so muss ich mir keine neuen Namen merken. Ist doch in Ordnung für dich, oder?"

„Ich habe dir vom Humor meiner Mutter erzählt. Na, habe ich etwa übertrieben?" Marisa strahlt diesen Arni an.

Ich lasse die Blumen achtlos im Flur auf den Boden gleiten und ziehe die Tür hinter mir zu. Mich beschleicht ein Gefühl, als würde ich auf Watte gehen. Hier läuft ein Film ab, aber es ist der falsche Film. Es ist kein Film, in dem ich mitspielen möchte. Und ich will auch nicht, dass meine Tochter in diesem Film mitspielt.

Sie führen mich zu einem großen Auto, wir fahren nach Feudenheim. Das Restaurant liegt in der Nähe des Neckars. Ich gehe immer noch wie unwirklich neben Marisa und setze mich auf einen Stuhl, den der Kellner mir anbietet. Meier-Brand hat wohl reserviert, man erwartet uns.

Die ganze Situation ist so absurd und aberwitzig. Meine Marisa! Habe ich ihr nicht meine Ideale vorgelebt? Und sie hatte doch immer gleichaltrige Freunde! Lässt sie sich jetzt von diesem Typen kaufen?

Nur mit viel Mühe bekomme ich das Essen hinunter, spreche kaum. Dafür plappert meine Marisa munter, mit Besitzerstolz von einem überaus aufmerksamen Arni umsorgt.

„Lydia", er beugt sich plötzlich vor und nimmt meine Hand. Er zieht seine fleischige Oberlippe nach oben und entblößt seine tadellos renovierten Zähne. Sicher ließ er die bleichen. „Ich halte in aller Form um die Hand deiner Tochter an." Ich entziehe ihm abrupt meine Hand.

„Du denkst womöglich, ich sei zu alt für deine Tochter." Wie kam er nur auf diese Idee!?

„Du musst bei mir aber vom biologischen Alter ausgehen. Bei mir ist alles tadellos in Ordnung. Blutwerte, Fettwerte, Leber, alles tadellos. Ich gehe regelmäßig zum Check-Up. Mein Trainer sagt, ich habe die Kondition eines Dreißigjährigen."

Dein Trainer bezieht bestimmt ein hohes Gehalt, du Kakerlake, der sagt dir alles, was du hören willst und wofür du ihn bezahlst, denke ich. Zu allem Überfluss strahlt ihn Marisa auch noch an.

„Meine Scheidung ist eine reine Formsache, sie ist demnächst durch."

„Ich kann das nicht alleine entscheiden." Was rede ich denn da? Weiter höre ich mich sagen: „Ihr Vater muss zustimmen." Was kommt da für ein Mist aus meinem Mund? Marisa muss zustimmen. Nur sie. Aber sie kann das ja offenbar nicht objektiv beurteilen. Dieser Typ blendet sie mit seinem Auftreten und mit seiner Kohle. Mein Kind ist käuflich! Habe ich derart mit meiner Erziehung versagt?

„Ich habe kürzlich eine äußerst erfolgreiche Transaktion abgeschlossen." Arni lächelt zufrieden. Nun erfahre ich endlich, womit der Kerl konkret dealt, um derart megaviel Kohle zu machen.

„Ich habe auf Kreditausfallversicherungen gesetzt. Und wie üblich den richtigen Riecher gehabt." Er nimmt sein Glas und prostet mir zu. „Es war ein Spiel. Ein gutes Spiel." Er tätschelt Marisas Wange. Marisa strahlt ihn stolz an. Ich glaube, nicht richtig zu hören.

Dieser Kerl dealt mit dubiosen Finanzmarktprodukten und meine Tochter findet das in Ordnung? So was geht immer auf Kosten von anderen Menschen, zu jeder Transaktion gehören mehrere Beteiligte. Gewinner und Verlierer. Soll und Haben, am Ende der Schieberei steht eine Bilanz. Für mich bekommt der Raubtierkapitalismus ein Gesicht. Es ist das Gesicht von Arnold Meier-Brand. Ich starre fassungslos auf meine Tochter. Ein durchgehender Schmerz frisst sich tief in mich hinein. Gleich falle ich, falle in einen langen Tunnel. In einen Tunnel ohne Ende.

Meier-Brand legt mir seine Hand auf den Unterarm.

„Ihren Vater frage ich morgen. Wir sind angemeldet. Wir wollen alles korrekt machen, in der Familie, nicht wahr, Mausi?“ Alles korrekt, so korrekt wie seine Geschäfte? Marisa würde zukünftig von dreckigem Geld leben, von Geld, dessen undurchschaubares Hin- und Herschieben einige wenige Menschen reich und gleichzeitig viele Menschen arm gemacht hat. Es rauscht in meinen Ohren. Was habe ich falsch gemacht? Meine Tochter lässt sich kaufen! Etwas in mir zerreißt.

„Ist dir nicht gut, Ma?“ Marisa fast mich am Arm.

„Ich glaube, ich gehe ein bisschen an den Neckar.“ Da unten weht mit etwas Glück ein leichter Wind, der wird mir gut tun.

Im Weggehen höre ich Marisa irgendwas von Klimakterium sagen. Mir wird schlecht. So fühlt sich das also an, wenn man sein Kind verliert. Ich gehe zur Feudenheimer Schleuse. Nach kurzer Zeit schon kommt Arni.

„Marisa macht sich kurz frisch.“ Er sieht mich an. „Du hast Bedenken?“ Plötzlich schwingt er sich auf das Geländer der Schleuse. Stehend balancierte er. „Das Leben ist ein Spiel! Du bist total verkrampft!“ Er legt den Kopf in den Nacken. „Soll ich dir eine kleine Wohnung kaufen? Stimmst du dann zu?“

Der Kerl will mir meine Tochter abkaufen! Eine nie gekannte Wut ergreift mich. Dieser alte Fatzke da auf dem Geländer! Wie er dasteht! Der meint wohl, er wirft ein paar Viagra-Tabletten ein und verjüngt sich damit! Jetzt zeige ich dir *mein* biologisches Alter, mein Lieber! Mit einem Satz bin ich bei ihm und ramme ihm den Kopf in den Bauch. Er taumelt kurz, bevor er den Halt verliert. Unglücklicherweise fällt er auf die Betonmauer am Ufer des Neckarkanals. Es gibt ein hässliches Geräusch, als Dr. Meier-Brands Schädel bricht. Mit leeren Augen rutscht er ins Wasser. Hoffentlich treibt er bis Rotterdam. Ich eile zurück zum Restaurant und setze mich wieder. Marisa kommt von der Toilette.

„Ma, ich dachte, du bist am Neckar. Arni wollte nach dir schauen."

„Ich bin doch nicht zum Neckar. Ich dachte, ich trinke noch einen Espresso mit euch."

„Na gut", stimmt Marisa zu. „Arni kommt bestimmt zurück, wenn er dich nicht findet."

Auf dem Tisch liegt eine Zigarettenpackung. Ich nehme mir eine Zigarette heraus, zünde sie an. Ich inhaliere tief. Marisa starrt mich entgeistert an.

„Ma, hier darfst du nicht rauchen. Und außerdem hast du doch schon lange damit aufgehört."

„Ich habe heute von jemandem Abschied genommen." Ich sehe an ihr vorbei. Sehe dem Rauch nach. Spüre tief in mir den Blues. Den Neckar-Blues.

Die Rentnergang

Walter Landin

Gegrinst hat der. Saudumm gegrinst! Wie der sich auf seiner Couch lümmelte! Wir hatten reden wollen. Nur reden. Dafür waren wir verabredet. 15. Juni. 18 Uhr. In der Wohnung dieses Lügners. Es war nicht unsere Schuld, dass alles aus dem Ruder lief.

„Finalgespräch", hatte Rudi vorher auf der Fahrt nach Speyer gefrotzelt.

Das dürfen Sie nicht überbewerten. Das war nicht ernst gemeint.

„Dem hauen wir die Argumente um die Ohren", hatte Gerhard im Auto gesagt. „Und wehe, der spurt nicht ..."

Uns Dreien wurde schnell klar, dass das nichts brachte, das Reden. Damit würden wir nie und nimmer an unser Ziel kommen. So wie der vor uns saß. Mit dem saudummen Grinsen. Mit Argumenten war dem nicht beizukommen. Rudi verlor als Erster die Geduld. Dafür sollte man Verständnis aufbringen. Rudi ist der Jüngste von uns, nächsten Monat wird er 61. Ein junger Spund noch, wenn ich das so sagen darf. Der hat sich noch nicht so unter Kontrolle. Gelernter Fliesenleger. Frührentner. Das Kreuz. In seinen Jugendjahren hat er geboxt. Ziemlich erfolgreich. Badischer Juniorenmeister im Mittelgewicht. Gerhard ist 73. Metzgermeister. Hatte ein eigenes Geschäft. Und ich selbst bin Studienrat im Ruhestand, Deutsch, Geschichte und Gemeinschaftskunde, habe letzte Woche meinen 75. gefeiert. In dem Alter wird man ruhiger, besonnener.

„Altersweisheit", sagt meine Frau immer.

Ich hätte mir nicht vorgestellt, dass ich meinen 75. Geburtstag in U-Haft feiern würde. Aber das tut jetzt nichts zur Sache. Rudi also schlug diesem Betrüger auf die Nase. Mit der flachen Hand.

„Ich kann dein saudummes Grinsen nicht mehr sehen", schrie er dazu.

Aber der grinste einfach weiter. Wahrscheinlich war das Grinsen eingefroren in seiner Visage. Ein feiner Blutfaden aus der Nase zerteilte jetzt das Grinsen. Es war das linke Nasenloch, da bin ich mir sicher.

„Auf, arretieren wir ihm Arme und Beine", sagte Gerhard und ich wunderte mich über seine Ausdrucksweise. So redet der normal nicht. Gerhard hat ein, wie soll ich es ausdrücken, einfaches Gemüt. Rudi hielt den Kerl fest, Gerhard zog die Kabelbinder an Armen und Beinen mächtig fest. Ich konnte es daran sehen, wie er seine Backen vor Anstrengung aufblies. Und immer noch dieses Grinsen. Der Typ war an Armen und Beinen gefesselt, trotzdem hatte es den Anschein, als würde er gemütlich auf seiner Couch fläzen. Trotzdem grinste er weiter. Das Grinsen verging ihm erst, als Rudi das silberne Klebeband auspackte und ihm um den Kopf wickelte. Fünf Mal. Ich zählte mit. Das Grinsen verschwand unter dem Band. Gezwungenermaßen. Das kann man doch nicht als bedrohlichen Zustand beschreiben. So darf man das nicht sehen. Der Lügner bekam noch genügend Luft. Rudi ließ ein Nasenloch frei, das rechte, aus dem er nicht blutete. Wir haben uns schon was dabei gedacht. Wir sind schließlich keine Unmenschen. Jetzt war Gerhard an der Reihe. Er holte den Transportkarton aus dem Auto. Wir hatten ganz in der Nähe geparkt. Und mit dem Karton wollten wir nicht gleich zum Gespräch auftauchen, das hätte befremdlich gewirkt. Gerhard hatte vier Umzugskartons zusammenmontiert, die Zwischenböden entfernt und den obersten Karton mit einem Fliegengitter versehen. Zum Atmen. Wir haben an alles gedacht. Die Sackkarre flog bei mir im Schuppen herum. Als Gerhard zurückkam, zog ich den Betrüger von der

Couch hoch. Es tat gut, dieses saudumme Grinsen nicht mehr sehen zu müssen, das können Sie mir glauben. Ich rammte ihm das Knie in die Weichteile.

„Jetzt mach mal langsam, Roland", sagte Rudi. „Wir dürfen unsere Ware nicht allzu sehr beschädigen. Vorerst brauchen wir sie noch."

Rudi spielt sich gerne etwas auf. Das ist Ihnen bestimmt auch schon aufgefallen. Wir bugsierten den Kerl ins Treppenhaus, verfrachteten ihn in den Fahrstuhl. Noch im Fahrstuhl steckten wir ihn in den Umzugskarton. Stopften ihn mit Luftpolster aus, damit der Kerl stabil fixiert war und unterwegs nicht auf dumme Gedanken kam. Eine junge Frau mit einem Baby auf dem Arm grüßte uns freundlich, als wir im Erdgeschoss ankamen. Es war viel los an diesem Abend. In der Fußgängerzone pulsierte das Leben. Vollbesetzte Straßencafés. Flanierende Passanten. Kinder mit Eistüten. Jugendliche, die laut lachten, in der Hand eine Redbull-Dose. Ein Heer von Rentnern mit Rollatoren. Vorbei am Altpörtel zum Parkplatz. Rentnergang? Da liegen Sie vollkommen daneben. Eher drei harmlose, alte Männer mit einer Sackkarre und einem überdimensionierten Umzugskarton. Wir fielen nicht auf. Niemand schöpfte Verdacht. Wir waren Bestandteil dieses endlosen Stroms. Plötzlich sprach uns eine Polizeistreife an.

Das war es dann wohl, dachte ich.

Fast hätte ich ihnen die Arme entgegengestreckt. In Erwartung der Handschellen. Rudi und Gerhard erging es ähnlich. Ich sah es ihren Gesichtern an.

„Können wir Ihnen behilflich sein", sagte die junge Polizistin. Gerhard ließ vor Schreck fast die Sackkarre los. Ich fasste mich als Erster wieder.

„Danke, danke", sagte ich. „Sehen wir so hilfsbedürftig aus?"

Die Polizistin lachte und tippte sich an die Mütze. Der restliche Weg zum Parkplatz verlief ohne weiteren Zwischenfall. Raus aus dem Karton. Rein ins Auto. Kofferraum zu. Eine Sache von wenigen Sekunden. Kein Problem. Der Lügner konnte keine Lügen verbreiten, er war ja gefesselt und stumm. Die Fahrt durch Speyer ein Kinderspiel. Kaum Verkehr. Alle Menschen schienen sich in der Fußgängerzone zusammenzuballen. Nach der Rheinbrücke wurde Rudi unruhig.

„Wenn die Fesseln zu stramm sind …“, druckste er herum. „Und das Klebeband?“

Ich fuhr rechts ran. Rudi lockerte die Kabelbinder ein wenig und legte auch noch das linke Nasenloch frei.

„Jetzt ist mir wohler“, sagte er, als er wieder im Wagen saß.

Sie werden uns nicht unterstellen können, dass wir zu wenig Mitgefühl gezeigt hätten. Auf Höhe des Flugplatzes Herrenteich ging ganz plötzlich das Geschrei und das Gepoltere los. Es trommelte wild gegen den Kofferraumdeckel. Hoffentlich gibt das keinen Blechschaden, dachte ich noch bei mir. Was denkt sich dieser Typ eigentlich? Wie geht der mit dem Eigentum anderer Leute um?

„Hilfe, Hilfe, helfen Sie mir, ich werde entführt“, tönte es aus dem Kofferraum.

Ich trat auf die Bremse, die Reifen quietschten. Ich kam für den Bruchteil einer Sekunde ins Schlingern, dann bekam ich den Wagen unter Kontrolle und bog auf den Parkplatz des Flugplatzes ab. Er war fast leer. Nur ganz hinten an der Halle, in der die Sportflugzeuge untergestellt sind, standen zwei Autos. Wir postierten uns um den Kofferraum, waren auf alles gefasst und wurden trotzdem überrascht. Ich ließ den Kofferraumdeckel aufschnappen, sprang sofort einige Schritte zurück. Das war mein Glück. Der Schrei des Lügners ging uns durch Mark und Bein. Noch heute wache ich nachts auf, diesen Schrei in den Ohren. Er sprang mit einer Beweglichkeit aus dem Kofferraum, die ich ihm nicht zugetraut hätte. Schließlich ist er auch nicht mehr der Jüngste, über fünfzig, auf jeden Fall. Er hatte etwas in der Hand, mit dem er uns bedrohte. Einen Gegenstand, den wir im Eifer des Gefechtes nicht erkennen konnten. Alles ging viel zu schnell. Erst als er gut verschnürt wieder im Kofferraum lag, sahen wir, in welcher Gefahr wir uns befunden hatten. Dieser Betrüger hatte es geschafft, sich von den gelockerten Fesseln zu befreien und wollte mit dem Wagenheber auf uns losgehen. Das war der Dank für unsere Gutmütigkeit. Das ist die wahre Bedrohung. Nicht das, was wir gemacht haben. Das ist doch harmlos im Vergleich zu diesem Angriff. Keine Ahnung, warum sein Hemd am Ende der Fahrt blutig war. Er war schließlich allein im Kofferraum. Wir bekamen nicht alles mit, was er da anstellte. Und die beiden Rippenbrüche, dafür habe ich keine Erklärung. Das müssen Sie mir glauben. Ich könnte mir vorstellen, dass er diese Rippenbrüche schon vorher hatte. Über das blaue Auge können wir reden. Das kann im Eifer des Gefechts passiert sein. Wir mussten uns schließlich verteidigen. Notwehr. Das werden Sie bestimmt verstehen. Wir sind doch die wahren Opfer. Nicht die Täter. Den Betrüger, der hätte in Untersuchungshaft genommen werden müssen. Der müsste jetzt auf der Anklagebank sitzen. Nicht drei alte Männer, die betrogen wurden, die um ihr Erspartes gebracht wurden. Anlageberater. Dass ich nicht lache! Der besaß nicht einmal eine Lizenz. Aber das wussten wir nicht damals, als wir ihm unser Geld anvertrauten. Rudi: 120 000 Euro. Einmal im Leben hatte er Glück gehabt und im Lotto gewonnen. Seinen gesamten Gewinn investierte er. Gerhard: 180 000. Der Erlös aus dem Verkauf seiner Metzgerei. Seine Altersvorsorge.

Fast 220 000 ich selbst. Meine Frau ebenfalls Lehrerin. Kinder sind uns nicht vergönnt gewesen. Wir haben gut verdient. Alles gespart. Unser Kapital für einen annehmlichen Lebensabend. Todsichere Anlage, wollte er uns weismachen. Immobilienfonds in den USA. 18 Prozent Rendite. Mindestens! Gier? Ein unschönes Wort. Ehrlich verdientes Geld. Mit unserer Hände Arbeit. 18 Prozent von 120 000. Das macht 21 600 im Jahr. Ein schönes Zubrot zu einer monatlichen Rente von 1000 Euro. Damit muss Rudi nämlich auskommen. Fliesenleger, wie ich bereits sagte. Und Sie sprechen von Gier. Ich darf doch bitten. Zugegeben, bei mir und meiner Frau sieht es besser aus. Von unseren Altersbezügen können wir leben. Aber 220 000 sind auch für uns kein Pappenstiel. Bei uns allen war das Geld für den Lebensabend eingeplant. Im Mai 2009 kamen die letzten Zinsen. Dann Funkstille. Der Kerl vertröstete uns. Wieder und wieder. Hielt uns hin. Machte Versprechungen. Setzte Zahlungsziele, die er nicht einhielt. Immer und immer wieder. Wie oft fielen wir auf ihn herein. Dann im Herbst 2009 das Geständnis. Die Finanzkrise. Alle Einlagen futsch. Nichts zu machen. Das Risiko trage nun mal der Anleger. So seien eben die Regeln. Er ging uns auf die Nerven. Wir glaubten ihm nicht. Der Typ log, wenn er den Mund aufmachte.

„Der hat das Geld ins Ausland gebracht“, mutmaßte Rudi.

„Vielleicht in die Schweiz“, sagte Gerhard.

Dabei hat der keine Ahnung von Geldgeschäften. Dann war der Betrüger plötzlich aus Frankfurt verschwunden. Wohnung gekündigt. Festnetz abgemeldet. Handynummer unbekannt. Wie vom Winde verweht. Rudi suchte ihn im Internet. Monatelang. Ich weiß nicht, wo er das herhat. Fliesenleger. Boxer. Aber mit dem Computer kann er echt gut umgehen. Im April 2010 endlich der

Erfolg. Ich fuhr nach Speyer, fotografierte seine Wohnung in der Fußgängerzone, die Umgebung, kundschaftete einen günstigen Parkplatz in der Nähe aus.

Einen kostspieligen Prozess zur Wiederbeschaffung des Geldes konnten wir uns nicht leisten. Rudi surfte sogar auf halbseidenen Internetseiten von Geldeintreibern. Suchbegriff bei Google: „Inkasso brutal". Alles ohne nennenswerten Erfolg. Die legalen Mittel waren erschöpft.

„Selbst ist der Mann", sagte ich.

Wir waren verzweifelt. Der Boden war uns unter den Füßen weggezogen. Wir befanden uns im freien Fall. Wer könnte unsere Verzweiflung nicht verstehen? Wir setzten uns zusammen.

„Brainstorming", sagte Gerhard. Dabei weiß er gar nicht mal richtig, was das bedeutet.

„Alles rauslassen, was uns einfällt", sagte ich. „Und sei es noch so kurios."

Entführung? Ich weiß nicht. Ein großes Wort. Ich würde es nicht so nennen. Ein paar Tage Urlaub in der wunderschönen Kurzpfalz. Im Herzen Mannheims. In der Oststadt. Bevorzugte Wohnlage. Ruhig. Ganz in der Nähe des Luisenparks. Ein gemütliches Souterrainzimmer, Gitterbett, Toilette, Waschbecken. Ich bestreite nicht, dass das Kellerfenster mit Styropor isoliert und von außen vernagelt war. Aber zur Begrüßung hatte meine Frau einen Erdbeerkuchen belegt. Es gab Kaffee und Kuchen am Dienstagabend. Danach tranken wir einen Rotwein zusammen. Auf der Terrasse. Quasi in aller Öffentlichkeit. Meine Frau wusch auch das blutige Hemd. Dieser Betrüger hatte ja nichts zum Wechseln dabei. Am Mittwochmorgen setzten wir uns in der Garage zusammen. Die dient mir als Arbeitszimmer. Dass wir ihn bedroht haben sollen, ist eine Unterstellung, die ich entschieden zurückweise. Wenn wir mit etwas gedroht haben, dann höchstens mit der Ankündigung, ihn anzuzeigen. Das ist doch wohl unser gutes Recht. Nach allem, was er uns angetan hatte. Ich bedrohte den Lügner auch nicht mit einer scharfen Waffe. Den Strick lasse ich mir nicht drehen. Eine legale Waffe, übrigens. Mit Waffenschein und allem Drum und Dran. Die lag zufällig auf einem Regal im Büro. Das war fahrlässig, ich weiß. Sie hätte im Waffenschrank unter Verschluss gehalten werden müssen. Ich habe die Pistole, eine Browning 9 mm, während wir uns unterhielten, auseinandergebaut, gereinigt, dann wieder zusammengebaut. Das ist doch keine Bedrohung! Dieser Vorwurf ist an den Haaren herbeigezogen. Entbehrt jeglicher realen Grundlage. Sagen Sie selbst. Vier bis fünf Mal mit dem Tod bedroht? Schauen Sie sich diesen Betrüger doch an. Wie er dasitzt. Wie er vor sich hingrinst. In seinem Kaschmirmantel. Im Nadelstreifenanzug. Mit der edlen Seidenkrawatte. Der soll Todesangst gelitten haben? Quatsch. Alles Quatsch. Zweimal in der Woche in psychologischer Behandlung. Spätfolgen. Dass ich nicht lache!

Er habe alles Geld verloren, behauptete der Kerl. Er selbst sei pleite. Am Mittwochabend stellten wir ihm ein Ultimatum. Wir gaben ihm zwei Stunden Zeit. Zum Nachdenken. Er sollte sich entscheiden, aus welchem seiner Geldverstecke er uns bezahlen wollte. Sonst ... Nicht, was Sie denken. Keine Drohung.

„Sonst zeigen wir dich an", sagte ich zu ihm, ruhig und gefasst.

Zwei Stunden später willigte er ein. Wir setzten gemeinsam ein Fax auf an seinen Finanzberater in der Schweiz. Der sollte die Überweisung umgehend veranlassen. Wir waren in Feierlaune, als das Fax abgeschickt worden war. Wir sperrten ihn in sein Zimmer. Den Champagner wollten wir alleine genießen. Wir hatten zu diesem Zeitpunkt keine Ahnung, dass er uns ein weiteres Mal gelinkt hatte. Es passierte nichts. Es kam keine Antwort. Wir wussten nicht, dass der Finanzexperte für vier Wochen in Urlaub war. Er schon. Rudi sorgte in seiner ihm typischen Art dafür, dass der Lügner am Donnerstagnachmittag mit der Wahrheit herausrückte. Körperverletzung? Ich bitte Sie. Der Zweck heiligt die Mittel. Wir waren von ihm enttäuscht. Ein weiteres Mal. Wie viele Chancen hatten wir ihm schon gegeben? Jedes Mal hatte er unser Vertrauen missbraucht. Wir sperrten ihn wieder in sein Kellerzimmer. Das Abendessen fiel aus für ihn. Den Rotwein tranken wir alleine. Wir saßen auf der Terrasse und überlegten, wie es weitergehen solle. Gerhard tendierte zum Abbruch. Rudi wollte es durchziehen.

„Bis zum bitteren Ende!", sagte er.

Ich unterstützte ihn, modifizierte seine Aussage aber in einem nicht unwesentlichen Punkt.

„Bis zum siegreichen Ende!", sagte ich.

Entführung? Wenn mir das Wort überhaupt über die Lippen kommt, dann würde ich sagen: sanfte Entführung. Die sanfteste Entführung, die es jemals gegeben hat. Unsere Mission war zum Selbstläufer geworden. Der Zug hatte den Bahnhof verlassen. Der Zug fuhr und fuhr. Notbremse? Eine Notbremse gab es in diesem Zug nicht. Selbst wenn es eine gegeben hätte, wir hätten sie nicht gezogen. Niemals! Am Freitagmorgen tat der Betrüger zerknirscht. Er entschuldigte sich bei uns.

„Wir wollen keine Entschuldigung", schrie Rudi, „wir wollen unser Geld zurück."

Genau das versprach der Kerl.

„Ohne Tricks und doppelten Boden", sagte ich.

Er nickte. Um unsere Gutmütigkeit zu demonstrieren kamen wir seiner Bitte nach und ließen ihn auf der Terrasse eine Zigarette rauchen. Meine Frau sieht es nicht gerne, wenn im Haus geraucht wird. Wir sind keine Unmenschen, Herr Vorsitzender. Wir sind keine Monster. Der Betrüger versuchte zu fliehen. Es geht nichts über gute Nachbarschaft. Nachbarn hielten unseren Gast für geistig verwirrt und brachten ihn zu uns zurück. Rudi fesselte ihn und setzte ihn auf einen Stuhl in der Garage.

„Jetzt ist das Ende der Fahnenstange erreicht", sagte ich zu ihm. Ruhig. Gefasst. Ich kann mich beim besten Willen nicht daran erinnern, ob ich dabei die Browning in der Hand hielt. Er schien zu resignieren. Glaubte, er habe seine letzte Chance verspielt. Gab sich kooperativ. Nein, die Fesseln nahmen wir ihm nicht ab. Bei der renommierten Basler Privatbank Julius Bär habe er ein ansehnliches Aktiendepot. Wir glaubten ihm nicht. Wollten Beweise sehen. Per Online Banking konnten wir uns vergewissern, dass das Aktienpaket wirklich existierte. Dass es ausreichte, um unsere Einlagen zurückzuzahlen. Er diktierte mir eine Anweisung für den zuständigen Bankberater. Es war von Aktienverkäufen die Rede. Depotnummer. Wert des Paketes. Meine Kontonummer. Die Bankleitzahl. Den Satz „Send.Call.Pol.ICE" tippte ich arglos. Niemandem von uns fiel etwas auf. Ich dachte, der solle uns die Police zuschicken. Oder das Aktiendepot trage die Kennung ICE. Was weiß ich. Natürlich hätten die Alarmglocken schrillen müssen. Sie sehen doch selbst, wie gutgläubig wir waren. Ich ließ den Text ausdrucken und verschickte ihn per Fax. Ich wäre nie auf die Idee gekommen, dass der Banker die Polizei benachrichtigen würde. In der Nacht von Freitag auf Samstag, kurz nach halb drei, kam das Sondereinsatzkommando. Faxkennung. So hatten sie uns gefunden. Die spektakuläre Befreiung des Lügners und Betrügers. Schwerbewaffnete, vermummte Gestalten, die in unseren Flur stürmten. Rauchgasbomben. Blendgranaten. Knallerei.

Unerträglicher Lärm. Unglaubliches Chaos. Die aufgesprengte Haustür, vollkommen zerstört. Die Verwüstung im Haus. Wer kommt für die Schäden auf? Das zahlt doch keine Versicherung. Auf den Kosten bleiben doch meine Frau und ich sitzen. Dann unsere Verhaftung. Die monatelange U-Haft. Den 75. Geburtstag im Gefängnis verbringen. Welche Demütigung! Welche Schande! Und dieser Kerl in Freiheit. Wir sind keine Täter, Hohes Gericht. Keine eiskalte Rentnergang, die gefühllos ihr Ding durchzieht und notfalls bereit wäre, über Leichen zu gehen. Wir sind die Opfer. Arme, unschuldige Rentner, um ihr Erspartes gebracht. Die Sie, Herr Staatsanwalt, für viele Jahre hinter Gitter sperren wollen. Hier vor Ihnen, Herr Vorsitzender, sitzt der wahre Täter! Dieser Lügner und Betrüger im Kaschmirmantel und Nadelstreifenanzug. Wer in diesem Raum empfindet mit uns keine Sympathie? Mit uns, die wir doch nur auf eigene Faust unser eigenes, ehrlich erworbenes Geld zurückholen wollten.

Sechser im Lotto

Bettina von Cossel

Michelle Möller hastete die schlecht beleuchtete Straße entlang in Richtung Hausnummer 7. Noch nicht mal auf dem Bürgersteig konnte man laufen, weil Gott und die Welt seinen Sperrmüll nach draußen gestellt hatte. Abgewetzte Stühle, rostige Waschmaschinen, vom Nieselregen aufgeweichte Teddybären, die alle mal bessere Zeiten erlebt hatten. Wer hatte das nicht, seufzte Michelle. Erst kürzlich waren die Mieten in den Wohnblocks deutlich erhöht worden, weil sich angeblich der Mietspiegel auf der Vogelstang verändert hatte. Aber das Lausegehalt, das sie als Friseurin verdiente, war seit Jahren das gleiche – und mit Trinkgeld waren die Kundinnen auch nicht gerade großzügig.

Nachdem sie ihren Mantel an die Garderobe gehängt und sich einen starken Tee zubereitet hatte, setzte Michelle sich auf ihr rotgeblümtes Ikea-Sofa, stellte einen Teller Erdnussflips auf den Couchtisch und schlug den Mannheimer Morgen auf. Ein bisschen Kultur tat jetzt gut, nach all dem Klatsch und Tratsch im Friseursalon.

In diesem Moment läutete die Türglocke. Typisch, wo sie es sich gerade gemütlich gemacht hatte. Draußen stand Gaby, ihre platinblonde Nachbarin, wie üblich in einen rosa Hausanzug aus Nickyplüsch gewandet. Gleichzeitig war Gaby ihre Kusine, die außer der gemeinsamen Verwandtschaft noch so einiges andere mit Michelle teilte. Von der Erdbeerallergie über den Lottotippschein bis hin zu den Liebhabern, die sie Michelle regelmäßig ausspannte.

Michelle zog die Brauen in die Höhe. „Bist du befördert worden?“, fragte sie mit Blick auf die zwei Sektkelche zwischen Gabys manikürten Fingern, in denen edler Rosé-Sekt perlte. So spendabel zeigte sich ihre Kusine sonst nicht, das egoistische Luder. Normalerweise nahm sie lieber, statt zu geben.

„Du hast doch Lotto gespielt wie immer, oder?", fragte Gaby, kaum dass sich die Tür hinter ihr geschlossen hatte.

Michelle nickte.

„Wir haben gewonnen!", flötete Gaby und fiel Michelle um den Hals. „Ein Sechser! Ich konnte es kaum glauben, als ich die Zahlen verglichen habe." Vehement zog sie Michelle aufs Sofa und drückte ihr ein Sektglas in die Hand. „Darauf müssen wir anstoßen."

Michelle schluckte. Sie musste die Neuigkeit erst mal verdauen. „Weiß Lulu schon davon?"

Lulu aus dem vierten Stock war die Dritte im Bunde, mit der sie seit Jahren gemeinsam Lotto spielten – immer die gleichen Zahlen.

Gaby schüttelte den Kopf. „Noch nicht, aber wir können gleich zu ihr hochgehen und ihr die frohe Botschaft überbringen. Wo habe ich überhaupt den Zettel mit den Gewinnzahlen?" Sie öffnete ihr Täschchen aus Kroko-Plastik und kramte darin herum.

Michelle nutzte den Moment, die Sektgläser zu tauschen. Rosé-Sekt war nicht ihre Sache und Gabys Glas war nicht ganz so voll wie das ihre.

„Hier ist er schon", jubelte ihre Kusine und wedelte mit den Millionenzahlen durch die Luft. „Auf unseren zukünftigen Reichtum." Sie erhob ihr Glas und trank mit strahlenden Augen von der perlenden Flüssigkeit.

Träumerisch warf Michelle den Kopf in den Nacken. „Auf das Landhaus im Odenwald, das ich mir leisten werde", stimmte sie ein, „und das Mercedes Cabrio."

Ihr Lächeln wandelte sich in Grauen, als ihre Kusine keine Luft mehr bekam. Röchelnd fasste Gaby an ihre Kehle, während sich ihr Gesicht bläulich-rot verfärbte. Dann sank sie zu Boden.

Entsetzt beugte Michelle sich über sie, aber es war zu spät. Gaby war tot, einfach so von einer Sekunde auf die andere. Ob ihr Herz vor Aufregung über den Lottogewinn ausgesetzt hatte? Michelle runzelte die Stirn. Es hatte eher wie eine allergische Reaktion ausgesehen als wie ein Herzschlag. Aber Gaby hatte doch nichts zu sich genommen, außer dem Schlückchen Sekt gerade eben …

Vorsichtig schnupperte Michelle an Gabys Glas, das auf dem Couchtisch stand, harmlos, als könne es kein Wässerchen trüben. *Erdbeeren*! Das konnte ja wohl nicht wahr sein, dass in diesem Glas Erdbeer-Sekt war und in dem anderen Rosé-Sekt aus Trauben.

In Sekundenschnelle wurde Michelle klar, was sich soeben abgespielt hatte: Gaby hatte sie umbringen wollen, um den Lottogewinn nicht mit ihr teilen zu müssen. Sie waren alle beide hochgradig gegen Erdbeeren allergisch. Das Zeugs musste nur ihre Lippen berühren, dann war es schon passiert – und diese hinterhältige Person hatte ihr ein Glas Erdbeer-Sekt andrehen wollen und für sich selbst das Glas mit dem Rosé-Sekt mitgebracht. Kein Wunder, dass ihr der Unterschied nicht aufgefallen war: Der Farbunterschied war minimal.

Unsicher blickte Michelle auf die Tote hinunter. Die Polizei oder einen Krankenwagen konnte sie schlecht rufen. Das würde ihr niemand abnehmen, dass Gaby freiwillig Erdbeer-Sekt getrunken hatte, noch dazu hier in ihrer Wohnung, direkt nachdem sie im Lotto gewonnen hatten. Die Tote musste also weg, aber wohin mit ihr?

Draußen vor dem Fenster rumpelte es. Michelle schob den Vorhang beiseite und spähte nach unten. Lulu stellte gerade mit Hilfe des Dicken von Gegenüber ihre Kühltruhe auf den Bürgersteig. Kein schlechtes Modell und auch nicht alt, aber jetzt hatte sie sich eins dieser amerikanischen Kühlschränke mit Eisspender geleistet, sodass ihre eigene Truhe überflüssig geworden war. Typisch Lulu, selbst beim Kühltruhetragen noch Killerabsätze zu tragen. Aber dank ihrer langen Beine, die sie gern in knappen Miniröcken zur Schau stellte, fand sich immer ein muskulöser Held, der bereit war, ihr unter die Arme zu greifen.

Michelle fragte sich, wie Lulu sich den schicken Kühlschrank überhaupt leisten konnte, und hegte heimlich den Verdacht, dass er ein Geschenk des Dicken war. Geld hatte der ja genug, als Reihenhausbesitzer. Jetzt dankte Lulu ihm überschwänglich für seine Hilfe, beobachtete Michelle, küsste ihn auf die Wange und stakste hüftschwenkend an seinem Arm ins Haus gegenüber. Sie hatte also doch etwas mit ihm! Abschätzend betrachtete Michelle die ausrangierte Tiefkühltruhe auf dem Bürgersteig. Genau die richtige Größe für eine Leiche …

Heftig atmend schlich Michelle durch den Hausflur. Gaby, die tot viel schwerer war als sie lebend ausgesehen hatte, zog sie mühsam hinter sich her. Hinter der Wohnungstür, die sie gerade passierte, ertönten Schritte, dann wurde die Klinke gedrückt. Vor Angst blieb Michelles Herz schier stehen.

„Nix da, Jan, hiergeblieben!", kreischte die Stimme ihrer Nachbarin durch das dünne Holz. „Glaub bloß nicht, dass du dich jetzt nach dem Abendessen noch verdrücken kannst. Erst werden Hausaufgaben gemacht und dann geht's ins Bett."

Erleichtert wischte sich Michelle einen Schweißtropfen aus der Stirn. Wenn der Junge jetzt herausgekommen wäre und sie mit der Toten erwischt hätte …

Hastig machte sie, dass sie weiterkam. Raus aus dem Flur und ab mit der Leiche in die Tiefkühltruhe, die im Dunkeln neben den Mülltonnen stand. Nach mehreren

Anläufen hatte sie es endlich geschafft. Michelle hatte schon geglaubt, sie würde Gaby nie dort reinhieven können. Aber nun lag die Tote in ihrem Kühltruhensarg, wo sie hoffentlich nicht so schnell entdeckt werden würde. Sicherheitshalber drapierte Michelle eine zerschlissene Wolldecke darüber, die im Sperrmüll gelegen hatte.

Sie zog den Haustürschlüssel aus der Manteltasche und steckte ihn ins Schloss. In diesem Moment wurde die Tür von innen geöffnet.

„Na so was, Frau Möller, isch hab Sie gar net gesehe", sagte ihre Nachbarin, die Mülltüten schwenkend vor ihr stand. „Bei Ihne im Salon isses wohl wieder spät geworre, was?"

Michelle nickte. Erschreckt bemerkte sie, dass der Blick ihrer Nachbarin auf die Truhe gefallen war.

„Die sieht noch ganz neu aus", sagte die Frau beifällig. „So eine könnt' isch gut gebrauche." Zielstrebig machte sie ein paar Schritte auf das Gerät zu und hob die Hand, um den Deckel zu öffnen.

„Sie ist kaputt", erklärte Michelle hastig. „Die Kabel sind durchgebrannt, lassen Sie lieber die Finger davon."

Die Frau ließ ihre Hand sinken und drehte zu den Mülltonnen ab, um ihren Abfall wegzuwerfen. „Na, wenn das so ist ... Gut, dass Sie misch gewarnt hawwe."

Gemeinsam gingen sie ins Haus, wo gerade die Tatort-Titelmelodie unter den Wohnungstüren hervor in den Flur drang.

Mit einem „Himmel, jetzt hätt' isch fascht die Tatort-Wiederholung verpasst, wo die doch heit bei uns in der Gegend spielt", verschwand Michelles Nachbarin in ihrer Wohnung.

Auf Mario Kopper und Lena Odenthal, die beiden Kommissare aus Ludwigshafen, hätte Michelle zwar auch Lust gehabt, aber sie brauchte jetzt erst mal einen

Klaren. Außerdem musste sie auf jeden Fall noch zu Lulu gehen und ihr sagen, dass sie sechs Richtige im Lotto hatten – so freudestrahlend wie möglich und natürlich ganz ahnungslos, wo Gaby abgeblieben sein könnte.

Mit dem Schnapsglas in der Hand stellte Michelle sich vor den Spiegel und übte ihr späteres kleines Schauspiel.

„Weißt du, wo Gaby steckt?", fragte sie ihr Spiegelbild mit arglosem Augenaufschlag. „Ich habe schon tausend Mal bei ihr angerufen, aber sie meldet sich nicht – und zu Hause ist sie auch nicht."

Zufrieden trank sie einen weiteren Schluck. Ja, das würde Lulu ihr abnehmen. Wo war die eigentlich mittlerweile? Etwa immer noch drüben bei dem Dicken? Vorsichtig spähte Michelle erneut durch den Vorhangschlitz und da war Lulu: In Strapsen und Reizwäsche stöckelte sie gerade die Treppe vom Flur in die erleuchtete Küche ihres Verehrers von Gegenüber hinab, dessen Frau für ein paar Tage verreist war. Wollte sie ihm nach dem Schäferstündchen in dieser Aufmachung etwas kochen, noch dazu im vollen Rampenlicht? Gott sei Dank guckten die Nachbarn wohl alle gerade Tatort und nicht durch die Fensterscheibe. Hinter ihr auf der Treppe kam der Dicke ins Bild, ein Handtuch um die Hüften geschlungen, und grapschte neckisch nach ihrem Hintern. Michelle sah Lulu kichern, ihn spielerisch abwehren und auf ihren hohen Schuhen die Balance verlieren. Sie griff suchend in die Luft, um sich irgendwo festzuhalten und stürzte die Treppe hinab.

Michelles sog hart die Luft ein. Mit vor Schreck aufgerissenem Mund lief der Dicke jetzt nach unten, beugte sich über Lulu, schrie auf sie ein. Aber sie blieb liegen, ganz still. Genau so wie vorhin Gaby.

Im Haus gegenüber ging das Licht aus. Der Dicke musste gemerkt haben, dass seine Festbeleuchtung nicht gerade hilfreich war, wenn eine Tote herumlag. Zehn Minuten später öffnete sich die Haustür und er trat auf die Straße. Mittlerweile trug er Jeans und T-Shirt sowie Lulu, die er sich über die Schulter geworfen hatte. Vorsichtig lugte er nach rechts und links, um sich zu vergewissern, dass die Luft rein war. Dann ging er zielstrebig auf die Tiefkühltruhe zu. Michelle hielt die Luft an. Er würde doch nicht etwa …

Zwei Minuten danach war er wieder bei sich im Haus und weitere hundertachtzig Sekunden später flimmerte dort drüben der Tatort über den Bildschirm.

In diesem Moment bog ein Lastwagen um die Ecke. Ein Altwarenhändler, der schöne Stücke vom Sperrmüll holte und weiterverkaufte. Der Wagen fuhr langsam die Straße entlang und kam vor ihrem Haus zum Stehen. Zwei junge Männer sprangen heraus, luden ein paar Küchenstühle in den Wagen, ein Hängeschränkchen, das der Dicke von Gegenüber rausgestellt hatte, und die Tiefkühltruhe mitsamt Gaby und Lulu.

„Alla tschüss dann", sagte Michelle und winkte den beiden hinterher, bis der Wagen um die Ecke bog. Die Millionen gehörten jetzt wohl ihr. Dann schaltete auch sie den Tatort ein.

Der Auftrag

Hubert Bär

Er legte alles auf die mit einem thermo-spannbetttuch überzogene taschenfederkernmatratze des hotel-betts: die HANRO-FOR-MEN-unterwäsche, 95% baumwolle, 5% elasthan, grau melange, die BURLINGTON-socken, 95% cotton, das LORENZINI-hemd in fischgrätenmusterwebung und button-down-kragen, den LAGERFELD-zweiknopf-einreiher aus 100 % feinem italienischem schurwolltuch, die designer-krawatte mit feinem Strukturmuster von HUGO BOSS. Die FIORENTINI & BAKER- schuhe aus hochwertigem, glatten kalbsleder stellte er davor. Er überlegte, ob er statt des LORENZINI-hemdes das VAN-LAACK-ROYAL-hemd wählen sollte, das nur eine schattierung dunkler war, aber auf diese schattierung kam es an. Nur makellose perfektion, auch in seiner kleidung. Sicherheit und selbstvertrauen. Die brauchte er, um seinen auftrag perfekt durchführen zu können. Er schnallte sich das von einem straßburger sattler maßangefertigte schulterhalfter um und prüfte die gängigkeit der SMITH AND WESSON 629 STEALTH HUNTER. Dann schraubte er den schalldämpfer auf.

Während er das 3-minuten-ei auslöffelte, das ihm der livrierte MARRIOTT-hotel-angestellte mit dem frühstück aufs zimmer gebracht hatte, dachte er daran, dass ihn manchmal die lust packte, seine familie wiederzusehen, seinen vater (63), seine mutter (59), seinen Bruder (26), seine schwester (23). 2 oder 3 aufträge noch. Noch ein paar DIT-FONDS, EURO-INVEST, eine lukrative immobilie oder ein paar goldbarren, dann konnte er sich von diesem job zurückziehen. Solange war es besser, möglichst wenig kontakte zu haben. Je weniger ihn kannten, je weniger ihn vermissten, je weniger wussten, in welchen hotels er schlief, um so geringer die chance, dass er mit seinen taten in verbindung gebracht wurde.

Er begab sich hinab in die tiefgarage. Auf platz nummer 112 der metallic 911 TARGA 4, wie ausgemacht. Er startete die 345 PS und steuerte das gefährt die auffahrt empor und hinüber zum heidelberger hauptbahnhof. Dort kaufte er eine FRANKFURTER ALLGEMEINE. Auf der autobahn nach mannheim tippte er mit dem finger auf die on/off-taste des PIONEER AVIC-F930BT-MULTIMEDIA NAVIGATIONSRADIO, um sich abzulenken. Aus den lautsprechern: WENNS UM GELD GEHT, SPARKASSE. ICH BIN DOCH NICHT BLÖD. 20 % AUF ALLES, AUSSER TIERNAHRUNG.

Den weg hatte er sich eingeprägt. Um nicht geblitzt zu werden, bremste er schon vor dem ortsschild von mannheim ab. Langsam fuhr er durch die augustaanlage, vorbei an der MANNHEIMER VERSICHERUNG, CREDIT PLUS BANK, BILFINGER UND BERGER, VR BANK RHEIN-NECKAR EG, DELTA HOLDING, INTER VERSICHERUNG, HOTEL AUGUSTA, NÜRNBERGER VERSICHERUNG, VOLKSFÜRSORGE, AUGUSTA BEAUTY CLINIC, STEIGEBERGER MANNHEIMER HOF bis zum wasserturm, wo er in die tiefgarage abtauchte. Er nahm die SMITH & WESSON 629 STEALTH HUNTER aus dem schulterhalfter und klemmte sie zwischen die seiten der FRANKFURTER ALLGEMEINEN. Er stieg die treppe empor, schlenderte hinüber zu der grünanlage und setzte sich auf eine bank. Das büro-gebäude mit den vielen firmenschildern an der tür hatte er fest im auge.

Er wusste, dass der mann kurz vor 9 zu kommen pflegte. Ein blick auf die ROLEX DAY-DATE. Er hatte noch zeit. Das waren die minuten, in denen er am meisten gefahr lief, darüber nachzudenken, wer hinter diesem auftrag steckte und warum jemand so viel geld bot für den tod eines menschen. Da sah er ihn kommen.

Es gelang ihm gerade noch, hinter dem mann in den aufzug zu springen. Er drückte einen knopf über dem, der schon beleuchtet war. Neben der knopfleiste das firmenschild OTIS. Während sich das OTIS-gerät in bewegung setzte, musterte er sein gegenüber. Kaufhaus-hemd, kaufhaus-hose, TIMEX-armbanduhr, schuhe höchstens von SALAMANDER. Er hob die durch die FRANKFURTER ALLGEMEINE abgedeckte SMITH & WESSON 629 STEALTH HUNTER und drückte ab. Der reflex seines gegenübers: der griff nach der zeitung wie im film. Auf dem kaufhaus-hemd platzten die einschusslöcher, die im zeitraffer-tempo an ihren rändern rot zu erblühen begannen. Der mann sackte zusammen, sagte noch etwas, ein kurzes, sehr kurzes wort, sagte es noch einmal. Er musste sich bücken, weil der mann jetzt am boden lag, musste sich mit seinem ohr dessen mund nähern. Ein leichter luftstrom. Er spürte es mehr, als dass er es hörte, spürte die frage wie einen überraschend kühlen schnitt durch sein herz: du?

Das Fotoalbum

Simone Jöst

Wenn ich nicht in den Park gegangen wäre, hätte ich dieses verdammte Fotoalbum nie gefunden. Ich war aber dort und steckte meine Nase in Dinge, die mich nichts angingen.

Es war Feierabend, das Ende eines langen und anstrengenden Arbeitstages. Nach gefühlten achtzig Stunden Stehen hinter der Kasse in einem Schuhgeschäft in den Planken, fühlten sich meine Füße wie Pfannkuchen an, breit und platt. Auf meinem Heimweg wollte ich mir ein paar Minuten Auszeit gönnen, die letzten Sonnenstrahlen auf meinem Gesicht spüren und durchatmen, ehe mich zu Hause die nächsten Pflichten erwarteten. Am Rande des Friedrichplatzes setzte ich mich auf eine Bank und beobachtete die Fontänen der Springbrunnenanlage, wie sie in die Höhe sprudelten und plätschernd wieder auf die Wasseroberfläche niederprasselten. Diese Atmosphäre hatte ein klein wenig von Urlaub, Sommer und Strand, zumindest mit viel Fantasie, aber davon hatte ich genug. Ich schlüpfte aus meinen roten Pumps, ließ sie auf den feinen Kies fallen und massierte meine Zehen. Als ich mich nach unten beugte, entdeckte ich neben der Bank einen Stoffbeutel, in dem ein Fotoalbum steckte.

Es war nicht meine Art in fremder Leute Sachen herumzuschnüffeln, aber der Verlust war für den Besitzer bestimmt eine traurige Angelegenheit. Vielleicht konnte ich einen Namen oder eine Adresse ausfindig machen und die Tasche zurückbringen. Ich hob sie auf meinen Schoß und zog das Album hervor. Wie eine Diebin schaute ich mich nach links und rechts in der Parkanlage um, ehe ich das Buch öffnete. Es kam mir wie ein Verrat vor, weil ich ungefragt in die Privatsphäre eines Fremden eindrang.

Auf der ersten Seite war mit rotem Filzstift ein großes Herz gemalt worden, in dessen Mitte ein Hochzeitsbild klebte. Eine bildhübsche Braut mit kleinen Grübchen strahlte mit der Sonne um die Wette. Der Wind blähte ihren kurzen Schleier auf und blies ihn gegen den Kopf des Bräutigams, der hinter ihr stand und seine Arme um ihre Taille schlang. Unter die Fotografie stand „Marion & Klaus“ geschrieben und der Tag ihrer Trauung. Das war genau heute vor zehn Jahren.

Wie traurig musste es für die beiden sein, dass sie ausgerechnet an einem so denkwürdigen Tag dieses Album voller Erinnerungen verloren hatten. Ich wollte herausfinden, wer sie waren und ihnen das Buch zurückbringen. Also blätterte ich ohne schlechtes Gewissen auf die nächste Seite um.

In weißen Fotoecken steckte ein ganzes Sammelsurium an Bildern, auf denen das Paar glücklich in die Kamera lächelte. Mal hatte sie ihn im Schwitzkasten und lachte oder er schnitt heimlich Grimassen hinter ihr. Egal, ob sie in der Stadt, am Strand oder im Park fotografiert wurden, sie lächelten jedes Mal glücklich und umarmten sich zärtlich. Unter jeder Fotografie stand in einer zierlichen Frauenhandschrift jeweils der Ort der Aufnahme vermerkt oder auch die Namen aller Personen, die darauf abgebildet waren. Klaus hatte nur Augen für seine Angetraute. Das Feuer in seinem Blick loderte und ich beneidete Marion insgeheim dafür.

Ein paar Seiten weiter stand die junge Frau im Profil und zog ihr Sommerkleid über ein kleines rundes Bäuchlein straff an ihren Körper und lachte glücklich in die Kamera. Mit Kuli war ein Pfeil bis zu ihrem Bauch gemalt und Klaus hatte „mein Sohn“ daneben geschrieben. Ein zweiter Pfeil war von Marion gezeichnet worden und auf dem stand „meine Tochter“. Ich schmunzelte und war gespannt, ob das Kind ein Junge oder Mädchen geworden war. Hastig blätterte ich unzählige Bauchaufnahmen weiter, bis ein winziger Säugling mit geschlossenen Augen und kleinen Fäustchen in die Kamera plärrte. Es war Daniel – ein Sohn! Wie alle Eltern hatte Marion Größe, Gewicht, Kopfumfang und Uhrzeit der Geburt fein säuberlich notiert. Die folgenden Aufnahmen zeigten den kleinen Erdenbürger in allen denkbaren Positionen, Baby auf dem Arm, Baby im Bett, Baby im Kinderwagen und so weiter.

„Unsere neue Wohnung" stand unter einer Aufnahme eines Mehrfamilienhauses in der Augustaanlage. Ich kannte das Gebäude. In der dritten Etage waren drei Fenster mit roten Kulikringeln eingekreist. Aus einem winkte Marion mit dem Säugling auf dem Arm. Da ich nun wusste, wo ich das Album hinbringen konnte, hätte ich es einfach zuschlagen sollen. Leider war meine Neugier größer als meine Ehrlichkeit.

Mit meinen Zehen grub ich mich in die warmen Kieselsteine unter meinen Füßen, blinzelte in die goldenen Sonnenstrahlen, die bald hinter den Häusern versinken würden, und blätterte weiter.

Vielleicht war es nur Einbildung, aber es kam mir plötzlich vor, als ob Marions Lächeln nicht mehr so ungezwungen wirkte wie zuvor. Immer häufiger stand Daniel zwischen seinen Eltern und der Arm seiner Mutter legte sich um seine Schultern, statt um die Taille ihres Mannes. Es gab kein einziges Foto mehr, auf dem Marion und Klaus alleine zu sehen waren, sondern vielmehr „Papa mit Daniel im Luisenpark" oder „Mama und Daniel im Planetarium".

Irgendwann fiel mir auf, dass die Fotografien in immer größeren Zeitabständen aufgenommen worden waren. Die Distanz zwischen den Eheleuten vergrößerte sich, ihr Lächeln wirkte mit jedem Mal gestellter.

Von einer Seite auf die andere gab es in dem Album keine Bilder mehr von Marion. Daniel wurde ab und zu noch fotografiert, aber nicht mehr so oft wie früher. Klaus und seine Frau hatten sich allem Anschein nach auseinandergelebt, vielleicht sogar getrennt. Dann folgten drei leere Seiten. Da weiter hinten noch jede Menge Fotos eingeklebt waren, blätterte ich weiter und war neugierig, wie die Geschichte ausgegangen sein mochte.

Die Fontänen im Springbrunnen plätscherten und waren die perfekte Geräuschkulisse für die folgenden Urlaubsbilder. Klaus war mit drei Freunden nach Lloret de Mar in Spanien ans Meer gefahren. Überfüllte Sandstrände, barbusige Frauen und zu viele Cocktails. Beinahe war ich enttäuscht, dass dieser wunderschöne Mann, der seine Frau mit diesem lodernden Feuer in den Augen angehimmelt hatte, sich nun so primitiven Reizen hingab. Fortan fand ich nur noch Bilder von ihm und seinen Freunden, wie sie gemeinsam Karten spielten oder ihre Autos begutachteten. Marion tauchte nur noch auf einem einzigen Bild auf. Es wurde über die Straße hinweg aufgenommen. Sie lief mit Daniel an der Hand auf dem Fußweg. Sie sah bildhübsch aus, trug ein leuchtend rotes Sommerkleid, hatte ihre Haare kurz geschnitten und lachte in ihr Telefon.

Danach folgten wieder drei leere Seiten. Zuerst wollte ich das Album zuschlagen, doch als ein Zeitungsartikel daraus hervorklappte, konnte ich nicht anders und schaute nach. Eine Frau, wenn mich nicht alles täuscht, war es Marions Mutter, sie war auf den Fotos der Hochzeitsfeier mit dabei gewesen, schaute grimmig in die Kamera, darunter standen „Hildegard“, Datum und Uhrzeit der Aufnahme. Ich las den Bericht, der daneben klebte: Hildegard B. aus Ilvesheim wurde am Freitag tot in ihrer Badewanne aufgefunden. Ich war schockiert.

Auf der nächsten Doppelseite entdeckte ich ein Bild von Marions Freundin „Babsi“ und darunter standen wieder Datum, Name und Uhrzeit. Den Presseartikel daneben las ich voll Entsetzen. Dieses Mal war es Barbara M. aus Sandhofen, die in Mannheims Innenstadt vor die Straßenbahn gelaufen war und tödlich verunglückte.

Der Schatten, der im Park aufzog, war nicht kalt, aber eine Gänsehaut huschte über meinen Rücken. Ich legte das Buch auf den Knien ab und umfasste meine Oberarme.

Zwei Todesfälle in so kurzem Abstand. Wie schrecklich musste das für Marion gewesen sein. Als ich das dritte Bild von „Manfred“ mit Datum und Uhrzeit aufschlug, traute ich mich zuerst nicht den dazugehörigen Zeitungsartikel zu lesen. Manfred S. wurde eines Sonntags am helllichten Tag im Luisenpark erschossen. Mir stockte der Atem. Manfred war Marions Bruder.

Mir war sofort klar, dass das keine zufälligen Schicksalsschläge gewesen waren. Ich schleuderte das Album neben mich auf die Parkbank, als ob ich mich daran verbrannt hätte, und presste beide Hände gegen meine Schläfen. Mir wurde heiß, ich stand auf, setzte mich wieder hin und war völlig durcheinander.

Eine alte Dame mit einem Dackel an der Leine blieb vor mir stehen und fragte mich besorgt, ob alles in Ordnung sei, ob ich Hilfe brauchte. Ich verneinte und rang mir ein Lächeln ab. Die Frau ging weiter. Im Grunde war auch alles in Ordnung. Ich hatte Feierabend und mit der ganzen Angelegenheit nichts zu tun. Ich sollte nach Hause gehen und dieses verdammte Buch vergessen. Das hatte nichts mit mir zu tun. Jedenfalls versuchte ich mir das einzureden, wusste aber, dass ich durch mein Wissen mitverantwortlich geworden war.

Mein Blick schweifte zu dem Album zurück und ich konnte nicht anders, ich legte es wieder auf meine Knie und blätterte weiter. Das nächste Foto zeigte eine Frau. Sie war mir bis auf den Vornamen, Datum und Uhrzeit unbekannt. Die Presse schrieb, dass es sich um Klara P. aus Mannheim handelte, die am Neckarufer in der Nähe des Theresienkrankenhauses erstochen aufgefunden wurde. Die Polizei ging von einem Raubüberfall aus.

Mit jedem Eintrag wuchs mein Entsetzen über das, was ich las. Ein Mord im Planetarium und ein tödlicher Autounfall auf der Feudenheimer Straße folgten zum Schluss. Insgesamt kamen sieben Menschen aus Marions Bekanntenkreis und Familie zu Tode. Was war aus der Liebe von Klaus und Marion geworden? Konnte ein Mensch so sehr hassen, zu solchen Taten fähig sein? Als ich die letzte Seite im Album aufschlug, kannte ich die Antwort.

Marions Bild war wunderschön. Sie schaute lachend in die Ferne. Vielleicht hatte sie den Fotografen nicht einmal bemerkt. Unter der Aufnahme standen ihr Name, ein Datum und eine Uhrzeit. Es dauerte einen Moment, ehe ich begriff, was ich sah. Das Datum war heute und die Uhrzeit, ich blickte auf meine Armbanduhr, war in einer halben Stunde.

Ich schaute in Richtung Augustaanlage. Im Bruchteil einer Sekunde war mir klar, dass ich etwas unternehmen musste, um diesen Wahnsinn zu stoppen. Ich wühlte mein Handy aus meiner Handtasche und tippte den Notruf ein.

Nervös und umständlich bat ich die Polizei ein Verbrechen zu verhindern und nannte Marions Adresse. Ich hatte gerade das Gespräch beendet, als ich Schritte auf dem weichen Kies hörte. Sie kamen näher, direkt auf mich zu. Ich blickte auf und plötzlich stand er vor mir. Klaus!

Er war auf der Suche nach seiner Tasche. Mein Herzschlag drohte sich zu verabschieden. Ich erhob mich und starrte ihn wie hypnotisiert an, brachte keinen Laut zustande. Das Fotoalbum rutschte von meinem Schoß auf die Bank und dabei zerriss eine der dünnen Pergamentseiten. Mein Telefon fiel mir aus den Händen.

Klaus Augen wirkten bedrohlich, keine Spur von der Fröhlichkeit, die er vor zehn Jahren noch versprühte. Verbitterte Fältchen umspielten seine Mundwinkel. Er schaute auf das Buch, auf mich und wieder zurück auf Marions Bild, das noch immer aufgeschlagen war. Dann durchbohrte er mich mit einem eiskalten Blick.

„Marion hat mich verlassen und alle haben ihr dabei geholfen." Sein Kinn zuckte verräterisch. „Sie sagt, ich sei krank."

Ich lachte hysterisch und wusste nicht, was ich tun sollte. Ich kannte sein finsteres Geheimnis und er wusste das. Die ganze Situation kam mir plötzlich wie in einem Film vor, in dem alles in Zeitlupe gedreht wurde.

Klaus fragte mich nach meinem Namen. Dann schaute er auf seine Armbanduhr, zog eine kleine Digitalkamera aus seiner Jackentasche und fotografierte mich. Ich wusste, was er vorhatte. Der Straßenlärm verschwand aus meinem Bewusstsein, der Springbrunnen plätscherte viel lauter als zuvor, und der Kies knirschte unter meinen Füßen, als ich mich umdrehte und davonlief. Ich kam nicht weit. Der Schuss und der Schmerz zwischen meinen Schulterblättern erreichten mich gleichzeitig. Ich sackte auf meine Knie, hörte eine Amsel ein letztes Abendlied für mich zwitschern und kippte nach vorne, in die Dunkelheit.

Aqua
Lilo Beil

Gunther Keppel fuhr durch die Wilhelm-Varnholt-Allee, am Planetarium vorbei und in die Augusta-Anlage hinein. Dichtestes Schneegestöber nahm ihm fast jede Sicht. Er liebte den Schnee, aber er hasste ihn auch. Er liebte ihn aus einem undefinierbaren, waberigen Gefühl von kindlicher Nostalgie heraus, einer Art Festkrallen an Erinnerungen an längst vergangene Wintertage, die vage Bilder emporsteigen ließen: wundersame Bilder von einem Karussell auf dem zugefrorenen Neckar und von Maronibuden zwischen der Kurpfalzbrücke und der Friedrich-Ebert-Brücke. Ob alles nur Einbildung war?

Er hasste den Schnee als Autofahrer, und er hasste ihn, weil er nichts anderes war als eine Metamorphose von Wasser.

Und er hasste das Wasser. Er hasste es noch mehr als den Schnee.

Seine Versuche, diesem unerklärlichen Hassgefühl einen Namen zu geben, seine Ursache zu ergründen, es mit seinem Verstand zu erfassen, waren alle fehlgeschlagen. Er hatte sich im Lauf der Jahre damit abgefunden, dass er mit seiner Wasserphobie, deren tiefere Bedeutung seinem Bewusstsein verschlossen blieb, irgendwie zurechtkommen musste, wie andere Menschen mit ihren Phobien auch irgendwie zurechtkommen müssen.

Mit ihren Phobien gegen Spinnen, Schlangen, Mäuse, gegen Aufzüge, enge Plätze oder freie Plätze, gegen Höhen und Höhlen, gegen Katzen, Fische, Vögel.

Er hatte schon einige zaghafte Therapien im Eigenversuch gegen seine zugegeben seltene Phobie entwickelt und mehr oder weniger erfolgreich ausprobiert.

„Bekämpfe deine Phobie, indem du ihr freundlich begegnest. Bekämpfe sie, indem du sie besänftigst. Mit Liebe und Engagement."

Diesen Satz hatte er einmal in einem Handbuch für phobie-geplagte Menschen gelesen.

Gesagt, getan.

Er, Gunther Keppel, war ein erfolgreicher Geschäftsmann, und er war einer, dessen Erfolg sich vor allem in einem mehr als soliden Bankkonto manifestierte.

Seit vielen Jahren unterstützte er ein Brunnenprojekt in Simbabwe, ein Wasserprojekt also.

Nirgends war ein solches Brunnenprojekt notwendiger als bei diesen armen, gebeutelten Afrikanern, die tagtäglich mit Wasserknappheit, mit Dürre und Typhus zu kämpfen hatten. Vielleicht war es nur der vielzitierte Placeboeffekt, aber auf wunderbare Weise verspürte Gunther Keppel, seit er dieses humanitäre Wasserprojekt mitfinanzierte, ein gewisses Nachlassen seiner Phobie, eine Linderung der Symptome.

„Bekämpfe deine Phobie, indem du ihr freundlich begegnest. Bekämpfe sie, indem du sie besänftigst. Mit Liebe und Engagement."

Vielleicht war wirklich was dran.

Das Duschen, das Zähneputzen und die tagtäglich notwendige Hygiene geschahen fortan, ohne dass ihn Beklemmungen, Herzrasen, Schweißausbrüche plagten und ihm das Leben vergällten.

Nicht gänzlich, aber größtenteils waren all diese quälenden Symptome in den Hintergrund getreten, wie sich ein von Tinnitus Geplagter im Laufe der Zeit an sein Ohrgeräusch gewöhnt.

Vielleicht hatte sich sein Körper nur angepasst.

Im nicht enden wollenden Schneegewirbel erblickte Gunther Keppel den Wasserturm.

Der Wasserturm. Auch er, dieses Wahrzeichen der Stadt, löste keine Beklemmungen mehr aus wie vor Jahren noch, im Gegenteil.

Wie hübsch der Wasserturm doch gerade bei Schnee aussah.

Heute war Vatertag.

Nein, nicht der sommerliche Vatertag, der Heerscharen von Vätern und Nichtvätern, mit Bierflaschen und Wanderstöcken versehen, zum Gang ins Grüne lockte, nein, nicht der Himmelfahrtstag war Gunther Keppels Vatertag.

Sein Vatertag fand jeden Freitag statt, genau genommen jeden Freitag nach Dienstschluss seiner Firma, seiner eigenen Firma, in Seckenheim.

Sein Vater konnte stolz auf ihn sein, und seinen Vater besuchte er wie jeden Freitag seit vielen Jahren, seit dieser Vater, einst der von allen gefürchtete Chef der Firma, die Gunther nun leitete, als ein bloßer Schatten seiner selbst in seiner Villa in der Oststadt gefüttert, gewindelt, gehätschelt wurde wie ein kleines Kind.

Die „Kinderfrauen" des ehemals gefürchteten Chefs über sechs Etagen und etwa hundert Angestellte wechselten alle sechs bis acht Wochen.

Gunther Keppel konnte sie nicht mehr zählen, alle die Barbaras, Goschas, Jolas, Genowefas, Halinas und Alinas, die das alte Baby Franz-Josef Keppel seit Jahren liebevoll versorgten.

Da, aus dem Schneegewirbel tauchte ein Radfahrer auf und wäre Gunther Keppel fast vor die Reifen gefahren: In Mannheim war das nun bald schon wie in Heidelberg, wo die Radfahrer Narrenfreiheit genossen.

Die Herren über Pflaster und Asphalt. Gunther Keppel fluchte laut, der Radfahrer brüllte etwas in seine Richtung und verschwand im weißen Gewirbel.

Da vorne war schon der Rosengarten. Der Schein der Straßenlaterne fiel kurz auf eine junge Frau mit einem kleinen Mädchen an der Hand. Im dunklen Haar der sehr hübschen Frau glitzerten dicke Schneeflocken, und das kleine Mädchen versuchte, einige der unablässig vom Himmel rieselnden Flocken mit der Zunge aufzufangen.

Gunther Keppel erstarrte das Blut in den Adern.

Mutter, dachte er. Da gehen Mutter und Pippa.

Das dichter werdende Flockengewirbel verschluckte die beiden Gestalten, die Frau und das Kind.

Eine Fata Morgana. Mutter und Pippa waren schon lange tot.

Gunther Keppel gab sich einen Ruck und beschloss, mit den Träumereien aufzuhören. Der Schnee war an allem schuld.

Der Schnee, der nichts war als eine andere Formation von Wasser.

Da war er an der Villa in der Bassermannstraße angekommen.

Vatertag.

Genowefa würde ihn erwarten. Er hatte sich verspätet. Der Schnee war an allem schuld, der unselige Schnee.

Als Gunther Keppel die schwere Tür aufschloss, schlug ihm schon dieser Geruch entgegen, an den er sich in all den Jahren, nach all den „Vatertagen", nicht hatte gewöhnen können.

Der Geruch von Kampfer, der jenen anderen Geruch, den Geruch von Alter, Krankheit, Siechtum verdecken sollte, hing in allen Ritzen der Villa.

Während Gunther Keppel die lange, gewundene Treppe hochging, sich am schmiedeeisernen Geländer entlang tastend, denn die funzelige Lampe in der Eingangshalle gab nur schwaches Licht von sich, wunderte er sich über die ungewohnte Stille im Haus.

Sonst hörte man schon immer von unten den Fernseher, denn die polnischen „Kindermädchen" liebten ausnahmslos ihre Vorabendsendungen, und das harmlose Vergnügen war ihnen wahrlich zu gönnen.

Frondienst war es, den sie hier in Deutschland verrichteten. Frondienst bei meist undankbaren, dementen alten Leuten, noch dazu einer Generation, der man eingetrichtert hatte, dass Polen Untermenschen waren, Faulenzer und zu keiner Arbeit fähig. Gunther war sich dieser Ironie der Geschichte immer wieder aufs Neue bewusst. Zweimal schon hatte Franz-Josef Keppel seine Betreuerinnen weggeekelt. Die beiden Frauen hatten sich geweigert, die bösen Worte zu wiederholen, die das „alte Baby" ihnen an den Kopf geschleudert hatte. Die anderen Frauen erduldeten die Ausbrüche des Alten, weil ihre soziale Notlage sie dazu zwang oder weil sie die Unflätigkeiten mit seiner Demenz entschuldigten.

Ein Gefühl von Gruseligkeit beschlich Gunther Keppel, als er in diese Stille hineinhorchte, diese ungewohnte, unheimliche Stille.

Diese Stille. Ein lauerndes Tier.

Er war in der „bel étage" angekommen, wie seine Mutter den oberen Stock der Villa genannt hatte bis an ihr Lebensende vor fünfundzwanzig Jahren.

Der Vater würde schlafen um diese Zeit, wie immer, bevor er noch einmal erwachte, um den Sohn aus rot geränderten und leeren Augen zu fixieren, Unverständliches stammelnd, das wie eine Verwünschung klang.

Gunther Keppel, der gute Sohn, würde die klauenartigen Hände des Vaters ergreifen und besänftigend darüberstreichen. Und der Vater würde, wenn er einen guten Tag hätte, sich in die Kissen zurücklegen, wortlos. Doch wenn er einen schlechten Tag hätte, würde er ihm noch mehr Unverständliches, Fluchartiges entgegenschleudern.

Wie immer, wenn Gunther Keppel in das mit dunklen, fast schwarzen Gründerzeitmöbeln vollgestopfte Wohnzimmer eintrat, begann sein Herz, sich zusammenzukrampfen, fast wie unter der Dusche in seinen schlimmsten Tagen vor seinem erlösenden Brunnenprojekt in Simbabwe.

Die dunklen Möbel, die bedrückende Atmosphäre seiner Kindheit mit einem tyrannischen Vater.

Am liebsten wäre Gunther Keppel die gewundene Treppe hinuntergeeilt.

Doch er blieb, ganz der gute Sohn.

Der Fernseher, das einzige moderne Möbelstück im Raum, war stumm.

Auf dem schweren Pseudo-Renaissancetisch lag ein Zettel:

„Binn einkaufen, gleisch zurick. Genia."

Genowefa war weggegangen vor seiner Ankunft? Das war gegen die Abmachung, den Vater nie, aber auch nie alleine zu lassen. Vielleicht war ein Gang in die Apotheke notwendig geworden. Genia hatte letztes Mal über einen Anflug von Grippe geklagt.

Er hatte sich wegen des Schnees verspätet, was Genia nicht wissen konnte. Außerdem schlief der alte Mann fest.

So wird es wohl sein, dachte Gunther Keppel, und er atmete erleichtert auf. Aus dem Zimmer des Vaters kam kein Laut. Er würde ihn ruhen lassen, ihn auf keinen Fall unnötig wecken.

Er würde warten, bis Genowefa zurückkäme.

Er machte es sich im Ohrenbackensessel gemütlich, soweit das möglich war. Er hatte keine Lust auf fernsehen, und aus Langeweile ließ er den Blick über das große Bücherregal schweifen, das neben ihm die Wand einnahm.

Ein Titel sprang ihm in die Augen.

„Aquis submersus". Theodor Storm.

Es war ein dünnes Heft, wie man es in der Schule las.

Theodor Storm. Ja, das war sein Buch, seine Reclamausgabe für Schüler.

Las man heute noch Theodor Storm? Er wusste es nicht, denn er hatte keine Kinder.

Mit seltsam zittrigen Fingern nahm er das dünne gelbliche Bändchen aus dem Regal.

Innen hatte er seinen Namen hineingeschrieben.

Gunther Keppel. Quarta. 1972. Lessing-Gymnasium.

Das Ganze umringelt und verschnörkelt, wie man es eben als Schüler aus Langeweile macht. Und langweilig hatte er damals diese Novelle gefunden. Hinten auf dem Umschlag eine Zeichnung, eine Karikatur des Deutschlehrers. Richtig, sie hatte ihm eine schallende Ohrfeige eingebracht durch Papa Faust, wie die Pennäler damals den schlagkräftigen Deutschlehrer aus Jux nannten. Papa Faust, ein Ewiggestriger, an dem die antiautoritäre Tendenz der modernen Pädagogik spurlos vorübergegangen war. Papa Faust, die Ohrfeige und die höhnische Bemerkung: „Da muss er wieder träumen, unser Keppel. Wenn das der Herr Vater wüsste."

Gunther Keppel besah den Titel, stutzte.

„Aquis submersus".

Im Wasser ertrunken.

Hauchzart war die lateinische männliche Nachsilbe „us" durch die weibliche Nachsilbe „a" ersetzt worden. Eine fast unleserliche Korrektur mit Bleistift.

Wie war das nochmal mit dieser Geschichte?

Gunther Keppel las sich fest, er konnte nicht aufhören. Die Novelle, die den vierzehnjährigen Quartaner damals angeödet hatte, faszinierte den fünfzigjährigen Mann, ließ ihn Zeit und Raum vergessen.

In der Geschichte, die im 17. Jahrhundert spielt, ertrinkt ein Kind. Ein geheimnisvolles Gemälde trägt die verschlüsselte Unterschrift C.P.A.S.

Culpa Patris Aquis Submersus.

Durch die Schuld des Vaters im Wasser ertrunken. Ein Junge ertrinkt durch die Schuld des Vaters.

Und Gunther Keppel erinnert sich, er schiebt das lang Verdrängte beiseite, Storms Novelle hilft ihm, die verlorene und die verlogenen Zeit, die sich wie ein Bollwerk vor die Wahrheit geschoben hat, den Schleier aus Lügen und Angst und falsch verstandener Loyalität, im neuen Licht zu sehen und jenen Tag im Hochsommer in aller Klarheit zu erkennen.

Sommer 1967.

Mutter war „zur Kur" in Davos, was immer das auch war, und Deirdre, das irische Kindermädchen, war für Pippa da. Er, Gunther, hatte als fast Neunjähriger nun auch schon etwas Verantwortung zu übernehmen für die kleine Schwester, als Vorübung für später, hatte Vater gesagt, wenn er, das älteste Kind und der einzige Sohn, die Firma übernehmen würde.

Früh übt sich …

An jenem brütend heißen Nachmittag Ende Juli sollte er Klavierunterricht haben, doch der Klavierlehrer war an einer üblen Sommergrippe erkrankt und schickte ihn wieder nach Hause. Er hätte jubeln mögen, denn die Sommergrippe des Klavierlehrers würde ihm zwei zusätzliche Stunden für den neuen Swimmingpool bescheren, der erst kürzlich im Garten der Villa eingerichtet worden war.

Er trödelte noch ein wenig auf den Planken, ging kurz in seinen Lieblings-Spielwarenladen, doch dann rannte er, so schnell er konnte, nach Hause.

Er flitzte um die hohe Eibenhecke, die zum Swimmingpool führte, und er blieb jäh stehen.

Im azurblauen, frisch gechlorten Wasser des Pools trieb eine Gestalt, eine sehr kleine Gestalt. Am Rand des Swimmingpools lagen der rosafarbene Kinderbademantel von Pippa, der vierjährigen Schwester, und daneben die Schwimmärmelchen, die sie immer trug, wenn sie schwamm oder besser, wenn sie das Schwimmen erlernte.

Wo war Deirdre? Er schrie, schrie und konnte nicht aufhören zu schreien, dann sprang er ins Wasser, kraulte zur kleinen Gestalt im Pool, um sie zu retten, doch er wusste, es war zu spät.

Deirdre, flammendes Haar in greller Julisonne, kam aus dem Haus gerannt, dicht gefolgt vom Vater, der mit hochrotem Kopf und seltsam zerzaust an der Gürtelschnalle seiner hellen sommerlichen Leinenhose hantierte.

Deirdre nestelte beim Rennen an ihrem Bikinioberteil, als wolle sie es zubinden.

Das alles nahm der Neunjährige wahr, ohne eine Bedeutung in den Gesten von Vater und von Deirdre zu erkennen.

„Du hast keine Klavierstunde gehabt? Und du hast getrödelt, anstatt gleich herzukommen und auf deine kleine Schwester aufzupassen? Du hast es deiner Mutter versprochen." Der Vater schrie ihm diese Worte entgegen, außer Atem.

Es gab keinen Zweifel an Gunthers Schuld. Deirdre war doch die ganze Zeit bei Pippa gewesen, wer konnte ahnen, dass das dumme Kind sich die Schwimmflügelchen abstreifen und ins Wasser springen würde, während das Kindermädchen für eine einzige Minute ins Haus gegangen war, um der Kleinen Limonade zu holen? Für eine einzige kleine Minute.

Die Worte des Vaters hatten sich eingenistet in Gunther Keppels Bewusstsein, die Schuld war Teil seines ganzen Wesens geworden, hatte sich eingebrannt in jede Faser seiner Existenz.

Der Schleier mochte sich ein paar Jahre später, bei der Lektüre von Storms Novelle, ein wenig gelüftet und den Vierzehnjährigen dazu veranlasst haben, das „us" durch ein „a" zu ersetzen, aus dem ertrunkenen Jungen ein ertrunkenes Mädchen zu machen. Ertrunken durch die Schuld des Vaters.

Wie aus schweren Träumen erwacht, fand Gunther Keppel in die Wirklichkeit zurück. Erst jetzt hörte er das Rufen, die schwache Stimme von nebenan.

Er lief ins Zimmer des Vaters.

Mörder, Mörder, hätte er ihm am liebsten ins Gesicht geschleudert. Du hast Pippa auf dem Gewissen, und du hast auch mich auf dem Gewissen.

Die Schuld, die mir das Leben zur Hölle gemacht hat, sie war deine Schuld.

Er war im Begriff, das Unsägliche zu tun, das Kissen zu ergreifen und es auf das Raubvogelgesicht mit den rot geränderten bösen Augen zu drücken, doch plötzlich bog sich der dürre Leib. Die Raubvogelaugen starrten glasig und leer zur Decke.

Das Telefon klingelte.

Am anderen Ende eine aufgeregte Frauenstimme. Genowefa. Sie sei auf dem Weg zurück nach Polen. Sie habe es nicht mehr ausgehalten. Die Beschimpfungen, die Schmähungen. Nein, sie könne die Worte nicht wiederholen.

„Er ist tot", hörte Gunther Keppel sich sagen, und seine Stimme schien ihm selbst so fremd.

Heulen am andern Ende der Leitung. Heulen, das nicht enden wollte.

„Nein, Genia, Sie trifft keine Schuld. Bestimmt nicht. Leben Sie wohl."

Er legte den Hörer auf und rief den Hausarzt an.

Ganz der gute Sohn, blieb er bei dem Toten sitzen, bis der Arzt kam und den Totenschein ausstellte.

Gunther Keppel ist von seiner Phobie geheilt, ganz und gar.

Das Brunnenobjekt in Simbabwe unterstützt er weiterhin.

Fingerzeig

Thriller in der Straßenbahn

Claudia Schmid

Prolog:
„Was wollen denn die vielen Menschen hier?"

„Die Lesung! Die sind zu unserer Lesung gekommen!"

„Ich hab' gedacht, wir fahren jetzt gemütlich mit dieser schönen alten Straßenbahn."

„Wir sollen doch jetzt einen Krimi lesen."

„Einen Krimi? (ins Publikum) Ja, wissen Sie denn, was Sie da erwartet, bei so einer Krimilesung? Ich sag Ihnen was: Das kann ganz schön brutal werden!"

„Komm jetzt, fangen wir an!"

„Jetzt wart doch mal! Nicht so schnell! Von wem ist denn der überhaupt, dieser Krimi?"

„Von mir."

„Von dir! Du hast den geschrieben? Na sauber, das kann was werden."

„Herrschaftszeiten! Ich fang jetzt an!"

Meinrad schlug wutentbrannt die Zeitung zu. Schon wieder kein Artikel über seine Ausstellung! Kein einziges Sterbenswörtchen über ihn, den Bildhauer Meinrad Anselm von Wegerich. Er wischte die Zeitung auf den Boden. Mit einer energischen Bewegung warf er sein schulterlanges braunes Haar zurück. Eine steile Zornfalte bildete sich auf der schmalen Stirn zwischen den stahlblauen Augen. Er zog die Winkel seines Mundes verächtlich nach unten. Der Tag war ihm mal wieder gründlich verdorben, noch bevor er so recht angefangen hatte. Versaut wie so viele Tage zuvor. Entschieden zu viele versaute Tage, nach Meinrads Geschmack. Es musste sich etwas ändern, gründlich etwas ändern. Dafür war es höchste Zeit. Er erhob sich, klaubte die auseinandergefallenen Zeitungsseiten vom Boden auf und legte sie zurück auf den Tisch. Bettine, seine Lebensgefährtin, war ausgesprochen intolerant, was Unordnung betraf. Gleich würde sie aus dem Bad kommen, in ihr Kostüm schlüpfen und ohne Frühstück in die Investment-Bank in den Quadraten fahren. Sie arbeitete dort seit zwei Jahren, arbeitete sich hoch. Mit Ausdauer und Fleiß. Auch von ihm erwartete sie, dass er sich hocharbeitete. Für sie zählte nur der Erfolg. Meinrad seufzte. Am besten ging er gleich zu Mike, bevor Bettine vorm Weggehen noch kurz die Zeitung überflog. Auf eine Auseinandersetzung mit ihr konnte er im Moment gut verzichten. Seine Laune war sowieso schon im Keller. Sie würde es ihm wieder als persönlichen Misserfolg ankreiden, dass der Kulturredakteur es nicht für nötig befunden hatte, über seine Kunstwerke zu berichten. Der Herr würde noch von ihm hören, soviel war klar. Dann würde er sich ganz schön was einfallen lassen müssen, um von ihm, Meinrad Anselm von Wegerich, ein Interview zu kriegen!

Er traf Mike in ihrem gemeinsamen Atelier in den K-Quadraten. Der Maler schien rein optisch das Gegenstück zum athletischen Bildhauer zu sein. Mike war kompakt und rund, was ihm ein gemütliches Aussehen verlieh.

Auf dem Tisch lag eine Hochglanzillustrierte, auf deren Titelbild ein funkelnder Totenkopf glänzte. Meinrad stürmte zu der Zeitschrift und fegte sie vom Tisch.

„Spinnst du?", Mike teilte Bettines Pedanterie. Er bückte sich und hob das Blatt wieder auf. „Genial, oder? Auf so eine Idee muss man erst mal kommen!"

„Einen Totenkopf mit Brillanten zu verzieren?"

„Schau doch mal, was der kostet!" Mike wedelte ihm mit der Zeitung vor der Nase herum.

„Was? 75 Millionen Euro? Wer zahlt soviel? Und wo hat der diesen Totenschädel her?" Meinrad verdrehte genervt die Augen.

„Das ist doch nur ein Abguss aus Platin, kein echter Schädel."

„Blödmann! Und von was hat er den Abguss gemacht?"

Mike ließ sich nicht aus der Ruhe bringen: „Den Kopf hat er irgendwo gekauft."

„Aha, ich gehe also in das Kaufhaus am Paradeplatz und sage zu einer der Verkäuferinnen: ‚Einen Totenkopf bitte. Aber ein markanter muss es schon sein.' Was meinst du, was dann los ist?" Meinrad schlug mit der Faust auf den Tisch.

„Es geht doch jetzt gar nicht um diesen Kopf, du Trottel, sondern um diese Summe! Verstehst du das denn nicht! Ich habe keine Ahnung, wo ich die nächste Miete für unser Atelier herkriegen soll! Und die Zuschüsse vom Kulturamt werden auch immer weniger. Hast du schon was aus deiner neuen Ausstellung verkauft?"

Diese Frage ignorierte Meinrad. „Du meinst, wir sollten auch so was Spektakuläres machen?"

„Etwas, das es so noch nie gegeben hat!" Mike ließ sich auf einen der Holzstühle sinken, der ein knarrendes Geräusch von sich gab.

„Und was ist mit deinen ästhetischen Grundsätzen?"

„Pah! Geh' mir fort mit ästhetischen Grundsätzen! Mit denen können wir nicht unsere Miete bezahlen! Wir müssen uns irgendwas einfallen lassen."

„Eine Kuh in Formaldehyd einlegen?"

„Quatschkopp, das hat doch dieser Typ in England auch schon gemacht."

„Mist, ich dachte, das sei mir eben erst eingefallen."

Mike wandte seinen Kopf ab. So entging Meinrad das Blitzen in dessen Augen. Leichthin warf er ein: „Wir brauchen ein anständiges Marketing."

„Marketing?" Nun brauste Meinrad vollends auf. „Ich will durch die Qualität meiner Arbeit überzeugen, verstehst du? Und nicht weil ich vermarktet werde!" Speichel aus seinem Mund spritzte auf die Tischplatte.

Mike sah im Stehen auf ihn herunter: „Dieser Typ ist Multimillionär! Der betreibt eine ausgebuffte Verkaufsstrategie!"

„Es bleibt dabei: Ich will durch Qualität überzeugen! Durch den künstlerisch-ästhetischen Ansatz, den ich mir erarbeitet habe!"

Den restlichen Tag trieb Meinrad sich im Hafen herum. Der Geruch nach Schmieröl und der Anblick der vielen Container hatte auf ihn etwas Beruhigendes und so streifte er eine Weile dort herum. Bevor er abends nach Hause ging, kaufte er im türkischen Supermarkt hinterm Marktplatz frisches Gemüse, denn Bettine legte Wert auf gesunde Kost.

Als sie heimkam, stand das Essen schon auf dem Tisch. Sie drückte ihm einen Kuss auf die Wange, verschwand im Schlafzimmer und zog sich um. Dann ließ sich Bettine auf einen der Stühle fallen und schlang das Essen runter. „Mein Gott, da hätte ich heute auch eine Dose auf den Teller kippen können", Meinrad ärgerte sich über das ausbleibende Lob seiner Kochkünste. Stirnrunzelnd betrachtete ihn Bettine, die bis dahin schweigend das Risotto in sich hinein gelöffelt hatte.

„Du hast ja einen Sonnenbrand. Hast du heute etwa wieder nichts gearbeitet?"

Meinrad hasste die Auseinandersetzung, die nun unweigerlich folgen würde.

„Klar hab' ich gearbeitet. Was denkst du denn?"

„Lüg mich nicht an!" Bettines Stimme schnitt ihm in den Gehörgang.

„Ich war bei Helmut in der Galerie! Es gibt da wohl einen Interessenten für eines meiner Objekte." Begütigend legte er seine Hand auf Bettines Arm.

„Einen Interessenten!? Du brauchst einen Käufer! Verstehst du, einen Käufer!"

Zu Meinrads Freude klingelte Bettines Mobiltelefon. Sie wechselte, nachdem sie den Anruf entgegengenommen hatte, übergangslos in ein akzentfreies Englisch. „Yes, I'm very glad." Sie klappte das Handy zu, ihre Augen hatten einen merkwürdigen Glanz bekommen.

„Ein Geschäftsfreund, aus Toronto. Überraschend nach Deutschland gekommen." Sie stand auf und bewegte sich in Richtung Bad. „Ich muss nochmals weg. Wir sprechen morgen weiter."

Meinrad zog sich eine Flasche Rotwein rein. Am nächsten Morgen wachte er alleine im Doppelbett auf.

„Bettine?", rief er in Richtung Badezimmer. Ihre Bettseite sah unberührt aus. Er rappelte sich hoch und schaute ins Bad. Nichts von ihr zu sehen. Auch in der Küche war sie nicht. Ihre roten Pumps, in denen sie gestern aufgekratzt aus dem Haus gestöckelt war und die Handtasche konnte er nirgends sehen, ebenso wenig ihren Schlüssel. Meinrad kratzte sich unterm Kinn. Das war in den zwei Jahren, in denen sie zusammenwohnten, noch nicht vorgekommen, dass Bettine einfach nicht nach Hause kam. Er hatte keinen blassen Schimmer, was er davon halten sollte.

Nach einer Tasse schwarzen Tees ging er ins Atelier. Mike war schon da.

Wortlos machte er sich an die Arbeit an dem Objekt, das gerade am Entstehen war. Ein Torso in Übergröße – vorne weiblich, auf der Rückseite männlich.

Ein Mann betrat das Atelier, ließ seinen Blick schweifen. Er hatte eine Laptop-Tasche umhängen. Sah cool aus, der Typ. Er ging zu dem hellen Ikea-Regal an der der Fensterfront gegenüber liegenden Längsseite des Ateliers und durchsuchte den „Gruscht“, der dort lag.

„Kann ich Ihnen helfen?“ Mike kam auf den Mann zu.

„Meyer-Brennigmann, Lokalredaktion. Ich habe einen Hinweis erhalten, dass sich hier in Ihrem Atelier ein“, er räusperte sich und schaute auf den Boden, „nun, wie soll ich sagen? Ähem, ein ungewöhnliches Objekt befindet.“

„Einen Hinweis?“ Mike wippte auf den Fußballen.

„Einen Anruf“, druckste der schlaksige Meyer-Brennigmann herum.

Nun war auch Meinrad aufmerksam geworden. Er hob seinen Kopf. „Ein Anruf, dass hier ein ungewöhnliches Objekt zu finden sei?“ Er zeigte auf seinen Torso. „Das hier vielleicht? Ich zeige die jedem Menschen immanente Ambivalenz …“ Weiter kam er nicht, da Meyer-Brennigmann einen spitzen Schrei ausstieß.

Entgeistert starrte der auf einen Glaskasten im Regal. Mike folgte seinem Blick und wurde blass. Sofort war auch Meinrad bei ihnen. Da stand in der Tat ein ungewöhnliches Objekt, äußerst ungewöhnlich sogar. Ein in Formaldehyd eingelegter menschlicher Finger.

Meinrad stotterte bleich: „Das ist Bettines Nagellack.“

Kaum hatte Meinrad den Satz ausgesprochen, klingelte sein Mobiltelefon. Mike löste sich aus seiner Starre und forderte ihn auf: „Geh’ dran!“

Aus dem Telefon knarrte eine Stimme: „Sie haben 12 Stunden Zeit. Wenn Sie nicht tun was wir verlangen, entstehen weitere Exponate, die in den Galerien der Stadt verteilt werden."

Meinrad hauchte ins Telefon: „Bettine!"

Die Stimme lachte hart: „Ja, richtig! Exponate von der wunderhübschen Bettine! Frag deine E-Mails ab." Das Gespräch war beendet.

Der Lokalreporter wurde ganz aufgeregt. „Wer ist Bettine?"

„Meine Freundin", stammelte Meinrad leichenblass.

Meyer-Brennigmann zeigte auf den Glaskasten und stotterte: „Und das da? Ist das von Bettine?"

Meinrad wurde schlecht. Er rannte aufs Klo und übergab sich.

Sie hatten keinen Computer in ihrem Atelier. Zum Glück hatte Meyer-Brennigmann seinen Laptop dabei. Er klappte ihn auf, fuhr ihn hoch und forderte Meinrad forsch auf: „Loggen Sie sich ein. Es eilt ja schließlich." Meinrad funktionierte wie eine Marionette. Zitternd ging er auf die Site seines Mailproviders und gab seinen Account ein. Neben ein paar Junk-Mails aus China und Afrika, die an ihn als Erbe eines großartigen Vermögens adressiert waren, fanden sich ein paar Newsletter. Mit einem „Pling" rollte eine neue E-Mail an, der Absender sah seltsam aus. *raimond@altrita.com*

„Machen Sie die auf!", Meyer-Brennigmann fieberte richtig.

Meinrad öffnete die Mail mit einem Doppelklick.

„Wir wissen aus sicherer Quelle, dass Sie noch heute einen Auftrag erhalten werden. Es handelt sich um ein Projekt für einen bedeutenden Sammler. Der wird heute persönlich nach Mannheim kommen. Sorgen Sie dafür, dass dieser Sammler heute, am 18. Oktober abends in der Historischen Straßenbahn sitzt. Gemeinsam mit Ihnen.

Wir wissen, dass die Bahn für eine Sonderfahrt gebucht ist. Setzen Sie sich mit Ihrem Gast in die Nähe des Ausgangs."

„Was soll denn das?" Meinrad konnte kaum noch blässer werden.

„Na, steht doch alles da!" Meier-Brennigmann war in seinem Element. „Nun müssen wir nur noch warten!"

„Wir?", fragte Meinrad.

Mike legte ihm die Hand auf die Schulter. „Meinrad, Herr Meier-Brennigmann ist uns bestimmt eine große Hilfe. Schau, was hätten wir jetzt ohne seinen Laptop gemacht." Die Sekunde, die Meinrad in die Augen seines Freundes schaute, nutzte Meier-Brenningmann geschickt, um die Mail der Erpresser durch einen Tastendruck zu speichern.

„Und wie soll's jetzt weitergehen?" Meinrad setzte sich auf einen der Holzstühle.

„Ich schlage vor, das hier wird unser Head-Quarter. Haben Sie einen Tisch für mich?" Meier-Brennigmann schaute Mike fragend an. Dieser beeilte sich zu sagen: „Aber natürlich."

Er schob einen der kleinen Tische zurecht und stellte einen Stuhl dazu. „Brauchen Sie sonst noch irgendwas?"

„Im Moment nicht. Ich gebe eben in der Redaktion Bescheid, dass ich heute besetzt bin. Ach ja, und dass sie mir für morgen die Headline reservieren." Er strahlte.

Meinrad bekam das gar nicht mit. Apathisch saß er da, aus seinem Gesicht schien jede Farbe gewichen zu sein. Seine Bettine, die hatte doch niemand was getan! Warum ausgerechnet sie? Ob sie starke Schmerzen aushalten musste? Wie hatten die ihr den Finger entfernt? Mit Betäubung? Wurde die Wunde ausreichend versorgt? Wann war wohl ihre letzte Tetanus-Impfung gewesen? Mitten in diese Gedankengänge platzte Meier-Brennigmann hinein.

„Wohin bekommen Sie Ihre Post zugestellt? Hierher ins Atelier?“ Er sah sich um. „Wohnen Sie auch hier?“ Mike antwortete geflissentlich:

„Nein, nein, wir wohnen hier nicht. Aber unsere Geschäftspost kommt hier an, hier im Atelier.“

„Sehr gut.“ Meier-Brennigmann lächelte zufrieden. „Wir wissen nämlich nicht, ob der reiche Sammler sich per Post, per Anruf oder Mail bei Ihnen meldet.“ Mein Gott, der kam sich vor wie ein Detektiv, dachte Mike.

Gegen Mittag, als Mike dem Journalisten die fünfte Tasse Kaffee serviert hatte und Meinrads Nerven nur noch an einem dünnen Faden hingen, klingelte Meinrads Mobiltelefon. Mit fahrigen Fingern griff er danach.

„Keep cool!“ Der Journalist fuhr ihn an. „Das ist bestimmt Ihr Auftraggeber! Und stellen Sie auf Lautsprecher! Ich will mithören!“

„Hallo Meinrad, hier spricht die coole Biokiste. Brauchst du morgen eine Lieferung?“

„Nein!“

„Nächste Woche?“

„Ich kann jetzt nicht! Ich muss die Leitung frei machen.“

Meier-Brennigmann sprang auf. „Wer war das? Vielleicht war das ein Code?“

Meinrad sah ihn müde an. „Ein Code? Mann, das ist mein Gemüse-Lieferant. Bettine steht auf Bio …“, er schluckte. Bettine, wo sie jetzt wohl war? Ob er sie wieder sah? Sie war gestern sauer auf ihn gewesen. Wenn er sie nun nie wieder sah, hatte er keine Zeit mehr, sich mit ihr zu versöhnen. Sein Mobiltelefon klingelte erneut.

„Stellen Sie den Lautsprecher an!“, zischte Meier-Brennigmann.

„Herr von Wegerich? Hier spricht der Privatsekretär des Fürsten von Pompasien. Der Fürst wird Sie heute in

Ihrem Atelier besuchen. Um 18 Uhr. Sorgen Sie dafür, dass keine anderen Besucher zur gleichen Zeit anwesend sind. Seine Durchlaucht will sich in Ruhe umsehen."

Mike kritzelte hektisch mit dickem Stift auf einem Stück Pappe und hielt es Meinrad unter die Nase. „Straßenbahn", stand darauf.

„Darf ich dem Fürst anschließend die Innenstadt von Mannheim zeigen? Mannheim ist eine außergewöhnliche Stadt!", beeilte sich Meinrad zu sagen.

„Der Fürst kommt inkognito. Wenn Sie keine Presse dabei haben, vielleicht." Das Gespräch war zu Ende.

„Keine Presse dabei haben", äffte Meier-Brenningmann nach.

„Der Fürst von Pompasien?" Meinrad nahm den Kopf in beide Hände. „Wieso ausgerechnet ich? Wie wurde der auf mich aufmerksam? Und wieso kann dessen Privatsekretär so gut deutsch?"

„Die sind doch alle international und global und was weiß ich, meine Güte, der wird halt einen Diener aus der berühmten Butler-Schule in Berlin haben. Du weißt doch", er legte ihm die Hand auf den Arm, „deutsche Qualität."

„Die bügeln sogar die Zeitung, bevor die Herrschaft sie liest. Weil dann die Druckerschwärze nicht abfärbt", meinte Meier-Brennigmann.

Meinrad schlug sich mit der Hand vor die Stirn. „Sagt mal, habt ihr sie noch alle? Bettine wird gefoltert, ich sehe sie womöglich nie wieder und ihr faselt hier was von gebügelten Zeitungen!?" Er schien um Jahre gealtert. Seine Nase stach spitz aus dem Gesicht heraus, während der Rest in sich zusammen sank.

„Tja", sagte Meier-Brennigmann forsch, „dann bleibt uns jetzt nur, bis 18 Uhr zu warten."

Ehe Meinrad etwas erwidern konnte, strich ein Luftzug durch das Atelier. Leise hatte sich die Tür geöffnet und eine Frau stand vor ihnen. In mittlerem Alter, dezent gekleidet, was auf „teuer" schließen ließ. Ihr glattes braunes Haar wurde im Nacken von einer Spange gehalten. Ein schmaler Brillantring zierte den Mittelfinger ihrer linken Hand. Meyer-Brennigmann, der auf weiteres Material für seine Story hoffte, strahlte sie an. „Guten Tag, was können wir für Sie tun?" Die Dame ignorierte ihn und wandte sich an Meinrad.

„Herr von Wegerich?"

Meinrad musste erst von Mike angeschubst werden, bevor er reagierte. Sich langsam aus seiner Starre lösend, schaute er zu der Frau hoch.

„Ja, das bin ich", kam es langsam aus seinem Mund.

„Sehr erfreut, Sie hier anzutreffen, Herr von Wegerich. Darf ich mich vorstellen? Annerose Knapp," hier lächelte sie, sich wohl der Wirkung der Nennung ihres Namens bewusst.

Meinrad lächelte verstört. „Entschuldigen Sie bitte, helfen Sie mir? Woher kennen wir uns?"

Mike, der eben einen Stuhl für Frau Knapp bereitstellte, fuhr ihn an:

„Meinrad, natürlich kennst du Frau Knapp. ‚Knapp', wie die bekannte Bratensoße, die der Urgroßvater von Frau Knapp erfunden hat!"

Jetzt sprang auch Meyer-Brennigmann auf: „Frau Knapp, ich las erst kürzlich einen Essay über Ihre bemerkenswerte Kunstsammlung! Wenn ich mich vorstellen darf, Meyer-Brennigmann, Reporter beim hiesigen Tagblatt."

Frau Knapp ignorierte sowohl Mike als auch Meyer-Brennigmann. Den angebotenen Stuhl schlug sie aus.

„Herr von Wegerich", wandte sie sich an Meinrad, „ich habe mir bei Weinheim ein neues Haus bauen lassen."

Sie sah sich anerkennend um. „Und da mir Ihre Skulpturen gefallen, habe ich eine Frage an Sie. Können Sie mir ein paar Entwürfe für den Eingangsbereich machen? Etwas Großes soll es sein. Am besten kommen Sie nächste Woche zu mir und machen sich einen Eindruck von dem Haus und dann legen Sie mir Ihre Entwürfe vor." Sie gab Mike ihre Visitenkarte. „Rufen Sie meine Mitarbeiterin an, die wird einen Termin mit Ihnen vereinbaren." Mit einem „Guten Tag, die Herren", verließ sie den Raum.

Meyer-Brennigmann, der ans Fenster gerannt war, sah sie in einen Bentley steigen, den ein Chauffeur fuhr. „Mann, das ist Ihr Tag heute, gleich zwei Aufträge!"

„Das ist mein Tag heute? Geht's noch!? Das Ding da in dem Glaskasten haben Sie schon wieder vergessen, was?"

„Heiliger Strohsack! Nun haben Sie ja zwei Aufträge!" Der Journalist fuhr sich durch seine strubbeligen Haare. „Wie finden wir nun heraus, welches der Richtige ist?"

Meinrad sah ihn genervt an. Wieso sagte der ‚wir'? Seine Freundin war entführt und gefoltert worden, nicht die von diesem Schreiberling.

Aber trotzdem hatte dieser Typ den Kern der Frage getroffen. Wie sollte er nun wissen, welchen der beiden Aufträge die Entführer gemeint hatten? Mit wem sollte er heute Abend in der Straßenbahn sitzen? Mit dem Fürst von Pompasien oder mit der Bratensoßenfrau? Woher sollte er das verdammt noch mal wissen? Eine Fehlentscheidung konnte Bettines grausamen Tod bedeuten. Nach und nach würden ihr die Entführer Gliedmaßen abtrennen, in Formaldehyd einlegen und in den Galerien der Stadt ihre scheußlichen Exponate einschmuggeln. Entsetzen grub sich in Meinrads Gesicht, er sah schrecklich mitgenommen aus. Hätte er sich bloß nicht gestern noch mit Bettine gestritten! Diese Tatsache lag ihm wie fetter Käse im Magen.

Mike setzte sich neben ihn.

„Überleg einfach ganz ruhig, Meinrad."

„Ruhig? Wie kann ich ruhig sein, wenn Bettines Leben in Gefahr ist! Und diese gemeinen Entführer sie foltern! Und woher soll ich wissen, mit wem ich heute Abend in der Straßenbahn sitzen soll. Und warum überhaupt? Weshalb soll ich den Auftraggeber in der Straßenbahn präsentieren? Was wollen die denn bloß von dem?"

Meyer-Brennigmann schaltete sich ein: „Umbringen natürlich! Die wollen den töten! Und da kann es sich nur um jemanden handeln, an den die sonst nicht so leicht drankommen!" Meyer-Brennigmanns Gedanken sprudelten nur so aus ihm heraus: „Na klar, wieso bin ich nicht gleich darauf gekommen! Das ist jemand, der sonst von Leibwächtern bewacht wird. Von so smarten Typen mit Knarren. Und Sie sollen den nun in eine Situation locken, in der er sich sicher fühlt. Und da schlagen die dann zu." Stolz, auf diese Lösung gekommen zu sein, lehnte er sich zurück.

Zufriedenheit machte sich auf Mikes Gesicht breit. Endlich hatte der Journalist kapiert, worum es hier ging. „Ja, genau! Der Fürst von Pompasien ist dein Mann! Mit dem musst du dich in der Straßenbahn zeigen."

„Aber was, wenn er da umgebracht wird? Dann bin ich doch daran schuld!"

„Und Bettine? Was ist mit Bettine?", Mikes Blick durchbohrte ihn.

Meinrad fühlte im Hinterkopf eine Migräne aufsteigen.

„Du kriegst jetzt keine Migräne, oder?" Mike kannte ihn wie seine eigene Westentasche. Immer wenn Meinrad eine Entscheidung treffen sollte, bekam er eine hässliche Migräne, die ihn ans Bett fesselte. Mike zog lösliches Aspirin aus der Hosentasche und warf zwei davon in ein Glas. „Trink!", befahl er und Meinrad gehorchte ihm.

Meinrads Mobiltelefon klingelte. Mike nahm es, aktivierte den Lautsprecher und drückte es Meinrad in die Hand. „Sie wollen dem Fürst von Pompasien die Sehenswürdigkeiten Ihrer Heimatstadt zeigen?"

„Ja, ja!" Meinrad war völlig fahrig. „In einer Straßenbahn, einer alten. Die ist besonders schön."

„Gut, der Fürst ist einverstanden. Wann und wo fährt die Bahn ab?"

„19 Uhr am alten OEG-Bahnhof an der Kurpfalzbrücke."

„Seine Durchlaucht wird da sein. Und keine Presse!"

Bevor Meinrad etwas erwidern konnte, war das Gespräch beendet. Er strich sich mit der Hand über das Gesicht.

„Also, ich denke, der Fürst von Pompasien ist unser Mann", sagte Mike.

„Woher wollen Sie das so sicher wissen?", schnarrte der Journalist.

„Das hab' ich im Urin", entgegnete Mike, schnappte sich sein Telefon und bestellte Karten für die Fahrt.

Die restliche Zeit verging zäh, die Angst hing klebrig im Raum. Meinrad war halb blöde vor Sorge um Bettine. Was die ihr wohl als Nächstes abschneiden würden? Der Journalist hatte das ekelerregende Exponat von allen Seiten fotografiert und die Fotos auf seinen Laptop gezogen. Mike blieb die ganze Zeit ruhig. So gegen 18 Uhr mahnte er die beiden zum Aufbruch. Als sie alle vor die Tür ihres Ateliers traten, kam ein Kurierdienst mit einer Packung „Mannheimer Dreck". Ein Zettel haftete auf der Packung: „Für den Fürst von Pompasien".

Meinrad nahm den Zettel ab und schaute Mike an. „Was soll das denn bedeuten?"

Mike schaute ihm mitten ins Gesicht: „Na, ganz einfach, du sollst dem Fürst von Pompasien diese echte Mannheimer Spezialität anbieten."

„Und von wem ist das?"

„Woher soll ich das wissen!?", raunzte Mike.

Am OEG-Bahnhof angekommen hielten die drei Ausschau nach jemandem, der aussah wie ein Fürst. Sie tuschelten miteinander.

„Ist doch zu blöde, dass Sie nicht gefragt haben, woran Sie den Fürsten erkennen", regte sich Meyer-Brennigmann auf.

„Nun tun Sie doch nicht so, Ihnen war es ja auch nicht eingefallen, danach zu fragen", warf Mike ein.

Meinrad wurde immer nervöser. Was sollte er tun, wenn er den Mann nicht erkannte?

„Wir steigen auf jeden Fall in die Bahn ein und fahren mit. Vielleicht gibt er sich während der Fahrt zu erkennen", entschied Mike.

Die Fahrt führte an den Sehenswürdigkeiten der Quadratestadt vorbei. Meinrad sah sich verstohlen um, ob er seinen Gast erkennen könne. Nach einer Weile stand ein mitfahrender Gast, sich räuspernd, vor ihm.

„Meinrad Anselm von Wegerich? Sind Sie das?"

Meinrad sah hoch. „Und Sie sind der Fürst von Pompasien?"

Mike riss ihm das Paket „Mannheimer Dreck" vom Schoß, öffnete es und hielt dem Fürst die Köstlichkeit hin. „Dürfen wir seiner Hoheit diese Köstlichkeit offerieren?"

Der so Angesprochene nahm sich grinsend ein Gebäckstück und biss herzhaft ab. „Nun lassen Sie schon den Quatsch mit der Hoheit. Haben Sie alles dabei?"

Meinrad sah ihn groß an. „Alles dabei? Was soll ich denn dabei haben? Wo ist Bettine? Was habt ihr mit ihr gemacht?"

Der Fürst griff sich an den Hals, rang nach Atem. „Das Miststück!"

Meinrad versetzte ihm einen harten Stoß. „So spricht niemand über meine Bettine. Wo ist sie?"

Der Fürst ging zu Boden und lief im Gesicht blau an.

Mike beugte sich über ihn. „Ein Arzt! Ist zufällig ein Arzt hier?" Meyer-Brennigmann tastete am Hals nach dem Puls des Mannes. „Arzt? Sie sollten besser nach der Kripo fragen!"

Eine Frau erhob sich. „Kripo, ja, ist anwesend. Habe heute dienstfrei und wollte mir mal eine Lesung gönnen. An meinem freien Abend eine Leiche! Das hat mir grade noch gefehlt." Sie schob Mike und Meyer-Brennigmann zur Seite. „Gehen Sie mal aus dem Weg." Sie tastete nach dem Puls des Mannes. „Ich bin keine Ärztin, aber der sieht tot aus. Niemand verlässt die Bahn! Und Sie da, in dem blauen Pullover, ja Sie, nicht der hinter Ihnen! Sie gehen zum Fahrer und bitten ihn, über die 110 meine Kollegen zu holen. Und der Fahrer soll auf keinen Fall die Türen öffnen." Sie sah streng in die Runde „Niemand verlässt die Bahn!"

Ein weiblicher Fahrgast löste sich endlich aus seiner Starre. „Bertram! Was ist los!" Sie stürzte zu der Leiche.

Die Kommissarin sah sie scharf an. „Nichts anfassen! Keiner rührt sich, bis die Kollegen eintreffen!"

Die Frau schluchzte auf. „Dieses gemeine Weib! Ich habe ihn noch gewarnt vor der! Dieser Anruf, den er bei ihrem Freund machen und sich als Fürst ausgeben sollte, das kam mir gleich komisch vor. Sie sagte, das sei der Code, ihr Freund wisse dann, worum es geht. Und nun ist Bertram tot!" Sie sackte auf den nächsten Sitz.

„Von welcher Frau reden Sie?", hakt die Kommissarin nach.

„Eine Kollegin von Bertram hat Gelder unterschlagen. So richtig im großen Stil. War schlau gemacht, aber Bertram hat es gemerkt. Die hat große Summen ins Ausland transferiert. Bertram wollte was abhaben davon, ich habe ihm gleich gesagt, er soll das bleiben lassen."

„Kennen Sie den Namen dieser Kollegin?"

„Bettine Weißenstein."

Meinrad schaute hoch. „Bettine? Meine Bettine soll Geld unterschlagen haben? So eine Frechheit! Meine Bettine ist selbst Opfer! Sie wurde entführt! Die haben ihr einen Finger entfernt und in Formaldehyd eingelegt in unsere Werkstatt geschmuggelt. Und wenn wir nicht machen, was die Entführer sagen, werden ihr weitere Körperteile ent…" Er suchte nach dem richtigen Wort.

Nun erhob sich Mike. „Mit Mord, da habe ich nichts zu tun. Also, mit dem Tod von diesem Banker da, damit habe ich nichts zu tun! Ich steige aus."

Meinrad sah ihn fragend an. „Wieso solltest du etwas mit diesem Mord zu tun haben?"

„Also, ähem", Mike räusperte sich, „Bettine hatte die Idee, durch eine kleine PR-Aktion unseren Umsatz anzukurbeln."

Meinrad empörte sich: „Und dazu hat sie sich selbst den Finger abgeschnitten? Das gibt es ja nicht!"

„Der Finger in dem Objekt ist aus Vinyl." Mike wurde verlegen. „Wir dachten, also eigentlich war es eher Bettines Idee, also, wir meinten, durch so eine Aktion würden wir auf uns aufmerksam machen. Deshalb haben wir auch dem Journalisten den Tipp gegeben."

„Aber wo ist Bettine?"

„Dass Bettine erpresst wurde, wusste ich nicht. Das mit der Unterschlagung auch nicht. Und da kam ihr diese Inszenierung wohl grade recht, um den Erpresser aus dem Weg zu räumen. Den vergifteten ‚Mannheimer

Dreck' dürfte dann wohl sie beim Kurierdienst abgegeben haben."

Die Kommissarin hörte gespannt zu. „Also, wenn die Dinge wirklich so liegen, wie Sie sagen, ist mindestens einer von Ihnen erst mal dran, wegen Vortäuschung einer Straftat, und Ihre Komplizin wird zusätzlich des Mordes verdächtigt. Nun müssen wir nur noch herausfinden, wo sie sich aufhält."

Meinrads Mobiltelefon piepte. „Eine SMS, ich habe eine SMS bekommen!" Er schaute auf das Display. „Nun hast du deine PR, dies ist mein Abschiedsgeschenk. Mach was draus! Ich bin weit weg, sorge dich nicht um mich. Machs gut."

Meyer-Brennigmann fischte nach seinem Mobiltelefon. „Ich bin's! Ich brauche morgen die Titelseite! Die Titelseite, verstanden!"

KPD im Capitol

Harald Schneider

Es hätte so ein schöner Tag werden können.

Kennen Sie KPD? Nein? Dann können Sie sich glücklich schätzen. KPD steht allerdings nicht für eine politische Partei, sondern für die Initialen meines Vorgesetzten Klaus Pierre Diefenbach. Vor einem knappen Jahr wurde er wegen mehrerer Verfehlungen vom Ludwigshafener Polizeipräsidium nach Schifferstadt aufs Land versetzt. Und genau dort, in der Schifferstadter Kriminalinspektion, spielte er sich seitdem als angeblich guter Chef auf und erfand die Kriminalistik neu. Seine mörderischen Statistiken, die er individuell gestaltete und nach eigenem Ermessen regelmäßig anpasste, waren der Horror für jeden Mathematiker. Wenn er in seinen wöchentlichen Lagebesprechungen seine neuesten statistischen Diagramme über die Kapitalverbrechen präsentierte, kam er für die Vorderpfalz regelmäßig auf Aufklärungsquoten von weit über 100 %. Diese hohen Werte interpretierte er als seinen persönlichen Erfolg und als Alleinstellungsmerkmal gegenüber anderen Kriminalinspektionen.

Vor ein paar Wochen kritisierte er während der montäglichen Lagebesprechung meine Kollegen und mich: „Meine Damen und Herren, die Mannheimer Kollegen haben im letzten Jahr fünf Morde mehr aufgeklärt als wir in der Vorderpfalz. Tun Sie etwas dagegen!“

Den Einwand, dass sowohl wir als auch die badischen Beamten sämtliche Mordfälle aufgeklärt hatten, ließ er nicht zu. Die einzige Lösung, die mir einfiel, wäre, selbst als Mörder in unserer Region tätig zu werden. Aufgrund der hohen Aufklärungsquote verwarf ich diese Idee allerdings wieder.

Kurz vor Silvester wollte KPD sogar einen Mord vertuschen. „Wie stehen wir sonst da?“, fragte er und erläuterte dann mit ernster Miene sein Vorhaben: „Wenn der Fall bis zum Jahresende nicht aufgeklärt wird, haben wir einen ungeklärten Mord in der diesjährigen Statistik stehen. Das sieht doch unsauber aus! Außerdem werden wir dann wegen des Übertrags im nächsten Jahr mehr Morde aufklären, als es tatsächlich geben wird. Das glaubt uns doch kein Mensch!“

Sie sehen, unser Vorgesetzter KPD war eine Sache für sich. Glücklicherweise hatte er es sich in seinem Büro gemütlich gemacht, das man ohne Übertreibung als Thronsaal beschreiben könnte. Zwei mächtige Schreibtische aus Mahagoni-, beziehungsweise Teakholz mit wertvollen Einlegearbeiten, eine Krokodilsledercouch sowie die kleine, aber wohlsortierte Klassikbibliothek zeugten von dem individuellen Geschmack unseres Vorgesetzten. Seit er sich kürzlich eine Klimaanlage einbauen ließ, war KPD eigentlich nur noch für gelegentliche Toilettenbesuche außerhalb seines Büros anzutreffen. Meine Kollegen und ich arbeiteten seit KPDs Amtseinführung fast ständig im Außendienst. Mit unserer Vermeidungsstrategie minimierten wir das Risiko, unserem Chef über den Weg zu laufen und von ihm mit einer spontanen Spezialaufgabe bestraft zu werden. Statt zu telefonieren, fuhren wir lieber zu unseren Gesprächspartnern. Eine kurze Nachfrage beim LKA in Mainz, die wir früher telefonisch in zehn Minuten erledigten, mutierte zu einer Tagesdienstreise.

Am letzten Freitag traf es mich wie einen Paukenschlag: Unglück im Glück, wie schon das bekannte Sprichwort sagte. Kein aktuelles Kapitalverbrechen, das übers Wochenende aufzuklären wäre, nichts würde das vor mir liegende geruhsame Wochenende zerrütten. Die Kinder bei der Schwiegermutter in Frankfurt, die Hängematte auf der Terrasse wartete auf mich und das Räuberbier im Kühlschrank stand ebenfalls bereit. Es geschah, als ich meine Bürotür von außen leise schloss, um zum Parkplatz zu schleichen.

„Ah, Herr Palzki", blökte von hinten KPD durch den Flur. „Ich suche Sie schon die ganze Woche, wo stecken Sie denn nur?"

Ich hob die Hand zum Gruß und tat eilig. „Schönes Wochenende, KP-, äh, Herr Diefenbach."

„Nun warten Sie doch!", rief er und seine Stimme duldete kein Entkommen.

„Kommen Sie bitte mal mit in mein Büro, Herr Palzki. Ich habe da etwas für Sie." Er lächelte schelmisch. „Keine Angst, wir haben keine neue Ermittlungssache, es geht um was Privates."

Ach, du grüne Neune, dachte ich. Mir fiel der Kinnladen ins Bodenlose. Mein Chef hatte bestimmt Stress mit seiner Alten und ich sollte jetzt Psychologe spielen. Doch weit gefehlt, es war etwas Schlimmeres.

„Setzen Sie sich doch, Herr Palzki. Bedienen Sie sich gerne an den Lachsbrötchen. Sie sind ganz frisch, es ist die dritte Lieferung von heute."

Ich wagte einen Rettungsversuch. „Herr Diefenbach, ich hab's ziemlich eilig. Meine Frau wartet, ich muss mit ihr einkaufen. Sie wissen ja, Einkaufen mit dem eigenen Partner ist kein Zuckerschlecken. Da darf ich nicht auch noch zu spät kommen."

„Keine Panik", konterte KPD und schob sich ein halbes Brötchen in den Mund. Nachdem es seinen Weg in Richtung Magen gegangen war, ergänzte er: „Ich kann gerne bei Ihrer Frau anrufen und Sie entschuldigen. Aber es dauert sowieso nicht lange und irgendwie betrifft es ja auch Ihre Gattin, Herr Palzki."

Ich schluckte, mehr fiel mir nicht ein.

Diefenbach ging zu seinem Mahagonischreibtisch und entnahm diesem zwei längliche Papierstreifen.

„Es ist bereits eine Weile her“, begann er mit der Hiobsbotschaft. „Ich habe nicht vergessen, dass ich Ihre Frau und Sie eingeladen habe.“ Er schaute mich freudestrahlend an.

Meine Reaktion stand in Ambivalenz zu der seinigen. „Einladung? Wie? Was? Warum?“ Ich war keines vernünftigen Satzes fähig.

„Ich bitte Sie, Herr Palzki. Wie oft habe ich in den Lagebesprechungen von der Sängerin Mora Kostewskiya geschwärmt? Zehnmal? Zwanzigmal?“

Selbst wenn er diesen Namen hundertmal erwähnt hätte, würde ich mich nicht daran erinnern können. In KPDs Lagebesprechungen war zuhören allgemein verpönt.

„Und was hat diese Dame mit mir zu tun?“

KPD lachte. „Jetzt stehen Sie aber gehörig auf der Leitung, mein Lieber. Bei der letzten Weihnachtsfeier habe ich Ihrer Frau und Ihnen versprochen, Sie beide zu einem Konzert der Kostewskiya einzuladen, wenn sie bei uns in der Nähe auftreten sollte.“

Weihnachtsfeier? KPD hatte an der Weihnachtsfeier mit mir gesprochen? Davon wusste ich ja überhaupt nichts. Das musste wohl eher am Ende der Feier gewesen sein. „Aber Herr Diefenbach, da braucht man doch nicht extra zu einem Konzert zu fahren. Sie haben bestimmt eine CD von der Dame. Geben Sie sie mir übers Wochenende mit, dann kann ich Ihnen am Montag sagen, wie es mir gefallen hat.“

KPD streckte mir die beiden Papierstreifen entgegen. „Sie werden Mora Kostewskiya sogar live hören. Und zwar morgen Abend in Mannheim im Capitol. Seien Sie pünktlich, Ihre Gattin und Sie sitzen direkt neben mir und meiner Frau.“

Sie denken, schlimmer kann es nicht kommen? Doch, es kam schlimmer.

„Mensch, Reiner, stell dich nicht so an." Stefanie klang ziemlich sauer.

Ich röchelte ihr ein „Muss das wirklich sein, geliebte Frau?" entgegen. Die Mitleidsmasche war vielleicht meine letzte Rettung.

„Ja, es muss sein. Ist das so schlimm, eine Krawatte anzuziehen? Zwei- oder dreimal im Jahr ist doch nicht zu viel verlangt, oder?"

„Nicht?", winselte ich und schaute sie wie ein treudoofer Dackel an.

„So ein Konzert ist ein festlicher Anlass, mein lieber Mann. Außerdem sind wir von deinem Chef eingeladen worden, da kannst du nicht in deinen Freizeitklamotten antanzen."

„Was? Müssen wir da auch tanzen?" Ups, da war mein Mundwerk mal wieder schneller als das Gehirn. „Ja, ist schon gut, ich hab's kapiert. Obwohl es dieser komischen Sängerin egal sein würde, ob ich meinen Jogginganzug anhabe oder nicht. Das Publikum sitzt ja im Dunkeln."

„Aber mir ist es nicht egal!"

Die verschärfte Tonlage Stefanies veranlasste mich, die Krawatte ohne weiteres Murren zu binden. Keine Ahnung, wie ich meine Sauerstoffversorgung in den nächsten Stunden aufrecht erhalten sollte.

Die Fahrt nach Mannheim verlief ohne Probleme und ohne die werktags üblichen Staus auf den beiden Rheinbrücken. Irgendeine Baustelle war immer, nicht selten waren mehrere Baustellen strategisch so gut verteilt, dass der Verkehr im Großraum Mannheim-Ludwigshafen wochenlang zumindest tagsüber zum Erliegen kam. Diese Widrigkeit blieb uns heute erspart. Der Weg zum Capitol, das früher ein Kino und nun seit einigen Jahren ein überregional bekanntes Veranstaltungshaus war, war uns bekannt. Zwei- oder dreimal im Jahr war ich dort mit Stefanie zu Besuch. Bisher allerdings immer ohne Krawatte.

Da sich der Beginn der Anreise durch unsere zwischenmenschlichen Diskussionen pro und kontra Krawatte etwas verzögert hatte, kamen wir recht pünktlich zur Veranstaltung, was Stefanie und mir eine der üblichen Selbstbeweihräucherungsreden von KPD ersparte.

„Ja, wo bleiben Sie denn, Herr Palzki?“ KPD wirkte nervös. „Ich dachte schon, Sie kommen überhaupt nicht.“ Er wandte den Blick zu meiner Frau, zog spontan ein Lächeln auf und begrüßte Stefanie mit Handkuss. Auf solche Sachen flogen anscheinend die Frauen, Stefanie wurde jedenfalls rot.

Nachdem wir KPDs Gattin begrüßt hatten, die schätzungsweise 15 Kilogramm Schmuck an allen möglichen Stellen ertragen musste, gongte es bereits zum Start der ersten Gesangsrunde.

Die Sessel im Capitol waren hochgradig bequem. Ich lümmelte mich in meinen Platz. Wenn meine Tochter Melanie daheim gewesen wäre, hätte ich mir von ihr heimlich den MP3-Player ausgeliehen. Mit viel Glück hätte Stefanie nichts davon bemerkt, wenn ich während der Vorstellung auf einem Ohr Puhdys gehört hätte.

Mora Kostewskiya sang ausländisch. Nicht englisch oder andere einigermaßen bekannte Sprachen, sondern russisch oder irgendetwas, das schwer nach Osteuropa klang. Hinzu kam, dass die Bandbreite ihrer Stimme enorm war. Von Ivan Rebroff bis zur Sektkelch zerspringenden Arie war alles vertreten. Stefanies Miene war nicht zu entnehmen, wie sie zu der Gesangsdarbietung der Dame stand. Ein kurzer Blick weiter zu KPD zeigte mir, dass dieser sich in Exstase befand. Jeden Moment würde er aufstehen und nach vorne zur Bühne springen.

Eine knappe Stunde später, die mir wie vier Wochen vorkamen, gab es eine Pause. Mein Rettungsversuch in Richtung Stefanie „Man soll aufhören und heimgehen, wenn es am schönsten ist", wurde mit einem bösen Blick abgestraft. KPD nutzte die Pause, um über die wichtigsten Lebensdaten der Künstlerin zu referieren.

„Ich hoffe, dass Ihnen das Konzert gefällt, Frau Palzki?", fragte er zum Schluss seines Monologes.

Nachdem Stefanie die Frage artig bejaht hatte, fuhr er fort: „Vielleicht kann ich die Kostewskiya für unsere nächste Weihnachtsfeier buchen. In der Schwarzgeldkasse vom letzten Polizeifest haben wir noch einige Mittel geparkt."

Auch die zweite Hälfte des Konzerts überlebte ich. Nach zwei Zugaben verschwand die Sängerin von der Bühne. Ich lockerte die Krawatte und atmete auf. Im Foyer streckte ich KPD die Hand hin. „Vielen Dank für den tollen Abend, Herr Diefenbach. Wir sehen uns dann am Montag wieder in aller Frische."

KPD war damit nicht einverstanden. „Ja, so geht das nicht, Herr Palzki. Erst trinken wir vier noch einen kleinen Absacker-Champagner an der Sarotti-Bar."

Er ging voraus zu einem kleinen Barbereich, über dessen Theke ein altes Sarotti-Werbeschild hing. Er winkte uns zu einem Stehtisch und bestellte an der Bar die angedrohten Getränke. Ich prüfte, ob ich genügend Sodbrennentabletten dabei hatte.

Smalltalk war mir ein Graus. Dieses oberflächige Gequatsche ohne Tiefgang versuchte ich stets zu vermeiden. Hinzu kam, dass ich auch akustische Probleme hatte, der Unterhaltung, oder war es eher ein KPD'scher Monolog?, zu folgen. Direkt hinter mir standen an einem weiteren

Stehtisch ebenfalls zwei Pärchen, die vermutlich alkoholbedingt die Lautheit ihrer Stimmen nicht mehr richtig einschätzen konnten. Unfreiwillig wurde ich Zeuge ihrer Spitznamen. Neben einem „Brummbärchen“ gab es ein „Maiglöckchen“, ein „zartes Mäuschen“ sowie ein „Männel“.

Es war zum Verrücktwerden. Von hinten drangen Satzfetzen an mein Ohr, von vorne laberte KPD über irgendetwas, das ich nicht verstand. Zum Glück gab er sich mit einem gelegentlichen Nicken zufrieden. Ich schaute ständig deutlich zur Uhr, ich gähnte, nichts von alledem half. Niemand bemerkte meine ausgesandten Notsignale.

Ein lauter Knall, gefolgt von splitternden Gläsern und einem weiteren Schlag brachte Abwechslung in den Abend. Am Tisch hinter mir war offensichtlich das Männel ohnmächtig geworden und hatte dabei Tisch und daraufstehende Gläser mit zu Boden gerissen.

Während wir erschrocken zur Seite hasteten, versuchten die Bekannten des Ohnmächtigen diesen wieder zum Leben zu erwecken. Keine Minute später, der Gefallene gab weiterhin keine Lebenszeichen von sich, drängte sich ein junger Mann vor. „Ich bin ausgebildeter Sanitäter. Lassen Sie mich mal ran.“

Der Sanitäter gab alles: Herzdruckmassage, Mund-zu-Mund-Beatmung, das volle Programm. Schließlich gab er auf und schüttelte den Kopf. „Da ist nichts mehr zu machen. Würde bitte jemand die Polizei rufen?“

„Wieso Polizei?“, fragte ich, der nach wie vor in der Nähe stand, mehr aus Neugier.

„Weil hier vermutlich ein Tötungsdelikt vorliegt“, antwortete der Sanitäter.

Eine Viertelstunde später kam die Vorhut der Mannheimer Kriminalpolizei. Auch ein Arzt war inzwischen dazugestoßen.

Die Ankunft des leitenden Kriminalbeamten würde ich so schnell nicht vergessen.

„Servus, Klaus", begrüßte der Beamte KPD, als er ihn erblickte. „Bist du zufällig ein brauchbarer Zeuge für uns?"

KPD, der von den beiden Pärchen, die hinter mir standen, bestimmt noch weniger wusste als ich, plusterte sich auf. „Klar doch, Heinz-Peter. Ich habe alles genau beobachtet. Nimm erstmal die Daten der drei Begleiter des Toten auf, dann setzen wir uns zusammen und lösen den Fall."

In der nächsten halben Stunde verfolgten wir das Geschehen aus der Zuschauerperspektive. Dank KPDs Bekanntheitsgrad beim Mannheimer Kripochef durften wir, genauso wie die drei Bekannten des Opfers in der Sarotti-Bar verbleiben. Der vermutlich ermordete Männel, mit richtigem Namen Albert von Weysenthal, war ein graumelierter Senior mit verspiegelter Mafiosibrille. Seine Gattin, wie wir mit der Zeit erfuhren, war das Maiglöckchen und sah etwas verlebt aus. Bei Brummbärchen handelte es sich um einen Geschäftspartner von von Weysenthals, das zarte Mäuschen war seine Lebensgefährtin.

Heinz-Peter, der hiesige leitende Beamte, dessen Nachname ich nicht kannte, befragte das weinende Maiglöckchen.

„Ich habe meinem Mann schon vor Tagen gesagt, dass er sich vor Freddie in acht nehmen soll." Sie zeigte auf Brummbärchen. „Nur er hat ein Motiv, das Gift in das Glas meines Mannes zu schütten."

In der Tat war längst festgestellt, dass sich in von Weysenthals Sektkelch eine noch unbekannte Substanz befand, die für dessen Tod aller Wahrscheinlichkeit nach verantwortlich war. Bereits der Sanitäter hatte einen leichten Bittermandelgeruch bei seinen Wiederbelebungsversuchen registriert.

„Ich soll Albert vergiftet haben?“, schrie Freddie das Brummbärchen an. „Darf ich daran erinnern, dass Albert selbst das Tablett mit dem Sekt an der Bar besorgt hat? Ich hatte überhaupt keine Gelegenheit, etwas in Alberts Glas zu schütten. Herr Kommissar, durchleuchten Sie viel lieber ihre Vergangenheit. Sie hat ihren Mann finanziell ausgequetscht wie eine Zitrone. Außerdem gab es in der Vergangenheit mehrere mysteriöse Unfälle, die Albert nur knapp überlebte. Und jedes Mal war seine Gattin an vorderster Front dabei.“ Er lachte gehässig auf.

Maiglöckchens Tränen waren versiegt. Der Hass stand ihr im Gesicht. „Ich habe meinen Mann immer geliebt. Das waren alles dumme und zufällige Unfälle, wie sie jeden Tag passieren. Das hat auch die Polizei bestätigt.“ Alberts Witwe ging aufs Ganze. „Ihr zartes Mäuschen ist auch nicht ohne“, giftete sie zurück. „Muss ich daran erinnern, dass sie vor zehn Jahren als Buchhalterin bei meinem Mann angestellt war und er sie entlassen musste, weil sie mehrmals in die Firmenkasse gegriffen hatte?“

So ging das eine Zeit lang hin und her. Die Mannheimer Kripo reagierte richtig und ließ der hitzigen Diskussion der drei ihren freien Lauf. Soviel wie sie im Moment freiwillig erzählten, würden sie nie wieder tun. Alle Beteiligten hatten mehr oder weniger ein Motiv, wenn die Geschichten nur halbwegs stimmten. Wahrscheinlich würden die badischen Kollegen in den nächsten Tagen in dieser Schlangengrube weitere Motive finden.

Als KPD mit Heinz-Peter und dem Notarzt an der Bar disputierten, hatte ich Gelegenheit, den Toten, der nach wie vor auf dem Boden lag, näher zu betrachten. Just in dem Moment, als ich mich über ihn beugte, vibrierte in seiner Jacke das lautlos gestellte Mobiltelefon. Ohne zu überlegen, zog ich es auch der Tasche des Toten und meldete mich mit einem geflüsterten „Ja".

„Hi, mein Männel, hier ist deine Bussibussi. Hat es geklappt mit dem Gift? Hast du deine Alte endlich in die Hölle befördert? Wann fliegen wir in die Karibik?"

White Christmas

Markus Guthmann

„Ho, Ho, Hooh!"

Es war ein hartes Geschäft und es gab viele von uns. Die Konkurrenz war mörderisch, aber es ließ sich auch viel Geld verdienen. Ich stand schon eine ganze Weile vor dem Brunnen im Rhein-Neckar-Zentrum, eine der einträglichsten Stellen in der Metropolregion.

Gerade hatte sich wieder so ein kleiner Bengel dreist bedient und beinahe wäre mir der Sack aus den Händen geglitten. Aber er und seine Mutter hatten selig gelächelt, als sie von dannen gezogen sind. Das waren die schönen Augenblicke meines Berufslebens.

Ich schwitzte wie eine Sau. Unter dem roten Kittel trug ich nur Unterhosen. Nach Glühwein war mir gar nicht zumute. Ein kühles Bier wäre mir bedeutend lieber gewesen.

I'm dreaming of a white Christmas.
Just like the ones I used to know.
Where the treetops glisten and children listen …

Ach, Weihnachten konnte total romantisch sein. Wenn ich in die leuchtenden Kinderaugen blickte, die Waffeln und den Glühwein roch, die ganzen bunten Lichter um mich herum sah, dann konnte einem schon das Herz aufgehen. Wenn mir dann auch noch die eine oder andere hübsche Mutti verzückt beim Singen zuschaute, dann wusste ich meinen Job äußerst zu schätzen.

Das kleine Mädchen war richtig süß, mit ihrem Schleifchen im Haar und dem gemusterten Röckchen, das fast wie ein Schottenrock aussah. Sie wäre beinahe in meinen Sack gefallen, als sie sich ihr Geschenk herausgenommen hatte. Ich hätte es nicht über das Herz gebracht, ihr mit der Rute zu drohen, so wie ich es gelegentlich bei frechen kleinen Jungs tat, die sich manchmal sogar darum stritten, wer als Erster zugreifen durfte. Nur die Mutter des kleinen Mädchens fand ich nicht wirklich sympathisch. Sie hatte mich noch nicht einmal angesehen, als sie mir das Geld in die Hand drückte.

Wirklich lustig war unser Beruf ja eigentlich nicht mehr. Die ganze Branche war mittlerweile zu einer Drückerkolonne verkommen. Wir bekamen vier Euro die Stunde und wurden am Erfolg beteiligt, wenn wir Glück hatten. In der Saison mussten wir vierzehn bis achtzehn Stunden am Tag arbeiten, aber dafür hatten manche von uns auch elf Monate frei. Wem das nicht passte, der flog raus und konnte sehen wo er blieb.

Ich dagegen hatte immer noch Spaß, in die kleinen Kinderaugen zu blicken und darin das wahre Weihnachten zu erkennen, das noch nicht kommerziell versaut war.

„Darf mein Enkel auch mal zugreifen? Er mag doch White Christmas so gerne." Ich erwachte aus meinen Träumen und lächelte die ältere Dame an.

„Na, selbstverständlich. Es ist doch Weihnachten! Da soll sich jeder freuen!"

Sie hatte das richtige Stichwort genannt, mir diskret die zwanzig Euro in die Hand gedrückt und schon fing der Kleine an zu wühlen, bis er voller Freude einen kleinen Stofflöwen hervorkramte, den man mit einer Klammer an der Kleidung befestigen konnte. Ja, bei mir war eben alles ein wenig teurer, aber ich lieferte auch Qualität, war kinderlieb, verschwiegen und schließlich war Weihnachten! Für große Gefühle musste man einfach auch mehr zahlen! Die Oma lächelte mich freundlich an und soweit war auch alles in Ordnung. Aber kaum waren die beiden gegangen, da sah ich, wie die Oma dem Kleinen das Stofftierchen aus der Hand riss und der süße Fratz bitterlich zu weinen anfing. Die Oma schien kein Erbarmen zu kennen. Irgendwie ging mir das dann doch zu weit. So gemein durften meine Kunden doch nicht sein!

Was war denn das jetzt schon wieder? Die zwei Halbstarken waren mir vorher schon aufgefallen, als sie an mir vorbeigingen und mich eindringlich musterten. Jetzt kamen sie direkt auf mich zu, aber ich war vorbereitet. Irgendetwas blitzte auf, als die Hand des großen Blonden wie ein Skorpionschwanz auf mich zuschoss.

Ich war nicht besonders sportlich, aber die Jahre als Weihnachtsmann hatten mich gestählt. Locker wehrte ich seinen Angriff mit dem Jutesack ab, während ich mit der freien linken Hand, den von unten ausgeführten Stoß in einen Bogen nach oben umlenkte.

Verdammte Sauerei! Bei einer Messerattacke spritzt doch immer viel Blut. Meine Kutte war sofort blutbesudelt, aber zum Glück nicht von meinem eigenen. Der Idiot hatte sich mit voller Kraft in seinen eigenen Hals gestochen.

„Sanitäter!", rief ich. „Hier hat sich jemand verletzt! Sanitäter!"

Der andere Angreifer blickte mich nur erschrocken an. Er war nicht mehr aggressiv. Ich drückte ihm seinen verletzten Kumpel in die Arme, der sich den blutenden Hals hielt und mich ungläubig anstarrte.

„Ihr verpisst euch jetzt besser", raunte ich den beiden Pennern zu. „Geht in ein Krankenhaus. Denkt euch eine gute Geschichte aus, sonst schnappen euch die Bullen, ihr Wichser!" Die beiden taten, wie ich ihnen aufgetragen hatte und verschwanden von der Bildfläche.

„Ho, Ho, Hooh! Alles in Ordnung, Leute. Der junge Mann hat nur Nasenbluten", beruhigte ich die Umstehenden und fing an zu singen:

I'm dreaming of a white Christmas
With every Christmas card I write
May your days be merry and bright
And may all your Christmases be white …

Schöner Mist. Den Platz musste ich danach aufgeben. Er wurde bestimmt gleich wieder von der Konkurrenz aufgefüllt.

Zum Glück sah man das Blut auf dem roten Kittel nicht wirklich. Ich machte mich notdürftig sauber und hatte endgültig genug von der Schinderei. Spätestens nach diesem Erlebnis stand mein Entschluss felsenfest.

Eiligen Schrittes lief ich zur OEG-Haltestelle Tivoli und wollte mit der Straßenbahn verduften, als mich eine Kinderschar mit ihrer Kindergärtnerin umringte. Ich war total sauer, denn ich hatte es aus verständlichen Gründen eilig. Aber, ein professioneller Weihnachtsmann musste manchmal seine wahren Gefühle unterdrücken.

„Ho, Ho, Hooh! Von draußen, vom Walde komm ich her. Ich muss euch sagen, es weihnachtet sehr!", rezitierte ich den ollen Storm automatisch und tatsächlich antwortete eines der Kleinen: „Hast denn das Säcklein auch bei dir?"

„Das Säcklein, das ist hier!", sagte ich und hielt den Sack in die Höhe, obwohl ich die Zwerge lieber mit der Rute verdreschen wollte. Aber ich liebte Kinder nun mal und die Kindergärtnerin war auch nicht von schlechten Eltern. Zum Glück hatte ich für solche Fälle immer eine Tüte Bonbons dabei, die mir die Kinderlein aus der Hand rissen. Ich schulterte meinen Sack, denn die Straßenbahn Richtung Stadtmitte fuhr ein. Dann zwinkerte ich noch schnell der Erzieherin zu und bedauerte, dass ich keine Zeit mehr hatte, ihr meine Handynummer zu geben.

„Nikolaus, warum ist denn dein Mantel so nass?“, rief mir ein kleiner Junge hinterher, der an meinem Mantel gehangen hatte und jetzt erstaunt auf seine blutverschmierte Hand blickte. Ich fluchte innerlich, denn eigentlich wollte ich keine Blutspur durch ganz Mannheim legen. Er blickte mir hinterher und als ich mich auf einen freien Platz fallen ließ, sah er mir durch die Scheibe direkt in die Augen, bis die Bahn endlich losfuhr.

Advent! Weihnachten! Wie schön! Ich erinnerte mich an die Vorweihnachtszeit meiner Kindheit, damals in Ostberlin. Die leckeren Pulsnitzer Pfefferküchler, die auch die Nürnberger Konkurrenz nach der Wende nicht zu scheuen brauchten und natürlich der obligatorische Stollen. Während der Zeit der Mangelwirtschaft war es eine echte Herausforderung gewesen, an die richtigen Zutaten zu kommen, aber die Parteiführung ließ sich nicht lumpen und immer etwas einfallen, damit wir uns im Arbeiter- und Bauernstaat wohlfühlten. Schon im frühen Herbst begannen meine Eltern Backzutaten zu sammeln und das Westpaket von irgendeiner Tante war unverzichtbar für das Projekt „Weihnachtsstollen“. Zitronat und Orangeat gab es zwar nirgends, aber unsere Kombinatsbäcker waren äußerst erfinderisch. Als Ersatz mussten eben kandierte Karotten und grüne Tomaten herhalten. Eingebacken im Stollen hat das keiner gemerkt. Überhaupt haben wir immer unglaublich viel improvisiert.

Der Weihnachtsbaum, unter dem mein Vater im Feinrippunterhemd immer vollgesoffen eingepennt war, kam aus dem Erzgebirge. Der Meter hat zwei Mark gekostet und wir haben immer gleich zwei gekauft. Da die Bäume vom sauren Regen total mickrig waren, haben wir die Zweige von dem einen, mit „Duosan Rapid“ in den anderen geklebt. Das Resultat ließ sich sehen und mit den kapitalistischen Exemplaren aus dem Westen durchaus messen.

Mein ganzer Stolz aber war mein „Vorweihnachtlicher Kalender" gewesen, auf dem Junge Pioniere mit blauem Halstuch und Käppi zu sehen waren. Christliche Motive waren bis in die siebziger Jahre verpönt und ich war sehr betrübt, als irgendwann einmal das Christkind mit den heiligen drei Königen bei mir an der Wand prangte.

Ach, Weihnachten war so schön!

Als die Bahn durch Käfertal gerattert war und schließlich den Neckar überquerte, blickte ich immer noch verträumt aus dem Fenster. Erst als sie am Rosengarten hielt, erwachte ich aus meinen Träumen und stieg aus. Ich überlegte, ob ich meine Aktion nicht vielleicht doch abbrechen sollte. Ich entschied mich dagegen, denn es war Saison und da war schließlich eiserne Disziplin gefragt.

Meine Schritte führten mich direkt auf den Weihnachtsmarkt, dessen Gassen und Plätze romantische Namen wie Nikolausgasse oder Christkindl-Platz trugen. So schlenderte ich durch den Hirtenpfad auf den Wasserturm zu, der sich weihnachtlich beleuchtet präsentierte und bog nach links in die Engelsgasse ein. Mein Herz öffnete sich, als ich die vielen liebevoll geschmückten Hütten sah, in denen handgeschnitzte Krippen, indianischer Silberschmuck, witzige Skulpturen aus Stahl und allerlei winterliche Wollsachen feilgeboten wurden. Schließlich passierte ich die Bühne, warf einen Blick in das verwinkelte Haus der Käthe Wohlfahrt und sog auf dem Himmelsweg mit wohliger Vorweihnachtsfreude den Duft von Glühwein, Bratwürsten und Waffeln ein.

Meine Freude war nicht von langer Dauer, denn von Weitem sah ich meinen Boss auf mich zukommen.

„Was machst denn du Arschloch hier?", blaffte er mich an.

„Chef, da waren zwei Halbstarke von der Konkurrenz, die wollten mich fertigmachen", sagte ich aufgeregt.

„Komm mit, Arschloch, das können wir hier nicht besprechen."

Er nahm mich am Arm und zerrte mich quer über den Friedrichsplatz, an dem Etagenkarussell und dem Kinderriesenrad vorbei, bis er mich die Treppe zur Tiefgarage hinunter schubste. Er ignorierte das „Außer-Betrieb-Schild" der Münztoilette und öffnete mit einem nachgemachten Schlüssel die Tür zu seinem Büro, das sich zu dieser Jahreszeit hier befand. Innen war es kalt und stank nach Pisse und anderen Substanzen, an die ich gar nicht zu denken wagte.

Mein Chef schloss die Kabine hinter sich, seine protzige Goldkette hing wie Lametta auf dem T-Shirt, über dem er eine speckige Lederjacke trug. Er war ein riesiger und wuchtiger Kerl. Hände, groß wie Christbaumständer und Füße so lang wie ein Dresdner-Stollen.

„Zieh die Kutte hoch und bück dich!", befahl er.

„He, warte mal. Ich muss dir von den beiden Typen erzählen, die wollen uns fertigmachen."

„Später. Nun mach schon!"

Nicht, dass mein Chef schwul war, er wollte uns auf diese Weise nur erniedrigen.

„Warte, ich spendiere eine Linie."

„Okay."

Ihm Stoff auf eigene Rechnung zu geben, war meistens die einzige Möglichkeit verschont zu bleiben. Ich kramte hastig ein Stofftierchen hervor. Es war das Stofftierchen! Er hatte in der Zwischenzeit einen Taschenspiegel und eine Rasierklinge hervorgeholt.

„Halte mal", sagte er und entnahm seiner goldenen Geldklammer einen druckfrischen Fuffi. Ich schlitzte gekonnt das Stofftierchen auf, das seinen Namen wirklich verdiente, und zog den kleinen Beutel mit dem weißen Pulver hervor.

„Wie viel Kohle hast du gemacht?“, fragte er, als er den Schein rollte und den Durchmesser seinem Nasenloch anpasste.

„Vierhundert.“

„Das ist zu wenig. Unter siebenhundert brauchst du dich bei mir nicht blicken lassen, das weißt du.“

„Ja, das weiß ich“, sagte ich. „Aber da waren diese Typen …“

„Okay, erzähle“, sagte er fast besänftigt und ich hielt ihm den Spiegel mit den zwei Linien hin, die ich für ihn sauber geschoben hatte.

Es war kein schöner Anblick und eine echt schwierige Situation. Er röchelte extrem laut und ich musste ihn festhalten, damit er in seinen Krämpfen nicht um sich schlug und noch mehr Randale machte. Endlich beruhigte er sich und weißer Schaum quoll ihm aus dem Mund, bevor er schließlich den Abgang machte. Ich ließ ihn auf die verschissene Kloschüssel gleiten.

So ein bisschen Strychnin konnte doch echte Wunder wirken! Im Gegensatz zu der allgemeinen Meinung eignete sich das Gift nur bedingt zum Morden, weil es unglaublich bitter schmeckte. Aber über die Schleimhäute wurde es sehr rasch aufgenommen und führte innerhalb kürzester Zeit zum Tod.

Ich griff in die Innentasche seiner Lederjacke und zog sein iPhone hervor. Mein Ex-Chef hatte dort die gesamte Buchhaltung sowie die Listen der Lieferanten, der Weihnachtsmänner und die Adressen einiger wichtigen Kunden gespeichert, die nicht durch die Weihnachtsmänner bedient wurden.

Ich hatte alles, um den Ring zu übernehmen und ich wollte ein guter Chef sein. Eine sofortige Lohnerhöhung von einem Euro pro Stunde wollte ich verkünden und Arschficken sollte es auch nicht mehr geben.

Gut gelaunt öffnete ich die Kabinentür, blickte mich vorsichtig um und schloss mit dem Schlüssel von außen ab. Dann stürzte ich mich wieder in das fröhliche Getümmel des Weihnachtsmarktes. Früher, zu meiner Kindheit in Ostberlin, da war der Weihnachtsmarkt mehr ein Rummel mit Schießbude, Riesenrad und Tombola gewesen. Getrunken wurde warmer Kartoffelschnaps, denn Glühwein gab es genauso wenig wie die rare Thüringer-Bratwurst.

Da Hochsaison war und das Geschäft boomte, machte ich noch ein paar Menschen glücklich. Tatsächlich brachte ich noch einige Portionen „White Christmas" an den Mann, beziehungsweise die Frau.

„Papa, Papa, das ist der arme Nikolaus, der so geblutet hat und von dem ich dir erzählt habe."

Ich war vor der Ponyreitschule gerade in die Hocke gegangen, um ein wenig mit einem Mädchen zu scherzen, deren wild gekräuselte Haare zu zwei hübschen Zöpfen gebändigt waren. Dann blickte ich auf und sah direkt in die Augen des kleinen Jungen, der mir vor ungefähr zwei Stunden so verwundert nachgeblickt hatte, als ich mit der Linie 5 davongefahren war. Der Papa war wohl noch im Dienst. Denn, als ich an ihm hochblickte, trug er seine vollständige Uniform. Erst später erfuhr ich, dass die erschrockene Kindergärtnerin den Vater des Jungen angerufen hatte, weil sie wusste, dass dieser Polizist war. Vater und Sohn klapperten dann systematisch alle Haltestellen ab, bis sie mich auf dem Weihnachtsmarkt entdeckten.

An die nächsten Weihnachten erinnerte ich mich gerne und es folgten noch viele dieser Art. Scarefaces Augen leuchteten. Er hatte Stollen geschickt bekommen, den er mit uns teilen wollte. Es war ein richtiger Dresdner Stollen, mit echtem Orangeat und Zitronat und die Rosinen waren so, wie Rosinen sein mussten. Nicht zu trocken und nicht zu hart, aber unglaublich süß. Razor hatte Tränen in den Augen als der Wärter die Lichter des Plastikbaums einschaltete, während mein Lieblingsweihnachtslied aus dem Anstaltsradio klang. Schlitzer und ich stimmten das Lied ein, dann fiel mein Blick auf den angegossenen Ständer des Baumes. Ich bückte mich ohne Angst und sah den kleinen, vergilbten Aufkleber: „Made in GDR". Ich war zutiefst gerührt …

I'm dreaming of a white Christmas.
With every Christmas card I get …

Die Fahndung
Walter Landin

1

Wir unterbrechen unser Programm für eine Durchsage der Polizei. Seit gestern Mittag wird die neunjährige Mirijam R., wohnhaft in der Gartenstadt, vermisst. Gegen 14 Uhr verließ sie die Wohnung. Sie lebt bei ihrem alleinerziehenden Vater. Sie wollte ihrer Großmutter ein Stück Erdbeerkuchen und eine Flasche Multivitaminsaft vorbeibringen. Mirijam trug eine Baseballkappe mit der Aufschrift Red Skins. Hinweise zum Verbleib von Mirijam nimmt jede Polizeidienststelle entgegen.

2

Wie erst jetzt bekannt wurde, ist auch die Großmutter von Mirijam R. im Moment nicht auffindbar. Nachdem sie nicht ans Telefon gegangen war und auch auf das Klopfen der Nachbarn nicht reagiert hatte, ließ die Polizei die Haustür aufbrechen. Die 72-Jährige, die bettlägerig sein soll, wurde nicht in ihrem Häuschen am Rand des Käfertaler Waldes angetroffen.

3

Hier ist Gunda Mauermann live aus der Gartenstadt. Vor wenigen Minuten konnte ich mit einem zu allem entschlossenen Vater sprechen. Wenn Mirijam nur ein Haar gekrümmt wird, dann gibt's ein Unglück, stieß er hervor. Er habe seine Tochter eindringlich ermahnt, auf keinen Fall den Weg zu verlassen. Mirijam sei ein folgsames Mädchen.

Gunda Mauermann live aus der Gartenstadt für Radio Sunshine.

4

Zwei Hundertschaften der Polizei und drei Dutzend Hunde durchkämmen seit den frühen Abendstunden den Käfertaler Wald. Nach zahlreichen Hinweisen aus der Bevölkerung gilt als sicher, dass Mirijam zuletzt gestern gegen 15:30 Uhr in der Nähe des Karlsterns gesehen worden ist. Wir suchen, bis wir sie finden, erklärte der Einsatzleiter gegenüber unserer Reporterin. Uns entgeht nicht einmal ein Floh.

5

Hier ist wieder Gunda Mauermann live vom Karlstern im Käfertaler Wald. Neben mir steht ein zu allem entschlossener Spürhund. Auch nach Einbruch der Dunkelheit geht die Suche unvermindert weiter. Bundeswehrsoldaten aus Speyer unterstützen inzwischen mit Scheinwerfern die Suche nach der neunjährigen Mirijam, die seit gestern Nachmittag verschwunden ist. Sie wollte ihre kranke Großmutter, zur Zeit ebenfalls unauffindbar, besuchen. Der alleinerziehende Vater ist verzweifelt.

Gunda Mauermann live vom Karlsstern.

6

Wir halten sie auf dem Laufenden.

7

Hier ist Gunda Mauermann live vom Wildschweingehege. Glücklicher Ausgang der Großfahndung. Vater schließt Tochter in die Arme. Großmutter ebenfalls unversehrt, wenn auch mit Atembeschwerden. Notoperation erfolgreich verlaufen. Arzt hüllt sich in Schweigen. Übeltäter in Gewahrsam genommen.

8

Ich wollte Großmutter mit einem frischen Strauß Blumen überraschen. So bin ich vom Weg abgekommen. Im Zimmer von Großmutter waren die Vorhänge zugezogen. Ich habe mich über die großen Ohren von Großmutter gewundert, die großen Augen, die großen Hände. Über den großen Mund habe ich mich nicht mehr wundern können. Ich will mein Lebtag nicht wieder allein vom Weg ab in den Wald laufen, wenn's mir der Vater verboten hat.

9

Wir machen weiter mit Musik.

Dorotheas Entführung

Anne Hassel

Wer zahlt schon gerne Lösegeld für etwas, das er nicht mehr zurückhaben möchte? Für etwas, das nicht nur in den letzten Ehejahren aufgegangen war wie ein kleines Hefeteigstückchen beim Backen, immer ein wenig mehr, sondern auch sonst in vielen Bereichen nicht mehr dem entsprach, was Wilhelm sich vorstellte.

Zweihundertfünfzigtausend Euro in kleinen Scheinen hatte der Anrufer gerade für Dorothea verlangt. Und wehe, wenn Wilhelm die Polizei einschalten würde.

Zweihundertfünfzigtausend!

Das ist exakt der Betrag, der sich auf Wilhelms Festgeldkonto befindet. Alle längerfristigen Anlagearten hatte er bisher kategorisch abgelehnt. In der heutigen Zeit mit dieser unsicheren Wirtschaftslage war ihm wichtig, über sein Guthaben verfügen zu können, wann immer er es für nötig hielt und nicht erst Monate oder gar Jahre darauf warten zu müssen.

Sein Geld – ja, es handelte sich um sein Geld, auch wenn Dorothea das nicht so empfand, es nicht verstand, dass sie keine Vollmacht für das Konto besaß. Er fürchtete, sie würde es nur ausgeben. Wie mühsam hatte er früher Mark für Mark und seit dem Jahr 2002 Euro für Euro beiseite gelegt, sich und Dorothea nichts gegönnt, keinen Urlaub, geschweige denn sonstige Vergnügen wie Kino, Theater oder in ein Lokal schön essen gehen, nichts.

Dorothea murrte zwar öfter, doch wenn er ihr die Auszüge zeigte, sie den Kontostand sah, huschte immer ein kleines Lächeln über ihre rundlichen Wangen.

Und nun verlangte der Erpresser, Wilhelm solle all das mühsam Ersparte für seine Ehefrau hinlegen, für

Dorothea, die am Vorabend nochmals im Herzogenriedpark spazieren gehen wollte und nicht mehr zurückkehrte.

War es Wilhelms Schuld, dass sie sich hatte kidnappen lassen?

Ein wenig schusselig war sie ja schon immer gewesen, aber dass sie sich gleich von einem Gangster gefangen nehmen ließ!

Und er sollte jetzt dafür geradestehen!

Wilhelm musste sich alles zwei Mal sagen lassen, so undeutlich hatte der Entführer gesprochen. Mit verstellter Stimme oder einem Tuch vor dem Mund, nahm Wilhelm an.

Er solle das Lösegeld in einem Koffer im Herzogenriedpark deponieren. Ausgerechnet da! Die genauen Anweisungen würden am nächsten Tag folgen. Bis dahin habe Wilhelm Gelegenheit, die Sache mit der Beschaffung des Geldes zu erledigen.

Dass der Anrufer darauf bestand, die Polizei nicht einzuschalten, kam Wilhelm sehr entgegen. Er hatte es sowieso nicht vor, so dumm war er nun wirklich nicht! Theoretisch könnte ja dann die Möglichkeit bestehen, die Beamten würden seine Frau finden, sie heil und unbeschädigt wieder zurückbringen.

Und das musste doch nicht sein!

„Von mir aus kann der Entführer bis zum Sankt Nimmerleinstag warten", sagt Wilhelm und grinst.

Er sieht aus dem Fenster. Es ist Frühling, Frühling in Mannheim.

Wilhelm fühlt sich anders als sonst, als er die Wohnungstür hinter sich schließt, die Max-Joseph-Straße entlanggeht, die Straße vor dem Alten Messplatz überquert. Eine seit Jahren unbekannte Leichtigkeit, eine gewisse Vorfreude auf das kommende Leben lässt ihn Dinge machen, die er sonst nie getan hätte. Er läuft zwischen den Wasserfontänen auf dem Alten Messplatz hin und her, es stört ihn nicht, dass Tropfen seine Schuhe dunkel färben, spielt einem kleinen Mädchen mit blonden Haaren den Ball zu, jagt eine Taube. Dann kehrt er in ein Lokal ein und bestellt nicht nur ein Hauptgericht, sondern auch die Vorspeise und Vanilleeis als Nachtisch.

Es ist spät, als er wieder nach Hause kommt, den Fernseher einschaltet und den Ausklang dieses Tages mit einem Glas Rotwein genießt. Als Rentner im Vorruhestand und baldiger Witwer kann er sich das schließlich leisten.

Am nächsten Morgen, einem Freitag, Wilhelm sitzt gerade beim Frühstück, klingelt das Telefon abermals.

„Haben Sie das Geld bereitgestellt? In kleinen Scheinen, wie vereinbart?", schnarrt die ihm bekannte Stimme.

„Ja", sagt Wilhelm und verdreht die Augen.

„Schön! Dann erhalten Sie am Samstag die genauen Angaben, wann und wo Sie den Koffer im Herzogenriedpark hinterlegen sollen. Haben Sie verstanden?"

„Selbstverständlich! Ich bin doch nicht begriffsstutzig!"

Wilhelms Antwort klingt leicht ungeduldig.

„Na, na! Nun sind Sie mal etwas netter, schließlich haben wir Ihre Frau! Und wir sollen ihr doch nichts tun, oder?"

„Nein!", antwortet Wilhelm hastig und kichert, als der Anrufer das Gespräch abrupt unterbricht.

In aller Ruhe trinkt Wilhelm seinen Kaffe weiter, beißt in das Marmeladebrötchen, genießt die ungewohnte himmlische Ruhe in der Wohnung. Bei dem Wort „himmlisch" fällt Wilhelm Dorothea ein und dass sie ihn bald von einer Wolke oben im Himmel aus sehen wird.

Der Gedanke hat etwas!

Auf dem Weg zum Briefkasten hüpft Wilhelm die Stufen hinunter, das erste Mal wieder seit seiner Kindheit. Das einzige Schreiben ist an seine Frau gerichtet, er öffnet es, da er das schon immer tat, liest.

Es handelt sich um die Benachrichtigung, Dorothea habe eine monatliche Rente in Höhe von 7 500 Euro bis an ihr Lebensende gewonnen.

Wilhelms Gesichtsfarbe wechselt von kreidebleich zu feuerrot, es wird ihm kalt und gleich danach heiß.

Dorothea durfte kein einziges Haar gekrümmt werden! Bei guter Pflege würde sie mindestens noch dreißig Jahre leben, das bedeutete Jahr für Jahr 90 000, in dreißig Jahren 2,7 Millionen Euro!

Wilhelm hastet in seine Wohnung, seine Hände zittern, als er die Nummer seines Kundenberaters bei der Bank drüben in der Quadratestadt eintippt.

„Zweihundertfünfzigtausend Euro in kleinen Scheinen? Wie stellen Sie sich das vor? Heute ist Freitag!"

Der Bankangestellte am anderen Ende des Telefons klingt nicht sehr freundlich.

„Es geht um Leben und Tod!", schreit Wilhelm. Sein Herz rast. „Ich brauche das Geld! Meine Frau, Dorothea, sie ist entführt worden!"

„Haben Sie die Polizei verständigt?", fragt der Kundenberater mit einer Ruhe, die Wilhelm nicht nachvollziehen kann. Am liebsten würde er ihn schütteln.

„Nein! Die Entführer sind ausdrücklich dagegen! Und Sie werden das auch nicht tun, sonst mache ich Sie persönlich dafür verantwortlich, wenn Dorothea etwas passiert!"

Die Pause, die folgt, empfindet Wilhelm als unerträglich, als Zumutung, schließlich ist er ein guter Kunde, seit Jahren schon.

„In Ordnung", hört er dann, „ich werde alles unternehmen, damit Sie den Betrag heute noch erhalten."

Der vereinbarte Termin liegt außerhalb der Öffnungszeiten. Es ist Wilhelm recht, dass er sich am Personaleingang melden soll, schließlich möchte er so diskret wie nur irgendwie möglich alles abwickeln.

Danach sucht er hektisch nach einem geeigneten Koffer, wählt einen unauffälligen grauen, läuft während der schneckentempoähnlich dahinschleichenden Stunden unruhig in der Wohnung auf und ab und steht lange vor der vereinbarten Zeit vor dem Bankgebäude.

Zweihundertfünfzigtausend! Wehmütig betrachtet Wilhelm das mühsam gesparte Geld, bevor er wenig später den Koffer schließt und der Angestellte ihm mitfühlend auf die Schulter klopft.

„Kopf hoch, es wird schon alles wieder werden", sagt dieser und Wilhelm schluckt.

Am nächsten Morgen sitzt er bereits um sechs Uhr auf dem Stuhl vor dem Tisch mit dem Telefon und wartet. Als es um zehn Uhr endlich läutet, erschrickt er kurz, es würde doch hoffentlich nichts schiefgegangen und Dorothea etwas passiert sein!

„Nein, sie lebt", sagt der Anrufer auf die diesbezügliche Frage und als Bestätigung haucht Wilhelms Ehefrau: „Ich liebe dich! Hoffentlich hast du das Lösegeld", am anderen Ende in das Telefon. Es klingt schwach und Wilhelm sorgt sich.

Dann folgt die genaue Anweisung des Entführers: „Sie gehen kurz vor 21 Uhr durch den Haupteingang, vorbei am Spielplatz, geradeaus zu dem Pavillon, in dem sich ein Kiosk befindet und an dessen Rückseite die Toiletten sind. Vergewissern Sie sich, dass Ihnen niemand zusieht, wenn Sie den Koffer dort in den Abfalleimer legen und begeben Sie sich auf dem schnellsten – ich betone auf dem schnellsten – Weg wieder zurück zum Haupteingang. Ihre Ehefrau wird dann später unbeschädigt zu Ihnen kommen."

Wilhelm will noch etwas fragen, will noch wissen, wann er mit dem Erscheinen Dorotheas rechnen könne, ob ihr auch wirklich nichts geschehe, doch der Anrufer legt einfach auf.

Und wieder folgen Stunden, die nicht enden wollen, die sich ziehen wie Kaugummi. Wilhelm starrt auf die Wanduhr, endlich bewegt sich der kleine Zeiger auf die Zahl neun zu, der große ebenfalls. Wilhelm nimmt den Koffer und läuft los.

An der Kasse am Haupteingang des Herzogenriedparks zahlt er 1,50 Euro Eintritt, den Preis ab 18 Uhr. Die freundliche Dame erklärt, ab Mai würde der Haupteingang um 21 Uhr geschlossen werden, bei schlechtem Wetter jedoch bereits mit Eintritt der Dämmerung, aber heute sei es ja wunderschön und deshalb wäre sie, zum Glück für ihn, noch hier. Allerdings nicht mehr lange, er könne den Park später durch das Drehkreuz nebenan verlassen.

Wilhelm antwortet nicht, hastet den breiten Weg entlang zu dem angegebenen Kiosk. Niemand begegnet ihm, Wilhelm stellt es mit Freude fest. Er zittert am ganzen Körper, als er wenig später vor dem Abfalleimer steht, der ihm avisiert wurde.

Ein Blick ringsum, auch jetzt ist weit und breit keine Menschenseele mehr zu sehen. Wilhelm wirft den Koffer fast in den Eimer und rennt den Weg so schnell zurück, als sei der Teufel leibhaftig hinter ihm her.

Kurz vor Erreichen des Drehkreuzes am Haupteingang fasst sich Wilhelm an die Brust, schnauft noch einmal kurz auf, dann fällt er zu Boden.

Als Dorothea einige Zeit danach, die Nacht hat sich bereits über Mannheim gesenkt, mit einem wesentlich jüngeren Mann genau diese Stelle erreicht, erschrickt sie kurz, als sie ihren Gatten so daliegen sieht. Sie bückt sich, fühlt den Puls.

„Da ist nichts mehr zu machen", sagt sie. „Das Herz! Armer Wilhelm! Er hatte schon lange Probleme damit und nun war es wohl doch zu viel Aufregung für ihn. Wäre er nur ein wenig großzügiger gewesen oder hätte mir eine Vollmacht für sein Konto gegeben, vielleicht würde er dann jetzt noch leben."

Sie richtet sich wieder auf, greift nach dem Arm ihres Begleiters und geht langsam weiter, dem Ausgang zu.

Amarettini morbidi

Gudrun Wilhelms

Der Organist hatte sein verhaltenes Eingangslied beendet, der Pfarrer sich vor der Urne verneigt. „Liebe Trauernde, wir haben uns hier versammelt, um Abschied zu nehmen von Peter. Wir singen Lied Nr. 85, die Verse 9 und 10."

Die Trauerhalle des Hauptfriedhofs Mannheim war schwarz von Menschen. Doch außer ein paar dünnen Sopranstimmen vernahm man nur die kräftige Stimme des Pfarrers.

„Wenn ich einmal soll scheiden, so scheide nicht von mir;
wenn ich den Tod soll leiden, so tritt dann du herfür;
wenn mir am allerbängsten wird um das Herze sein,
so reiß mich aus den Ängsten
kraft deiner Angst und Pein.

Erscheine mir zum Schilde, zum Trost in meinem Tod
und lass mich sehn dein Bilde in deiner Kreuzesnot.
Da will ich nach dir blicken, da will ich glaubensvoll
dich fest an mein Herz drücken.
Wer so stirbt, der stirbt wohl."

„Peter ist am 22. Februar, am Aschermittwoch, von uns gegangen. Nach einem Heringsessen mit Freunden verstarb er in seinem Haus durch eine Verkettung tragischer Umstände. Seine Frau konnte ihm nicht zu Hilfe eilen. Sie war an jenem Abend im Nationaltheater.

Peter war ein außergewöhnlicher Mensch. Das haben alle gespürt, die das Privileg hatten, mit ihm umzugehen. Nun wurde er durch Gottes unergründlichen Ratschluss abberufen in Gottes himmlisches Reich. Dort ist er aufgehoben in der Liebe des Herrn. Dies ist für uns alle Trost und Hilfe zugleich. Mein ganzes Mitgefühl gilt dir, liebe Sabine, und seinen vielen Freunden. Ihr alle wart seine Familie, denn Verwandte besaß Peter nicht mehr."

Mit ausgebreiteten Armen und nach oben gerichteten Handflächen blickte der Pfarrer zur Decke der Trauerhalle. In diesem Augenblick fiel ein Sonnenstrahl durch die Glasfenster und färbte die Gesichter mancher Trauergäste blau. Ein Zeichen des Himmels, ein Gruß aus dem Jenseits? Nicht Wenigen der Anwesenden kroch ein Schauer über den Rücken. Hatte Thomas, der Pfarrer, einer von Peters Jugendfreunden, paranormale Kräfte und konnte auf die Sekunde genau mit dem Verstorbenen in Kontakt treten? Auch Sabine spürte ein Frösteln. Einen Moment lang überdeckte es die Taubheit und Starre in ihr.

„Ich geb dir was, damit du den Tag durchstehst. Sonst machst du noch schlapp", hatte Michael vor der Beerdigung gesagt und ihr ein paar Beruhigungspillen in die Hand gezählt. „Oder willst du was Stärkeres? Ich kann dir auch eine Injektion geben." Sie hatte den Kopf geschüttelt und die Pillen in den Abfall geworfen. Sie würde diese Stunden aus eigener Kraft überstehen. Sie war stark.

Und nun saß sie in der Trauerhalle des Mannheimer Hauptfriedhofs im blauen Schein des Glasfensters, aber die Worte des Pfarrers drangen nur bruchstückhaft an ihr Ohr:

„Geboren 1960 in Mannheim, bescheidene Verhältnisse, Vater Handwerker, Mutter Hausfrau, Luzenberg-Schule, Lessing-Gymnasium, BWL-Studium in Mannheim, akademische Auszeichnungen. Peter, der Überflieger."

Lebensläufe gehören wohl unverrückbar zu Trauerreden. Das Leben ist kaum zu Ende, schon erinnert man daran. Gnadenlos. Kein Innehalten gibt es, keinen inneren Freiraum für die Trauernden. Sie mussten doch erst verstehen, was eigentlich geschehen war. Sie hatte längst verstanden. Doch es war schwer vorstellbar, dass sich Peters Asche in dieser schwarzen Urne befand. Dieser monumentale Mann, zusammengedrängt, ein Häufchen nur? Vor vierzehn Tagen hatte sie noch zwischen Erdbestattung und Kremierung geschwankt, dann hatte ihr Sinn fürs Praktische überwogen. Wer sollte denn eines Tages die Grabpflege übernehmen, wenn sie tot war? Einäscherung und Baumgrab, das war ihre Entscheidung gewesen.

„… Tanzkurs bei Lamadé, dort lernt Peter 1985 Sabine kennen, Liebe auf den ersten Blick, Heirat im selben Jahr."

Sie war gerade mal zwanzig, und ihre Ausbildung zur Sekretärin hatte sie ohne Reue an den Nagel gehängt. „Alles, was du brauchst, kann ich dir bieten. Ich möchte nicht, dass du arbeiten gehst. Du hältst mir den Rücken frei, du führst ein gastliches Haus, du repräsentierst. Damit bist du voll ausgelastet." Sie hatte ihm geglaubt. Und es waren keine leeren Worte gewesen. Alles war so gekommen, wie er es gesagt hatte. Ja. Am Anfang, da war's die große Liebe gewesen. Sie waren das schöne erfolgreiche Vorzeigepaar. Er trug sie auf Händen, verwöhnte sie nach Strich und Faden. Ein Schmuckstück hier, ein Modellkleid da. Immerzu. Sie war sein wandelndes Aushängeschild, Beweis für seinen geschäftlichen Erfolg. Blumen bekam sie jeden Freitag von ihm. Weiße Freesien, überreicht mit einem Kuss. „Du bist wunderbar, mein Schatz. Ich bin der glücklichste aller Männer." Sie konnte Freesien nicht ausstehen. Gesagt hat sie es ihm nie. Zuerst wollte sie ihn wohl nicht enttäuschen, und mit der Zeit war es ihr egal. Die Blumen überreichte dann auch nicht mehr Peter, sondern der Bote eines Blumengeschäfts – im praktischen Blumen-Dauer-Abonnement. Das Gebinde aus weißen Freesien rieselte von der Urne herab wie ein duftiger Schleier. Teuer sah es aus und filigran und milderte den strengen Eindruck des schwarzen Gefäßes. Die Freunde würden es als ihren letzten liebevollen Gruß an Peter ansehen. In Unkenntnis der Sachlage. Sabines Mundwinkel zuckten.

„... sein eigener Chef mit 27, erfolgreicher Unternehmer, Ausbau internationaler Beziehungen. Alles, was er im Leben erreicht hat, geschah aus eigener Kraft, ohne fremde Hilfe. Er vergaß nie seine Wurzeln, die kleinen Leute. Er wurde zum großzügigen Sponsor."

Thomas sagte nur die halbe Wahrheit. Mit dem geschäftlichen Aufschwung erfolgte nämlich der private Abschwung. Erst sein gradueller Aufmerksamkeitsentzug, dann sein kompletter Liebesentzug. Nach der zweiten Fehlgeburt hatte Peter jedes Interesse an ihr verloren, fasste sie kaum noch an. Er wollte so gerne Kinder, war maßlos enttäuscht. Eine Adoption kam für ihn nicht in Frage. Was sollte sie also tun? Zuletzt war ihre Beziehung eine reine Zweckgemeinschaft geworden. Peter hielt sich mehr im Ausland als in Mannheim auf, und Sabine hatte es aufgegeben, ihn auf seinen Reisen zu begleiten. Sie residierte in der repräsentativen Villa in der Oststadt und „hielt die Stellung". Das war ein tagesfüllendes Geschäft. Auf Nachwuchs hoffte sie schon längst nicht mehr. Und eine Wiederbelebung der alten Gefühle würde es auch nicht geben. Aber sie war gebettet wie kaum eine Frau aus ihrem Bekanntenkreis. Also bestand weiß Gott kein Grund zu klagen.

„Peters unermüdlicher Arbeitseinsatz forderte seinen Preis. Er war nicht so stabil, wie er äußerlich schien. Schwere gesundheitliche Probleme. In letzter Zeit schien er sie besser im Griff zu haben. Mentale und physische Stabilisierung."

So bezeichnete man wohl mit wertfreien Worten die Auswirkungen eines stressigen Lebens auf einen labilen Charakter. Und wie lautete der Klartext? Peter war wegen seiner zahllosen Geschäftsreisen vom Lustesser zum Frustfresser mutiert und sprach obendrein kräftig dem Alkohol zu. Damit hatte er sich nicht nur Übergewicht, sondern auch Herzprobleme eingehandelt. Der schlanke Mann von einst war ein kurzatmiger Fettkloß geworden. Sein Diabetes musste mit immer höheren Insulin-Dosen behandelt werden. Kein Wunder, er weigerte sich, Diät zu halten. Süßem gab er den Vorzug, für Nachtisch und Kuchen ließ er alles stehen. Selbstmord auf Raten.

Und sie rackerte sich in ihren Gymnastikgruppen ab, um in Form zu bleiben, schwamm zweimal täglich in ihrem Pool, fuhr Rad, wo sich die Gelegenheit bot. Peters Bewunderung erregte sie damit nicht. „Manche Frauen werden ledrig auf ihre alten Tage. Ein paar Pfund mehr würden ihnen besser stehen, auch wenn's nicht gerade Mode ist", hatte er einmal gesagt und sie lange angeschaut. Sein Blick, lieblos war er und distanziert.

Beim Orgel-Zwischenspiel liefen ihr die Tränen herunter. Michael und Conny, seine Frau, die links und rechts von ihr saßen, drückten ihre Hände. Die gewaltigen Tonfolgen – es musste Bach sein – erschütterten nicht nur die Wände der Trauerhalle, sondern auch die Herzen der Trauernden. Hie und da ertönte ein Schluchzen, gefolgt von lautem Schnäuzen und Schniefen. Sabine schloss die Augen. Den 7. Februar, Michaels Geburtstag, würde sie nie vergessen. Als die Party in vollem Gange war, nahm Michael sie zur Seite.

„Du weißt, ich mein's gut mit dir. Ist dir in letzter Zeit gar nichts an Peter aufgefallen?" Auf ihr Kopfschütteln kam dann die Bombe: „Ich war letzten Samstag im *Da Gianni*. Runder Geburtstag eines Kollegen. Ich hab dort auch Peter gesehen. Mit Julia, seiner Sekretärin. Kein Geschäftsessen. Ein Tête-à-tête! Ziemlich gewagt, wie sie sich in aller Öffentlichkeit aufgeführt haben. Die Knutscherei, einfach peinlich. Sie mussten doch damit rechnen, Bekannte zu treffen. Tut mir so leid für dich, Sabine. Er denkt wohl, er braucht bloß mit der Scheckkarte zu wedeln, und schon rennen alle Weiber. Ich kann mir keine Geliebte leisten, die Praxis läuft sehr schlecht."

In Peters Hosentasche fand Sabine die Rechnung von *Da Gianni* von jenem Tag. Er hatte sich nicht einmal die Mühe gemacht, sie zu vernichten. Sie war aber eher alarmiert als gedemütigt: Die Zweckgemeinschaft, die bisher friedlich vor sich hin gedümpelt hatte, war mit einem Mal bedroht. Julia war fünfundzwanzig, bildhübsch und berechnend. Peter war über fünfzig, fett und reich. Die klassische Konstellation. Sie würde es aber nicht geschehen lassen. Sie würde nicht zusehen, wie ihr die Felle davonschwammen. Sie nicht!

Die Sache mit Peters Handy hatte ihren Kampfgeist dann vollends entfacht. Er hatte es eines Morgens auf dem Frühstückstisch liegen lassen, und sie hatte die eingehende SMS gelesen:

2 Tickets NY OK mu wd HUND J.

Sie verstand nur Bahnhof und stürzte an den PC. „SMS-Kürzel", haute sie in die Tasten, und dann verstand sie: Julia reiste mit ihm nach New York, „miss you"= „vermisse dich",

„wd"= „will dich", „hab unten nichts drunter"= „HUND"! Julia verstand ihr Metier. So funktionierte das, besonders bei alten Männern.

„O Gott,
lass mich darauf vertrauen:
Wenn du uns erlöst aus allem, was vergeht,
es wird eine Erlösung sein.
Es wird sein wie im Traum:
Das Weinen wird sich wenden in ein Lachen.
Was krank war,
wird in Ewigkeit gesund.
Aus Zweifeln kommen wir zum Schauen.
Vergängliches steht auf
zur Unvergänglichkeit.
Wer dann zurückschaut, wird begreifen:
Großes hast du, Gott, an uns getan."

„Liebe Trauernde, nach dem ersten Teil des Psalmgebets wollen wir in uns einkehren – in Stille. Wir wollen uns Gott anvertrauen mit all unseren Ängsten und Nöten. Wir wollen ihn bitten um seinen Beistand in diesen schweren Stunden. Wir wollen ihm aber auch danken für das Geschenk, das er uns durch Peter hat zuteil werden lassen."

Ausgerechnet am Valentinstag hatte Peter die Katze aus dem Sack gelassen: „Dir kann es nicht entgangen sein. Unsere Ehe ist schon lange am Ende", war er beim Frühstück herausgeplatzt. „Ich werde mit Julia ein neues Leben beginnen. Sie ist jung und dynamisch und wird mir neue Impulse geben." Neue Impulse! Es war bekannt, wo sie angesiedelt waren, diese neuen Impulse! Sabine hatte nur ein bitteres Lächeln zustande gebracht. „Julia möchte unbedingt Kinder. Und ich bin ein Mann in den besten Jahren und kann durchaus noch Vater werden." Seine Worte trafen sie wie ein Keulenschlag. Vor ihren Augen drehte es sich. Übelkeit stieg in ihr hoch. Sie stützte ihre Ellenbogen auf den Tisch und nahm den

Kopf in beide Hände. „Am 24. Februar fliegen wir erst mal zu einem Meeting nach New York. Und nach meiner Rückkehr werden wir sehen, wie wir uns mit Anstand und ohne großes Getöse trennen. Ja. Ich geh dann mal." Ihre Antwort hatte er nicht abgewartet.

„Nimm nun mein Leben, Herr,
in deine Hand
und bringe einst auch mir
die letzte Wende.
Lass mich erfahren:
Was in Tränen stirbt,
das wird in Freude auferstehen.
Was wir in unsre Erde säen,
wird in ein neues Leben wachsen.
Lass das
auch meine Hoffnung sein,
mit der ich lebe
und mit der ich sterbe.
Amen."

„Lasst uns nun gemeinsam Lied Nr. 376 singen, die Verse 1-3."

So nimm denn meine Hände und führe mich …"

Sie hatte alles in ihre eigenen Hände genommen. Hatte nicht geduldet, dass er sie abservierte, ihr alles nahm. Siebenundzwanzig Jahre Ehe! Und dann plötzlich neue Frau, neues Glück? Und für sie das Abstellgleis? Nein, nicht mit ihr! Der Zufall hatte ihr geholfen. Oder war es Schicksal? Warum waren ihr am „Schmutzigen Donnerstag" im Supermarkt ausgerechnet die Kekse mit der Aufschrift „Amarettini morbidi" ins Auge gesprungen? „Morbidi"? Sie hatte die Packung aus dem Regal genommen und mit dem Daumen gedrückt. Die Kekse waren weich. „Weiche Amarettini", es waren nicht die harten, die beim Zerstoßen zu Staub zerfielen. Kurios, das Wort hieß im Italienischen nicht krank, im Verfall begriffen ... „Weiche Amarettini", krank wurde man nicht davon. Bei diesem Gedanken hatte es plötzlich „klick" gemacht in ihrem Kopf: Peter war ein hochgradiger Allergiker. Für ihn bedeuteten Nüsse und Mandeln Lebensgefahr!

„Lass ruhn zu deinen Füßen dein armes Kind; es will die Augen schließen und glauben blind."

Geruht hatte sie nicht. Und schon gar nicht die Augen verschlossen. Und der Glaube zählte in diesem Fall nicht, nur die Taten. Und alles war so einfach gewesen.

Am Morgen des Aschermittwochs hatte sie „Amarettini morbidi" gebacken. Mandeln, Zucker, Eiweiß, Bittermandel-Aroma, Puderzucker. Die Mandeln zog sie nicht ab, in den Häuten steckten die meisten Allergene. „Am Aschermittwoch ist alles vorbei", sang sie und fügte noch ein paar gemahlene Paranüsse hinzu. Keine halben Sachen. Sie ging aufs Ganze. „Die Schwüre von Treue, sie brechen entzwei. Von all deinen Küssen darf ich nichts mehr wissen, wie schön es auch sei, dann ist alles vorbei." Beim Formen der Amarettini gab sie sich große Mühe. Zierlich sollten sie sein und nicht zu Fladen werden. Sie ließ die Kekse einige Stunden ruhen, bevor sie in den Ofen kamen. Zuletzt malte sie in großen Lettern VORSICHT, ENTHÄLT MANDELN! NICHT ESSEN! auf ein Pappschild, das sie unter den Geschirrtüchern im Ausziehschrank versteckte.

„Wenn ich auch gleich nichts fühle von deiner Macht, du führst mich doch zum Ziele, auch durch die Nacht."

Aschermittwoch. Die Terminwahl war perfekt gewesen, das Abendprogramm konnte nicht kontrastreicher sein: Heringsessen und „Zauberflöte". Zwei Welten. Eigentlich hatten sie keine gemeinsamen Interessen gehabt.

Nach der Vorstellung war sie mit Conny noch auf einen Wein ins *Lara's* gegangen.

„So nimm denn meine Hände und führe mich bis an mein selig Ende und ewiglich."

Er lag auf dem weißen Marmorboden der Küche. Der Mund offen, die Augen aufgerissen, das Hemd verschmutzt mit Erbrochenem. Im Fallen hatte er das Kuchengitter mit den Amarettini heruntergerissen, die nun überall verstreut lagen. Oh Gott, lass mich jetzt nicht umkippen. Sie holte das Pappschild aus dem Ausziehschrank und stellte es auf die Anrichte. Dann rief sie Michael an.

„Mein Gott, dass das so enden musste! Peter hatte mächtig getankt, und ich hab ihn nach Hause gefahren. – Was ist denn das?" Er hob ein Amarettino in die Höhe. Sie zeigte ihm das Pappschild: VORSICHT, ENTHÄLT MANDELN! NICHT ESSEN! „Das hat er nicht mehr gepeilt. Er war zu betrunken. Er hatte wohl noch Appetit auf Süßes. Bekam den Hals einfach nicht voll. Letztendlich ... letztendlich ... ist er wohl an seinem Erbrochenen erstickt."

„Wir wollen nun um den Segen des Herrn bitten, bevor wir unseren lieben Verstorbenen zu seiner letzten Ruhestätte begleiten.

Der Herr segne dich und behüte dich ...",

Michael tippte an ihre Schulter und flüsterte: „Ich kann nicht mit ans Grab kommen. Muss zurück in die Praxis."

„der Herr lasse sein Angesicht leuchten über dir und sei dir gnädig ...",

„Morgen Nachmittag komm ich zu dir. Wir müssen reden."

„der Herr hebe sein Angesicht über dich und gebe dir Frieden. Amen."

„Wir finden bestimmt eine Lösung, die für uns beide von Nutzen ist. Hast du noch ein paar von diesen speziellen Mandelkeksen?"

Sein Blick war flackernd und ließ ihr einen Schauer über den Rücken jagen.

Der Heilige Benno

Bettina von Cossel

Nachdenklich betrachteten Kriminalhauptkommissar Deckert und sein Kollege Ruffler den Toten, der vor ihnen auf dem Waldboden im Käfertaler Wald lag: ein stark übergewichtiger Mann in grauer Trainingshose und einem T-Shirt, auf dem „Jesus liebt dich" stand.

„Gejoggt hat der bestimmt net, dick wie der war", brummte Deckert. „Der hat Schenkel wie'n Elefant."

Ruffler nickte. „Wahrscheinlich trägt er Trainingshosen, weil er nicht mehr in normale Kleidung reingepasst hat." Er verzog den Mund. „Wie meine Alte. Die trägt auch nur noch Klamotten mit Gummiband in der Taille."

Deckert deutete mit dem Zeigefinger auf einen Spaten, der an der nächsten Fichte lehnte. „Hawwe Sie den Spate gesehe? Da klebt Blut und Haar dran. Jede Wette, dass des die Tatwaff' ist."

Ruffler betrachtete den blutverkrusteten Hinterkopf des Opfers. „Wer das schwere Ding auf den Kopf kriegt, ist hin ..."

Deckert zog die Augenbrauen zusammen. „Mal gucke was die Spuresuch sacht. Vielleischt wollt der Mörder den Mann vergrabe."

„Bei all den Wurzeln im Wald?", fragte Ruffler. „War das Herkules oder was? Außerdem hätte das Loch riesig sein müssen, massig wie der Tote ist."

Deckert zuckte die Achseln. „Misch interessiert eher, warum sich der Mörder die Müh gemacht hat, seinem Opfer die Finger abzuhacke. Sind dem sein Fingerabdrück vielleischt bei uns in der Datei?"

Ruffler pfiff durch die Zähne. „Gut möglich, dass der Dicke vorbestraft ist."

„Am beschte, mir nehme jetzt ä paar Hoor und ä Speichelprob mit", entschied Deckert. „Und dann gucke mir mol, ob mir sein Identität herausfinde könne. Vermisst is nämlisch keener gemeldt."

Resolut wandte er sich dem Polizeifahrzeug zu, mit dem Ruffler und er hergefahren waren. „Uff den Schreck könnt isch jetzt ä Curryworscht mit Pommes vertrage. Was is, Ruffler? Isch kenn do en nette Imbiss in der Neckarstadt ..."

„Wusst ischs doch", sagte Deckert, als er die Ergebnisse der DNA-Untersuchung studiert hatte. Grinsend schlug er den Aktendeckel zu. „Der Tote ist tatsächlich bei uns in der Datei."

„Und?", fragte Ruffler. „Wie heißt er?"

„Benno Schmieder", antwortete Deckert. „Der Typ war mol wege Vergewaltischung im Café Landes, über zwanzisch Jahr is des her." Er öffnete die Akte und zog ein Foto hervor.

„Gucke mol, wie schlank und muskulös der Schmieder damals war", sagte er und schob das Foto über den Tisch. „Kaum wiederzuerkenne."

„Der Mann scheint einen gesunden Appetit entwickelt zu haben", sagte Ruffler. „Seitdem hat er bald zwei Zentner zugenommen."

„Oder er war net gesund", warf Deckert ein. „Die Krankheit mit dem ladeinische Name, wo ma total fett werd. Jetzt besuche mir erscht ämol die Witwe, dann wisse mir mehr ..."

Ramona Schmieder, die Ehefrau des Toten, arbeitete gerade im Garten, als die Kommissare vorfuhren. Neugierig sah sie den beiden entgegen.

„Mir müsse Ihne leider eine traurische Nachrischt üwwerbringe", sagte Kommissar Deckert, nachdem sie sich vorgestellt hatten. „Ihr Ehemann wurde tot im Käfertäler Wald aufgefunde – ermordet."

Erschüttert starrte Frau Schmieder ihn an, dann fing sie an zu weinen. Schluchzend stand sie inmitten eines Beets blühenden Fingerhuts und wischte sich mit der Gartenschürze die Tränen aus dem Gesicht.

„Ermordet! Um Gottes Willen." Zitternd ging sie zu der weiß gestrichenen Gartenbank, die an der Hauswand stand, und nahm Platz. Von Weinkrämpfen geschüttelt saß sie dort, zusammengesunken wie ein Häufchen Elend, bis sie sich einigermaßen wieder beruhigt hatte.

Deckert wurde ganz rührselig zumute. Die arme Frau!

„Mein Benno war ein guter Mensch", sagte sie schließlich. „Und so beliebt. Als er damals ins Gefängnis musste, hat er sich zum Guten bekehrt – Sie wissen doch sicher, dass er schon mal im Gefängnis war?"

Deckert und Ruffler nickten unisono.

„Seit seiner Entlassung verhielt mein Mann sich mustergültig. Er hätte keiner Fliege etwas zuleide getan – und nun muss er so entsetzlich sterben. Das hat er nicht verdient."

„Ihr Mann hatte also keine Feinde?", hakte Deckert nach.

Frau Schmieder schüttelte den Kopf. „Benno war regelmäßiger Kirchgänger und begeistertes Mitglied in seinem Kegelclub in der Gartenstadt", antwortete sie. „Fragen Sie ruhig nach, man wird es Ihnen bestätigen: Benno war eine Seele von Mensch." Erneut brach sie in Tränen aus. „Wie soll es nur ohne ihn werden?"

Auch der Pfarrer der Kirche, bei der Benno Schmieder Mitglied war, kam aus dem Schwärmen über den Verstorbenen kaum noch heraus.

„Herr Schmieder war eine tragende Säule unserer Kirchengemeinschaft“, erklärte er den Kommissaren. „Ein geläuterter Sünder, der jedem unserer Gemeindemitglieder ein Vorbild war.“

„Es gab also nie Streit mit einem Ihrer anderen Schäfchen?“

„Streit?“ Vehement schüttelte der Pfarrer den Kopf. „Streit war für Benno Schmieder ein Fremdwort. Wie gesagt, er war eine Seele von Mensch. Wenn jemand in den Himmel kommt, dann er ...“

„Und Sie hawwe kee Ahnung, wer ihn uff seim Gewisse hawwe könnt?“, fragte Kommissar Deckert.

Der Pfarrer sah ihn ratlos an. „Nein, wirklich nicht. Herr Schmieder hatte keine Feinde. Der Mörder muss ein Irrer gewesen sein, der ihn überhaupt nicht kannte.“ Er bekreuzigte sich. „Gott schütze uns vor diesem Verrückten.“

„Vielleicht war's ja wirklich ein Irrer“, sagte Kommissar Ruffler und schob einen Plastikbecher unter die Kaffeemaschine. „Einer, der abgehackte Finger sammelt.“

„Jetzt hörscht mir abber uff“, brummte Deckert. „Solang do keen zwetter Toter mit abgehackte Finger im Wald rumliegt, geh isch jetzt mol dovun aus, dass des keen Verrickter war.“

Ruffler kehrte mit seinem Kaffee zum Schreibtisch zurück. „Alla gut“, sagte er. „Es fragt sich nur, warum er umgebracht wurde. Dieser Schmieder muss ein Heiliger gewesen sein, so gut wie der war.“

„Papperlapapp, iwwer Tote werd immer Süßholz geraschpelt – des wisse mir doch.“ Deckert streckte die Beine unter dem Tisch aus und reckte sich. „Wenn du ausgetrunke hoscht, dann fahre mir zum Verein, wo der Schmieder gekeggelt hat. Jede Wette, dass dort jemand ist, der den Heiligen Benno net leide konnt'.“

Zu Kommissar Deckerts Enttäuschung bliesen Schmieders Kumpel vom Kegelclub ins gleiche Horn. Der Verstorbene sei die Seele jeden Treffens gewesen, immer fröhlich und zu Scherzen aufgelegt.

„So ein großzügiger Mensch", schwärmte der Vorsitzende des Vereins. „Bei unseren Kegelabenden spendierte er regelmäßig eine üppige Wurstplatte, vom besten Metzger der Gartenstadt."

Sofort bekam Deckert wieder Appetit. „Hatte er Feinde?", fragte er.

Der Mann wehrte ab. „Der Benno und Feinde? Bestimmt nicht." Er ging zu einer Pinnwand und nahm ein Foto ab, auf dem Benno Schmieder biertrinkend inmitten seiner Kegelbrüder stand. „Das Bild stammt von unserem Kegelabend letzte Woche. Benno gehörte einfach dazu. Gucken Sie nur, wie fröhlich alle sind."

„Derf isch des Foto mitnehme?", fragte Deckert.

„Selbstverständlich." Der Vorsitzende reichte ihm das Bild. „Ich ziehe es für den Verein nochmal ab – als Erinnerung an einen wunderbaren Freund und Kegelbruder."

„Jetzt sin mir so klug wie vorher", brummte Kommissar Deckert und ließ sich schnaufend auf den Beifahrersitz fallen. „Der Schmieder war also tatsächlisch en Heilischer. Aber wer bringt so en Kerl um?"

„Vielleicht jemand, dem er zu heilig war", sinnierte Ruffler und fuhr in Richtung Kurpfalzbrücke.

„Die Ehefrau wär das schon mal net", entschied Deckert. „Die war doch froh, dass ihr Alter net mehr rumlief und Fraue vergewaltischte."

Ruffler lachte. „Frauen kann man nie heilig genug sein. Hat der Pfarrer nicht gesagt, der Schmieder sei ein Vorbild für die Gemeindemitglieder?"

„Gut möglisch, dass der Benno den armen Sündern mit seiner Heilischkeit ganz schön uff de Sack gange is." Nachdenklich kratzte Deckert sich am Kopf. „Isch glab, do geh isch am Sunndag mol zum Gottesdienscht hie."

Als Deckert am Sonntagvormittag zur Kirche in der Gartenstadt kam, traf er an der Eingangstür mit Schmieders Witwe zusammen. In Schwarz und Trauerflor stand sie vor ihm, was ihre Blässe noch unterstrich.

„Wie nett, dass Sie gekommen sind, Herr Kommissar", begrüßte sie ihn. „Das ist mir ein wirklicher Trost in dieser schlimmen Zeit. Heute spricht der Pfarrer einen Psalm zum Andenken an meinen Mann." Mit einem Taschentuch tupfte sie sich eine Träne aus den Augen.

Irritiert sah der Kommissar auf ihre Hand. „Nanu, Sie trage ja zwei Eheringe."

„Selbstverständlich", lächelte sie. „Bennos und meinen eigenen. Das macht man so als Witwe."

Deckert runzelte die Stirn. „Des is jetzt awwer merkwürdisch. Wo hawwe Sie den Ring denn her? Ihr Mann hatte den net an, als wir ihn tot im Wald fanden."

Frau Schmieder wurde noch blasser als sie sowieso schon war. Nervös knetete sie das Taschentuch zwischen den Händen. „Den ... den hat er morgens im Bad abgelegt", stammelte sie. „Bevor er in den Wald ging."

„Wie er den wohl abgekriegt hat?", fragte Deckert und zog das Foto hervor, das ihm der Vorsitzende des Kegelclubs überlassen hatte. „Hier kann man deutlisch sehe, dass der Ringfinger Ihres Mannes so wülstisch geworde war, dass der Ring bestimmt net abgegange wär – es sei denn, man hätt ihm de Finger abgehackt."

Ramona Schmieder brach zusammen. „Benno war so ekelhaft fett geworden, ich konnte ihn nicht mehr sehen.

Hätte ich bloß die Finger drangelassen, aber ich dachte, so kann man ihn nicht so schnell identifizieren."

Unter Tränen ließ sie sich die Handschellen umlegen.

„Wenn Sie mir jetzt noch sage, wo die Finger Ihres Mannes hingekomme sind ...", sagte Deckert.

„Unter dem Fingerhut", schluchzte sie. „Das fand ich irgendwie passend."

Nachts im Technoseum

Anne Grießer

Ein Blitz zuckte über den nächtlichen Luisenpark und verschwand auf Nimmerwiedersehen im Kutzerweiher. Der Donner hallte lange in den hohen Räumen des *Technoseums* nach. Gespenstisch hob sich das große, hölzerne Wasserrad auf Ebene C während der kurzen Lichtexplosion vom düsteren Hintergrund ab. Der Wind peitschte ums Haus und erste Regentropfen prasselten gegen die Fensterfront.

Ein fantastischer Anblick! Arnold griff mit glühenden Augen nach seiner Flasche. Es lohnte sich eben doch, regelmäßig die Zeitung zu lesen! Fuffe, sein Kamerad, lachte ihn deswegen aus. Was wollte schon ein Berber, ein Stadtstreicher wie er, mit den Neuigkeiten aus aller Welt? Aber Arnold ging es nicht um die Weltpolitik, ihm ging es um die kleinen Dinge des Alltags, er wollte wissen, was los war in der Stadt, in der er lebte.

Am Nachmittag hatte er den aktuellen *Mannheimer Morgen* in der Fußgängerzone gefunden und den Lokalteil überflogen. Ach, am Wochenende würden sich Oldtimer-Freunde aus der gesamten Region mit ihren schönen, alten Wagen in Mannheim einfinden. Das wollte er sich anschauen! Dann stieß er jedoch auf den Wetterbericht und verabschiedete sich von der Idee. Gewitterwarnung. Damit war nicht zu spaßen, und er hatte wahrlich keine Lust, sich unter seiner zugigen Brücke den Allerwertesten abzufrieren.

„Wo verkriechst du dich nur immer, wenn es ungemütlich wird?“, fragte Fuffe oft. Doch Arnold verriet es ihm nicht. Sein Kamerad würde mitkommen wollen und dann war es aus mit der Ruhe. Nein, der Schlafplatz im *Technoseum* sollte sein Geheimnis bleiben, um jeden Preis.

Reinzukommen war kein Problem. Er musste nur eine Schulklasse abwarten, unauffällig zum Aufzug schlendern und nach oben fahren, während die lärmenden Kids den Blick zum Kassenhäuschen versperrten. Oder nach unten, völlig egal. Meistens fuhr er hoch und versteckte seinen Schlafsack und die Schnapsflaschen in der höfischen Kutsche auf dem Gang zwischen Ebene A und B.

Es gab ein paar wirklich abgefahrene Sachen in diesem Haus. Arnold hatte schon immer etwas für Technik übrig gehabt, schließlich war er gelernter KFZ-Mechaniker und hatte ein paar Jahre bei den Benz-Werken gearbeitet, bevor es mit ihm bergab gegangen war. In seiner Familie hieß das Unternehmen auch dann noch *Benz-Werke,* als es diese schon längst nicht mehr gab. Niemand sprach von der Daimler AG. Bei Benz hatten Arnolds Vater, sein Großvater, Urgroßvater und alle Onkel und Großonkel gearbeitet. Ein Jammer, dass ausgerechnet er mit der Tradition brechen musste!

Das Museum schloss an jenem Gewittertag wie üblich um 17 Uhr. Arnold machte es sich am Fenster gemütlich, mit fantastischer Aussicht auf den Himmel über Mannheim. Bald wurde es schummrig und in der Ferne ertönte Donnergrollen. Arnold nahm seinen ersten Schluck flüssiges Glück zu sich und ein wohliges Gefühl breitete sich in seiner Brust aus.

Aufmerksam betrachtete er die Exponate. Fuffe, der sich gelegentlich ins Kino einschlich, hatte ihm einmal von einem Film erzählt, der *Nachts im Museum* hieß. Er handelte von Wachsfiguren, die bei Dunkelheit aufstanden und lebendig wurden: Dinosaurier, Pharaonen, Cowboys. Napoleon! Musste ein ziemlicher Kotzbrocken sein, der Bursche.

Wachsfiguren gab es im *Technoseum* keine, aber Arnold kam es doch manchmal so vor, als erwachten die

Maschinen bei Nacht. Zum Beispiel das große Wasserrad: Tagsüber drehte es sich und gab ein gleichmäßiges Geräusch von sich, immer denselben Rhythmus, eintönig und schläfrig. Nachts stand es still. Es ächzte und stöhnte und wenn er genau hinhörte, konnte er seine Sprache verstehen: *Komm her, Arnold. Leiste mir Gesellschaft. Ich fühle mich einsam.*

Er drehte den Schraubverschluss seiner Aperolflasche auf und nahm einen großen Schluck. Sauberer Stoff. Klebrig und süß, wie er es mochte. So saß er eine ganze Weile, hing seinen Gedanken nach und genoss die Ruhe. Wenn man auf der Straße lebt, ist Stille ein kostbares Gut.

Erst als das Unwetter schon mächtig tobte, schlurfte er hinunter zu seinem Schlafplatz auf Ebene E. Dort stand sie, die pferdegezogene Kutsche, das Modell einer alten Straßenbahn. Sie war gemütlich und schützte ihn vor dem Blick des Nachtwächters, wenn er seine Runde drehte. Nebenan befand sich ein kleiner Zigarrenladen mit Holzbänken davor und zur sogenannten Arbeiterkneipe war es auch nicht weit. Ein kleines Idyll – und Arnold in seinem Straßenbahnwagen mittendrin.

Er nuckelte an seiner Flasche und spürte, wie sich seine Stimmung verwandelte. Eben noch war sie sentimental, gefühlsbetont gewesen, doch mit einem Mal lief ihm ein kalter Schauer über den Rücken. Ihm war, als habe jemand einen Hebel umgelegt und das Barometer auf *Unheil* gestellt. Das Museum wirkte plötzlich zwielichtig, fast schon unheimlich. Arnold überlegte, ob er in ein Wurmloch geraten war. In eine andere Zeit, ein anderes Leben gerutscht. Ob das ging? Durch Blitzenergie zum Beispiel?

Bei einem so heftigen Gewitter schien ihm alles möglich. Und wer sagte denn, dass die Herren Wissenschaftler schon alles herausgefunden hatten, was zwischen

Himmel und Erde existierte? Oder die paar Damen, die es ja auch geben sollte.

„Du bist halt nicht ganz richtig im Kopf", meinte Fuffe gewöhnlich, wenn Arnold seine verqueren Gedanken laut aussprach. „Vielleicht kommt's vom Saufen." Doch Arnold war anderer Meinung. Der Alkohol hatte nichts damit zu tun. Es war die Fantasie. Er hatte eine Menge davon – ganz im Gegensatz zu seinem Kumpel. Arnold konnte sich gut vorstellen, in einer anderen Zeit zu leben. Im 19. Jahrhundert zum Beispiel. Da war zwar auch nicht alles Gold, was glänzte, Arnold wusste das, denn er hatte sich die Filme mit Herrn Eisele im Museum angeschaut. Aber damals gab es unendlich viele Möglichkeiten! Was wurde da nicht alles gebaut: die Eisenbahn, die ersten Automobile – in Mannheim, direkt vor seiner Haustür. Damals konnte ein Mann noch etwas erreichen, wenn er ein bisschen Unternehmungsgeist und technisches Verständnis besaß. Damals hätte Arnold es gewiss zu etwas gebracht, wäre nicht an den Rändern der Gesellschaft gelandet. Und wenn doch, hätte er immer noch nach Amerika auswandern können.

Seufzend wollte er einen weiteren Zug aus der Flasche nehmen, stellte jedoch fest, dass sie leer war und schlief dann, jeder schaurigen Stimmung zum Trotz, über seinen kreativen Gedanken ein.

Ein lautes Geräusch weckte ihn kurze Zeit später. Der Donner grollte und Arnold drehte sich beruhigt in seiner Kutsche um. Nichts Ungewöhnliches. Nur das Gewitter. Aber dann, als er gerade weiterschlafen wollte, hörte er es wieder. Kein Donner! Das war menschliches Husten. Und es war verdammt nahe.

Arnolds Herz bollerte wie ein Pressluftbohrer. In all den Jahren, die er sich hier einschließen ließ, hatte sich noch nie, wirklich noch kein einziges Mal irgendein Lebewesen gezeigt, das größer als eine Kakerlake gewesen wäre. Außer dem Nachtwächter natürlich, aber der leuchtete immer nur kurz in jede Etage und verschwand dann wieder.

Vorsichtig lugte Arnold aus dem Straßenbahnfenster und bemühte sich, kein Geräusch von sich zu geben. Erschrocken zuckte er zurück. Auf der Bank vor dem Zigarrenladen, gleich neben seiner Kutsche, hockten zwei Typen. Zwei! Einer hatte eine Havanna in der Hand, hinter ihm klaffte ein großes Loch in der Fensterscheibe zum Zigarrenladen. Immer wenn er einen Zug nahm, hustete der Kerl gotterbärmlich. Der andere hielt eine Whiskeyflasche in der Hand und grinste schadenfroh.

Verflucht nochmal. Wer war das? Die beiden Kerle kamen Arnold vage bekannt vor. Sie waren nicht mehr die Jüngsten und hatten komische Bärte.

„Das ist eine Schnapsidee, Gotti“, sagte der eine. „Stell dir vor, sie erwischen uns ...“ Seiner Stimme konnte man anhören, dass er ordentlich einen getankt hatte.

„Na und?“, lallte der andere. „Dann dürfen wir uns eben nicht fangen lassen. Manchmal muss man auch etwas Verrücktes tun, Karl.“

Arnold wagte kaum zu atmen. Wie Obdachlose wirkten die zwei jedenfalls nicht.

„Wegen so einer irrsinnigen Wette die ganze Existenz aufs Spiel setzen?“, antwortete Karl. „Findest du das nicht übertrieben?“

„Feigling!“, provozierte Gotti. „Ich wusste schon immer, dass du einfach keinen Schneid hast!“

Das wollte der Typ offensichtlich nicht auf sich sitzen lassen. Entschlossen stand er auf. „Na schön“, sagte er. „Wir tun es sofort. Und dann verduften wir schleunigst von hier. Capito?“

„Yeah, Mann."

Die beiden standen auf und verschwanden nach rechts. Arnold blickte ihnen eine ganze Weile aufgebracht hinterher. Was hatten die hier zu suchen? Das war sein Schlafplatz! Da hatte sich niemand sonst einzuschleichen.

Von unten ertönte mit einem Mal ohrenbetäubender Motorenlärm. Unschlüssig verharrte Arnold in seiner Kutsche. Was stellten diese beiden Irren an? Er würde nachsehen müssen. Schwerfällig stieg er aus und stakste zum Geländer hinüber, von wo er einen Blick auf die Ebene F werfen konnte.

Was er sah, ließ ihn endgültig erwachen. Die zwei Typen hatten doch nicht alle Tassen im Schrank! Der eine, Karl, hatte sich das restaurierte Adler-Cabriot geschnappt, das gelbe, schnittige. Damit bretterte er zwischen den Ausstellungsstücken herum, in einem Tempo, das Arnold der alten Karre gar nicht zugetraut hätte. Wenn er um die Ecke fuhr, legte er sich hinterm Steuer spielerisch in die Schräge und sein langer, weißer Schnurrbart vibrierte.

Hinter ihm tuckerte Gotti. Wesentlich gemächlicher. Er hatte die Leichenkutsche an eines der Motorräder angehängt. Damit kam er zwar nicht gerade schnell voran, aber Teufel nochmal, das sah gut aus! Er saß mit fast grimmigem Ernst im Sattel und versuchte gar nicht erst, dem anderen zu folgen, sondern näherte sich ihm von vorne, um ihm den Weg abzuschneiden.

Arnold schluckte. Hatten die beiden nicht von einer Wette gesprochen? Diese Irren! Sie würden das gesamte Museum demolieren. Die schönen Exponate! Nur am Wasserrad würden sie vermutlich den Kürzeren ziehen. Und dann der Krach! Wenn den jemand hörte, würde es in Zukunft vorbei sein mit seinem schönen Schlafplatz.

Jetzt näherte sich Gotti dem gelben Adler von der Seite und hatte gute Chancen, ihn zu einer Vollbremsung zu zwingen. Aber Karl drehte mit einem halsbrecherischen Manöver nach links ab und nahm dabei einen Hocker mit, der im Weg herumstand. Wenn das mal keine Kratzer im Lack gab! Arnold konnte das Funkeln in den Augen des Wahnsinnigen bis oben auf seinem Logenplatz sehen.

Gotti riss mit der Leichenkutsche gerade mehrere Schautafeln der Bionik-Ausstellung um, als plötzlich ein greller Lichtschein die Szenerie erhellte.

Kein Blitz diesmal. Der Strahl einer starken Maglite.

Leise fluchend warf sich Arnold zu Boden. Natürlich. Es hatte ja so kommen müssen. Der Wächter. Mit einem Gummiknüppel bewaffnet und an seiner Hüfte baumelte ein Pistolenhalfter.

„Sofort anhalten!“, schrie er. „Was fällt euch eigentlich ...“ Dann gab es einen dumpfen Knall, der Lichtschein verschwand und eine angespannte Stille trat ein.

Vorsichtig rappelte sich Arnold auf und lugte über die Brüstung. Karl und Gotti sahen im schwachen Licht der Notleuchten käsig aus. Vor ihnen am Boden lag der Wächter, direkt vor der Schnauze des gelben Cabriots. Um seinen Kopf hatte sich eine Blutlache gebildet.

Arnolds Barometer sprang von *Unheil* auf *Panik*. Er musste raus hier. Gewitter hin, Gewitter her – und zum Teufel mit dem Schlafplatz! Das da unten, das stank nach Ärger.

Leise schlich er zur Ebene F. Das Adrenalin ließ ihn fast nüchtern werden. Er musste die geöffnete Tür unbedingt vor Gotti und Karl erreichen. Wer wusste schon, wozu diese Verrückten fähig waren, wenn sie ihn entdeckten! Arnold war nicht mutig genug, um es mit den beiden aufzunehmen.

Nur noch wenige Schritte trennten ihn von der Tür, als er ein leises Stöhnen hörte. Es kam von der Unfallstelle. Also war der Nachtwächter noch am Leben! Arnold konnte hören, wie er sich bewegte.

Mist. Was sollte er tun? Er konnte den armen Kerl doch nicht einfach verbluten lassen! Zögernd blieb er stehen. Wenn er jetzt floh, konnte er ein Telefon suchen und einen Krankenwagen alarmieren. Aber es gab heutzutage nicht mehr viele öffentliche Telefonzellen. Und wenn er zu den Bullen lief, hatten sie ihn am Schlafittchen und die Rettung für den Nachtwächter kam vermutlich trotzdem zu spät.

Seine Gedanken wurden jäh unterbrochen. Karl und Gotti schlichen heran. Es gelang ihm gerade noch, sich hinter einer Schautafel zu verbergen, dann huschten die beiden Gestalten an ihm vorbei, zur Tür hinaus, die sie hinter sich zuzogen.

Aus. Vorbei. Arnolds Chance war vorüber. Er war wieder eingesperrt. Sein Herz schlug unregelmäßig. Das Barometer sackte von *Panik* auf *Resignation*.

Sie würden ihn schnappen. Sie würden ihm den ganzen Mist in die Schuhe schieben. Er konnte nichts dagegen tun.

Erneut stöhnte der Nachtwächter. Seine Kopfwunde blutete stark. Arnold kannte sich mit so etwas aus. Es geschah auf der Straße immer mal wieder, dass man eins über die Rübe bekam. Was der Bursche jetzt am dringendsten brauchte, war ein Verband.

Suchend schaute Arnold sich um, bis sein Blick auf den Schlafsack fiel. Auf seine alte Mottenmatratze, wie er sie liebevoll nannte. Etwas anderes gab es nicht, also riss er einige Stoffstreifen davon ab. Langsam näherte er sich dem Verwundeten. Man konnte ja nie wissen. Am Ende war er gar nicht so schwer verletzt und knallte den Nächstbesten ab, der sich ihm zeigte. Doch der Kerl war ziemlich lädiert, außerdem hatten Karl und Gotti ihm die Waffen abgenommen und sein Funkgerät geklaut.

Arnold benötigte etwas zum Desinfizieren. Sein Aperol war leer, aber hinten in der Leichenkutsche fand er Gottis Whiskey. Damit säuberte er die Wunde und aus dem Schlafsack machte er einen schönen, festen Verband. Dann bettete er den Kopf des Burschen auf seinen Schoß, damit er es weich hatte.

Gegen drei Uhr ließ das Gewitter ein wenig nach und mit ihm verschwand die gruselige, geheimnisvolle Atmosphäre aus dem Museum. Die Gegenwart kehrte zurück. Als der Morgen graute, kam der Nachtwächter zu sich. Arnold stopfte ihm den Rest seines Schlafsacks unter den Kopf, packte sein Hab und Gut, auch Gottis Schnapsflasche und als das Museum öffnete, verschwand er so unauffällig wie möglich.

Schlecht gelaunt besorgte er sich bei der Heilsarmee einen neuen Schlafsack, schlurfte zu seiner Brücke und schlief den ganzen Tag über seinen Rausch aus.

Am Abend fand er eine Zeitung, die vom Treffen der Oldtimer-Fans berichtete. Er zerriss sie in kleine Schnipsel und warf sie in den Rhein.

Das Technoseum konnte er als Schlafplatz vorerst vergessen, aber zum Glück stand der Frühling vor der Tür und bis zum Herbst war vielleicht Gras über die Sache gewachsen.

Den ganzen April, Mai und Juni über las Arnold keine Zeitung, um nicht an jene Nacht erinnert zu werden. Und natürlich erzählte er Fuffe nichts davon. Irgendwann war er sich selbst nicht mehr sicher, ob er das Ganze wirklich erlebt oder im Aperolrausch nur geträumt hatte.

Im Juli fischte er ein vergilbtes Exemplar der *Rhein-Neckar-Zeitung* aus einem Papiercontainer. Das Blatt datierte auf Anfang März, zwei Tage nach dem heftigen Gewitter. Arnold gedachte seine undichten Schuhe damit auszustopfen. Doch plötzlich blieb sein Blick an einer kleinen Meldung hängen:

Einbruch im Landesmuseum für Technik und Arbeit.
In der Nacht von Dienstag auf Mittwoch drangen mehrere Männer, vermutlich Obdachlose, ins Technoseum ein und richteten erheblichen Sachschaden an. Ein Nachtwächter erlitt schwere Verletzungen, schwebt inzwischen jedoch nicht mehr in Lebensgefahr. Die Täter ließen eine leere Aperolflasche zurück, außerdem einen zerschlissenen, gebrauchten Schlafsack. Sachdienliche Hinweise nimmt jede Mannheimer Polizeidienststelle entgegen.

Also doch!

Die unheimliche Nacht im Museum war kein Traum gewesen. Und auch kein Wurmloch. Unter dem Artikel fand Arnold ein Bild seiner Mottenmatratze.

Obdachlose! Pah! Wer auch immer Karl und Gotti gewesen waren – Stadtstreicher sicherlich nicht. Aber das war typisch. Immer auf die Schwachen! Und kein Wort über seinen schönen Kopfverband.

Drei Tage lang grummelte Arnold vor sich hin, bis Fuffe die Schnauze voll hatte und ihn fragte, ob er krank sei. Da entschloss er sich, einen ganz ungewöhnlichen Schritt zu wagen.

Bei der Polizei waren sie nett zu ihm, er bekam Kaffee und ein freundlicher Herr setzte sich stundenlang mit ihm zusammen. Gemeinsam starrten sie auf einen Computerbildschirm und bastelten Phantombilder. Arnold musste Haare, Gesichtsformen, Augen, Münder und Nasen zusammensetzen, bis das Ergebnis halbwegs stimmte. Er kam sich sehr wichtig vor.

Mit dem Resultat waren die Bullen dann allerdings nur mäßig zufrieden. Sie sahen auch gar zu komisch aus, die zwei Typen mit ihren Bärten.

Trotzdem klapperten zwei Polizisten den ganzen Sommer über sämtliche Automobilclubs ab und befragten Oldtimerliebhaber. Aber sie ernteten überall nur Gelächter und brachen die Suche schließlich ab. Als Arnold wieder einmal vorbeikam um nachzufragen, wie die Sache so lief, bekam er keinen Kaffee und man schmiss ihn mit bösen Worten raus. Er solle sich verpissen, hieß es, und seine dummen Späße anderswo treiben. Und er könne von Glück reden, dass man ihn für seinen groben Unfug nicht bestrafen würde.

Undank ist der Welten Lohn! Arnold war sauer, denn schließlich konnte er ja nichts dafür, dass sie die beiden Kerle nicht schnappten.

Im Herbst erschien auf der Platte ein stämmiger junger Mann, der nach ihm fragte. Arnold erkannte ihn erst auf den zweiten Blick: Der Nachtwächter aus dem Technoseum kam, um sich zu bedanken.

„Sie haben mir vermutlich das Leben gerettet", sagte er schüchtern. „Wenn ich irgendetwas für Sie tun kann ..."

Arnold druckste verlegen herum. „Ich würde", stotterte er, „ganz gerne mal wieder das Museum besuchen."

Der Bursche verstand sofort. „Jederzeit!", sagte er und zwinkerte Arnold zu. „Auch nachts."

Von da an öffnete er eigenhändig die Tür, wenn Arnold klopfte. Gelegentlich tranken sie einen Aperol miteinander.

Dann, eines Nachts im November, draußen herrschte ein übles Sauwetter, Sturm, Regen, Blitz und Donner, da geschah es. Arnold hatte sich im Museum verkrochen, aber schlafen konnte er nicht, denn sein Barometer stand auf *Unrast*. War es das Gewitter? Das unheilschwangere

Licht? Die gespenstische Atmosphäre? Oder einfach nur die Erinnerung?

Nervös streifte Arnold durch die Räume, betrachtete seine Lieblingsexponate, unterhielt sich ein wenig mit dem Wasserrad und schlich schließlich nach unten, zur Ebene F. Nichts erinnerte mehr an den Unfall. Alles war ordentlich und aufgeräumt. Alle Gegenstände standen auf ihrem Platz.

Und da sah er sie. Nicht aus Fleisch und Blut diesmal, sondern nur als Fotografie. Aber es war kein Zweifel möglich, sie ähnelten seinen Phantombildern bis aufs kleinste Detail.

Gottlieb Daimler und Carl Friedrich Benz. Mit herrlichen, altmodischen Bärten.

Arnolds Barometer sprang auf *Skepsis*. Aber nur für kurze Zeit. Denn wenn in New York Dinosaurier, Cowboys und Napoleons erwachen können, warum dann nicht in Mannheim die Pioniere der deutschen Automobilgeschichte?

Mörderische Quadratestadt

Nora Noé

A1

Am Abend attackierten aggressive Ausländerhasser ängstliche alpenländische Appenzeller.

B2

Beim Bäcker bedrohten brutale Banditen biederen Beamten.

C3

Champagnerlaunig coupierte cholerische Chefsekretärin charakterlosen Chauvi.

D4

Dienstags demolierte durchgedrehter Dieb die Dekolletés diverser Damen.

E7

Eiskalt erschlug ertappter Einbrecher ehrbare Endvierzigerin.

F5

Fanatisch folterte feiger Faschist fernöstlichen Fakir.

G7

Gnadenlose Gewalt gebrauchten gestern grausame
Gangster gegenüber gemütlichen Geranienzüchtern.

H3

Heroinsüchtiger Heiratsschwindler harpunierte heute
hübsche hochzeitswillige Heilpraktikerin.

J5

Irrsinniger Internist injizierte intrigantem
Immobilienhändler infiziertes Insektenblut.

K2

Kahlköpfiger Killer köpfte katholischen Kardinal.

L8

Libidinöse Liebesdienerin
ließ langjährigen Loddel lustvoll leiden.

M6

Mailändische Mafiosi massakrierten mehrere Mannheimer Metzger mit Maschinengewehren.

N1

Nachmittags nötigten niederträchtige Nazis nordrheinwestfälische Nonnen.

O5

Obszöne Oma obduzierte ohnmächtigen Opa.

P2

Plötzlich packte primitiver Psychopath Pistole, perforierte perplexen pokerspielenden Polizeipräsidenten.

Q1

Quatschender Quacksalber quälte quietschenden Querulanten quecksilbermäßig.

R6

Ruchloser Räuber rammte rüstigem Rentner Rasiermesser rein.

S1

Sonntags scharmützelte skrupelloser Schwerverbrecher schwäbische Seniorengruppe.

T7

Tagsüber töteten todesmutige Touristen trotz Trunkenheit transozeanische Terroristen.

U3

Unentwegt unternimmt unbekannter Unhold unbeschreibliche Untaten.

Walter Landin im Wellhöfer Verlag

Bluthitze

von Walter Landin – 272 Seiten, Euro 11,90

Gluthitze über Mannheim. Hauptkommissar Lauer ermittelt im Fall eines erschossenen polnischen Erntehelfers. Lauer wirkt überfordert – nicht nur beruflich. Die Spuren führen ihn plötzlich zurück in die Vergangenheit.

Eiswut

von Walter Landin – 320 Seiten, Euro 11,90

Januar 2009. Eiseskälte über Mannheim. Im Brunnen hinter dem Wasserturm liegt die Leiche eines Mannes, ein Anlageberater. Am nächsten Tag wird ein Obdachloser tot am alten Frachtbahnhof gefunden.

Mord im Quadrat

von Walter Landin – 192 Seiten, Euro 9,80

Gruseliger Schauer und augenzwinkernde Ironie wechseln sich ab in den zwanzig Mannheimer Mordgeschichten. Was bleibt, ist ein sanfter Horror, wenn man das Licht ausmacht.

Mannheimer Karussell

von Walter Landin – 176 Seiten, Euro 9,80

Erst der Erpresserbrief im Briefkasten. Dann die Frauenleiche im Ehebett. Für Hermann Baumer kommt es knüppeldick. Anstatt die Polizei einzuschalten, macht er sich an die private Entsorgung der Leiche. Schritt für Schritt gerät Baumer mehr auf die schiefe Bahn.

www.wellhoefer-verlag.de

Mannheim-Krimis im Wellhöfer Verlag

Tod im Jungbusch

von Nora Noé – 224 Seiten, Euro 14,95

Die Frauenleiche von der Teufelsbrücke hält die Jungbusch-Bewohner in Atem. Es verschwinden weitere Menschen, im Hafenviertel geht die Angst vor dem „Kanal-Killer“ um.
Doch ist es wirklich ein Serientäter, der hier sein Unwesen treibt?
Liegt der Schlüssel zur Lösung des Falls vielleicht in der Vergangenheit? Die wilden Studentenzeiten der 70er-Jahre rücken in den Blickpunkt aber auch die längst vergessenen Kellergewölbe in der Filsbach.

Tödliche Illusionen

von Helmut Orpel – 216 Seiten, Euro 11,90

Der Mord am bekannten Mannheimer Stadtrat Rehberger ist Kommissar Jürgen Bauers erster Fall.
Seine Ermittlungen führen ihn in das Machtzentrum der lokalen Wirtschaft und Politik. Hinter der sauberen Fassade einer aufstrebenden Wirtschaftsmetropole scheint nicht alles mit rechten Dingen zuzugehen.
Welche Rolle spielt die geplante Erweiterung des Regionalflughafens? Wer behindert Bauers Ermittlungen?
Fragen, die zunehmend eine tödliche Brisanz entwickeln. Ein Wettlauf gegen die Zeit beginnt.

www.wellhoefer-verlag.de

Die Krimis der Region

Der Heidelberger Spekulanten-Mord

von Huber Bär – 220 Seiten, Euro 11,90

Das Heidelberger Schloss privatisieren, im Glanz neu auferstehen lassen und sich damit in das Buch der Geschichte einschreiben: Richard Küfer, der alternde Milliardär, hat eine Vision.
Wer in Heidelberg dachte, das seien einmal mehr eitle Spinnereien eines abgehalfterten Finanzjongleurs, lag offensichtlich falsch. Es geht um Geld und Macht, gegenseitige Abhängigkeiten und fragwürdige Machenschaften. Klar ist: Einige spekulieren mit einem enormen Risiko. Und klar ist auch: Als ein Mord ins Spiel kommt, war zumindest für einen der Einsatz zu hoch.

Heidelberg auf die kriminelle Tour

von Marcus Imbsweiler – 240 Seiten, Euro 11,90

Unter touristischem Blickwinkel ist das Leben in Heidelberg an Beschaulichkeit kaum zu überbieten. Eine Postkartenidylle. Höchste Zeit, einmal einen anderen Standpunkt einzunehmen! Marcus Imbsweiler bietet eine Stadtführung der besonderen Art. Er erzählt von den Geheimnissen und Abgründen hinter der historischen Fassade, von skurrilen Begebenheiten und tödlichen Begegnungen. Da endet eine Wallfahrt blutig, auf einer Steinbruchwand prangen rätselhafte Botschaften. Nicht immer geht es mörderisch zu, oft steckt der Teufel im Alltagsdetail.